意象的帝国
诗的写作课

黄梵 著

广西师范大学出版社
·桂林·

意象的帝国：诗的写作课
YIXIANG DE DIGUO: SHI DE XIEZUO KE

图书在版编目（CIP）数据

意象的帝国：诗的写作课 / 黄梵著. --桂林：广西师范大学出版社，2021.8（2024.11 重印）
　　ISBN 978-7-5598-3857-5

Ⅰ．①意… Ⅱ．①黄… Ⅲ．①诗歌创作－中国 Ⅳ．①I207.21

中国版本图书馆 CIP 数据核字（2021）第 104300 号

广西师范大学出版社出版发行
（广西桂林市五里店路 9 号　邮政编码：541004）
　网址：http://www.bbtpress.com
出版人：黄轩庄
全国新华书店经销
湛江南华印务有限公司印刷
（广东省湛江市霞山区绿塘路 61 号　邮政编码：524002）
开本：880 mm × 1 230 mm　1/32
印张：9.5　　　　字数：193 千
2021 年 8 月第 1 版　　2024 年 11 月第 5 次印刷
印数：17 001~20 000 册　　定价：59.00 元
如发现印装质量问题，影响阅读，请与出版社发行部门联系调换。

自序：一个人的写作启蒙

在大为揪心的疫情期，除了满怀愧疚重读一些书，通过重温先贤或儒释道思想，让闭门不出的日子，成为自我反省的一个时机。人类的路，已经走得如此危机四伏，我们每个人也一定贡献了自己的"微小错误"。面对集体灾难时，没有一个人可以置身事外，可以独善其身！这时写诗，是否如舆论所说，会是轻慢、无知的呢？这时，就该回溯一下美和诗意的源头，它们当然不是修辞策略，不是表达技艺，而是原始人保护部落和选择未来的方式，他们依据美和诗意选择时，等于修正了现实中的错误。这些错误因威胁过部落的生存，被他们永远铭记在心，被他们用美和诗意淘汰。一些选择慢慢浮现为后来的道德，比如，"五服之内不许通婚"之类，和杜甫诗中的道德情感——"诗言志"之类。还有一些选择，旨在摆脱现实的逼仄、局促，通过面向激动人心的未知，把人类带入前所未有的未来，它们就是赫拉利在《人类简史》中说的故事，和本书涉足的诗意。唯有同时被这两类选择照拂，人类才真正有福，一旦摆脱其中之一，惩罚就随之而来。比如，全球气候变暖、疫情暴发等，就是人类强调未来的选择中，少了道德一环。反之，一味固守僵化的道德，人类又会停滞不前。

所以，不是疫情期写诗不可为，是如何写才算真正可为？不少人写的诗，之所以无价值、无意义，还是因为对诗意在人类进程中的角色安排，知之甚少，这样就以为"修辞立诚"的"诚"，不过是真实说出自己的看法……

我写诗二十载时，才有机会去澄清一些诗意的问题。记得2011年，应邀赴台两个月期间，正值特朗斯特罗姆获诺奖，有机构请我讲他的诗。我找来找去，只在台湾找到陈黎译的四首诗，最后还是大陆李笠的译本救了急。其间台湾小说家许荣哲，也请我去他的课堂讲小说写作，没想到这么一讲，竟连续讲了三年（有两年在南京给台湾学员上网课）。赴台之前，我做过不少新诗的讲座，但许荣哲的课堂为我提供了新的思路，即如何把讲新诗，变成讲新诗写作。乍看两者差别不大，实则有霄壤之别。记得讲特朗斯特罗姆的诗时，我破天荒第一次谈到，可以如何写出类似的诗句？回到大陆不久，恰好学校怂恿我开写作课，我就开了"文学创作"的通识课。通识课就意味着，你得对水平参差不齐的人，甚至零基础的人讲写作之道，不只要让他们改变写作观念、工作习惯，还要将他们带入当代写作的实践前沿，使之真正踏上通向作家的写作之路。

给普通人讲写新诗，使我关注的事物发生了改变。我开始追踪一句诗的诗意，究竟由什么来定夺，常人滥用的"诗情画意"，到底用了什么无效之术。通过回溯诗意的源头，回到诗人的创作经验，我找到了理解诗意、写出诗意的便捷之路。意识到，普通人容易理解的人性，才是支撑那些眼花缭乱诗句的基础。确切地说，构成诗意的内部机制，与构成自我的内部机制，不过是人性的一体两面。诗、文明的悖论、野心等，都来自悖论人性的挑动。我花了数年，找到了快速把握诗意的便捷之术，这些可以被无数诗歌验证的"发现"，比如，把意象细分为客观意象与主观意象；比如，把主观意象的庞杂构成，归纳、简化为区区四种类型等，这些都令我的写作教学，有了令人诧异的实效。甚至能让从未写过新诗的人，通过不到三个月的课堂训练，就能在专业文学期刊发表诗作。南京理工大学的左照天，就是一例。

2014年夏天，我应邀再次赴台，开办了新诗写作课。这次有机会来验证，这些心得对写作能力的激发、培育，对不同汉语环境的人，是否依然有效。班上有个叫卓纯华的中学语文教师，不认为自己能写新诗，但结业两年左右，就获得台湾某诗奖，联合文学出版社慧眼识珠，出版了她的处女诗集，她也被台湾诗坛推为80后新秀。2016年暑期，出现了更有挑战的事，嘤鸣读书会和复旦研究生院，分别邀我开办短期写作班。如果三个月的写作课，能把写作能力大为提高，那么把它缩为一周又能做到什么呢？说实话，我心里没有底。短期班留不出让学员练习的课余时间，只能加紧课堂训练。记得嘤鸣读书会的短期班结束时，进步突出的有周山清等。2019年暑期，因孙宽提议，当代艺术研究会邀请我赴新加坡，办了为期四天的写作班。四天安排了七堂密集的课，我把这种无法留作业的课，只能当作写作建议来推广，没想到，课程改变了不少学员，结束不到半年，一批零基础的人，竟写到了专业水平，孙宽等开始大量发表诗作。

当然，真正能解决写作实践问题的课程时长，我认为最好不低于八周。2017年夏天，青年才俊李子俊提议并邀我，面向社会开办了第一期写作班。让写作教学由大学步入社会，光提供概念是没有用的，必须找到可以实训的方法。可以说，经过多年教学"加工"而成的那些写诗"公式"，大大缩短了写诗者的学徒期。2018年夏天，开办了由大众书局和群学书院牵头的第二期写作班，2019年夏天，开办了由先锋书店牵头的第三期写作班。期期学员爆满的景象，似乎验证了我的看法：写作不只关乎尊严、声名、利益，也关乎人的生活需要。"公式"真的帮助一些零基础的人，一跃成为专业的写诗者。比如，赵汗青、西娅、如山夫、上弦月等，从不知新诗为何物或不知该怎么写，到在专业诗刊发表诗作，甚至获奖，时间短得惊人。写作班也让所有学员，都成了不同以往的一个"新人"。比如，长期写作的安静心态，变得挑剔的文化眼光，不再俗套的专业趣味，批判性的思维习惯……我记得，有个学员是公证处的职业大妈（恕我用"大妈"，来保留人们的惯常印象，以便我提供新的印象来更新这个称呼），当她把策兰日记带到教室，与我探讨时，当她作为旁观者，指点江山历数中国新诗的利弊时，我知道，这就是启蒙的开始，写作课把新诗的现代审美、意识，注入了一个职业大妈的日常生活。大概为了能"永远"写下去，单凭生活需要写下去，前三期的学员们，成立了"十八号文学社"。该社公众号展示的诗作表明，他们多数已变成专业的写诗者。本书的练习题部分，选用了他们的一些课堂作业，为保护个人隐私，我未在书中一一标出姓名。这里，我列出他们的姓名，以表谢忱！他们是邹佶辰、张瑞芳、朱金兰、何玉萍、丁莉、杜欣如、英子、包书海、黄强松、韩静、张荣、郭文萌、王栋汇、雷梦琪、徐琳玉、于永芳、刘奇、孙风白、郑欣怡、陈蓓蓓、刘漱……这本书的写成，还有另一些人的贡献，他们是我大学课堂的学生，课程该做哪些改进，难以把握、捉摸不透的诗意，如何能在年轻人的笔下迅速生成，他们用课内外的写作实践，或详述写诗体会，令我的写诗课一步步得到进化。他们中业已产生了一批90后、00后诗人：炎石、破罐、洛非、刘卓、沈正福、何丽芩、左照天……

本书是在讲课录音的基础上，撰写而成。因篇幅较大，写作课的小说四讲内容，将集成另一本小说写作课。我希望，本书能像我的写诗课一样，继续帮助被写作"卡住"的写诗者，或等着被新诗带到精神"家门口"的爱诗者，或还不知哪里是"家门口"的读者。这门课，如果能改变中国大陆、台湾的一些人，能改变新加坡的一些人，大概也应该能改变你！

黄梵
2020 年 5 月 19 日写于南京江宁

目 录

第一堂课　受用一生的写作观念　/ 001

　一、观念改变类似基因突变　/ 003

　二、人完全了解自己吗？　/ 007

　三、写作的真实过程　/ 016

　四、结尾写作法　/ 028

　五、作品的多重真实与主题　/ 033

　六、夸张：文学表达的实质　/ 041

　七、产生整体感的新观念　/ 048

　八、黄氏理论　/ 054

　九、方法比灵感重要　/ 059

第二堂课　一堂课学会写出好诗句 / 067

一、诗歌是一切写作的起点和终点 / 069

二、客观意象与主观意象 / 077

三、新诗为什么会青睐主观意象？ / 084

四、用客观意象如何写诗？ / 090

五、用主观意象如何写诗？ / 112

六、用意象写诗的好处 / 138

第三堂课　新诗写作的核心 / 151

一、如何使主观意象的表达更准确？ / 153

二、主观意象的两种趣味和两个可为之处 / 166

三、如何平衡主观意象与客观意象？ / 181

四、最小诗意单元 / 189

五、新诗的形式 / 195

六、新诗的陌生化 / 201

七、停顿：转行、空行、空格、标点的作用 / 208

第四堂课　写出整首诗的若干方法 / 221

一、产生整体感的音乐性方法 / 223

二、新诗的节奏 / 233

三、如何用象征产生整体感？ / 244

四、如何用隐喻产生整体感？ / 252

五、如何使用通感手法？ / 263

六、诗的部落化与三段式结构 / 269

七、写诗策略 / 279

新诗 50 条 / 283

第一堂课　受用一生的写作观念

一、观念改变类似基因突变

我先用一堂课,给大家讲写作观念。大家可能已经从众多学术书中得到了观念的刻板印象,它遭到指责,确实与一些学者无视感受力、体验、经验,令观念与直觉有较大出入有关。观念变得大而无当,责任不在观念,仍在给予观念实际内容的人。很多写作者认为没用的观念,你一旦会用,用得恰当,它带给你的帮助,会是巨大的,不可思议的。面对这样的断语,你一定会接着追问,观念到底有什么实际的用途呢?

我来举例说明吧。大家一定见过狗的一个奇特行为,遛狗时,狗会无视主人的呵斥,十分执着地朝树根或车轮撒尿——它在做不切实际的事,试图在小区或街巷标出自己的领地。狗的主人知道阻拦是无效的,多数只好听天由命。狗什么时候才会改变这个行为呢?只有一种情况会改变,即基因改变的时候。就是说,养在城里的狗,要改变撒尿圈地的无用行为,唯有等基因改变才有可能。有句老话不是说"狗改不了吃屎的本性"吗?说的就是这个道理,因为要狗的基因改变,你恐怕得等上很多年。我们再来看看,人可以如何来改变行为?比方说,有的人无肉不欢,顿顿要吃肉,如果你想改变他的行为,让他成天吃素,你不需要改变他的基因,只需要让他信仰佛教,一旦真的皈依了佛,他一夜间就会改变行为，改为吃素。他是靠什么迅速改变行为的呢？当然是靠观念，佛教给予的"不杀生"观念。没有这个观念，你可以想象，他一生都难以改掉吃肉的行为。所以，观念对人行为的影响，是迅速和惊人的，甚至能改变人出自本能的行为，观念之力甚至拧得过基因之力。比如，人对死亡的畏惧，是基因赋予的天性，但任何年代，人类都不缺少慷慨赴死的勇士，像宁死不过江东的项羽等。令项羽拔剑自刎，抗拒惧死天性的，是他脑中的面子观念——面对意想不到的落败，他自感无颜再见江东父老。

你看，人的行为可以通过观念来改变，甚至迅速改变，不像其他动物，因为没有观念之助，完全得仰赖基因，改变起来遥遥无期。对于习惯随地吐痰的人群，社会只需颁布吐痰重罚的法律，一夕之间，他们就会改弦更张，因为"违法"这个观念，会令他们不敢再漫不经心地吐痰。《人类简史》的作者赫拉利认为，人类近五千年之所以发展迅猛，"故事"立下了汗马功劳。赫拉利说的故事，追溯到人类文明的早期，就是维柯特别看重的人类智慧之源——早期寓言故事。维柯认为，"寓言故事必然就是各种诗性语言的词源"[①]，同时"诗性语言的产生完全由于语言的贫乏和表达的需要"。早期人类靠着以己度物，用寓言故事弥补语言和逻辑的不足，借以传达许多观念。说到底，隐在寓言故事背后的是观念，比如，愚公移山的故事，是要传递"人定胜天"的

---

① 维柯:《新科学》，朱光潜译，人民文学出版社1986年版。

观念。凡听过此故事的人，再遭到自然挑战，行为就可能被"人定胜天"的观念激励。到了20世纪，观念的力量变得更加强大。卡森通过一本《寂静的春天》，用书中的无数事例，无非想传递一句话就能表达的观念：要保护生态环境，人类用杀虫剂等，对生态环境戕害已深。现代环保运动，就因这本书兴起，无数人的日常行为，被书中的环保观念彻底改变了。

讲到这里，你有没有意识到，人有了观念，等于有了比基因突变还强大的工具，人就不会把自己的行为，完全交给基因调遣，他可以通过发掘出各种观念，大肆改变行为，甚至可以随时随地迅速改变，这是其他物种望尘莫及的。观念改变行为固然迅疾，不像基因突变，需要日积月累的环境刺激和漫长等待，但观念也有不可避免的缺陷，它能让有利的行为迅速到来，也能让祸害的行为迅速到来。比如，氯气能给自来水杀菌，但"民族主义"和"民族仇恨"的观念，也能让德国化学家哈伯，兴高采烈地把氯气用到战场杀人。物种是通过自然选择、优胜劣汰，淘汰不利的基因突变。那么人类如何淘汰有害的观念呢？英国诗人弥尔顿在《论出版自由》中，提出了与自然选择类似的方案：建立观念的自由市场，让各种观念自由交锋、竞争。弥尔顿说："让她（指真理）和虚伪交手吧。谁又看见过真理在放胆地交手时吃过败仗呢？她的驳斥就是最好的和最可靠的压制（指压制谬论）。"[1] 同样地，写作领域也充满波折，一些早该成为历史的有害观念，因

---

[1] 约翰·弥尔顿：《论出版自由》，吴之椿译，商务印书馆1958年版。

为与作文的应试教育情投意合，结果一步登天，遮蔽了真正利于写作的有用观念。我写作以来，见过无数人的写作不缺技巧，不缺文采，真正缺的，是契合现代写作的观念，犹如一款非常时尚的手机，装着早已过时的芯片，很多新软件它完全带不动，力不从心。

事实上，人类文明的发展，包括文学艺术的发展，靠的就是一场场的观念革命。甚至观念革命发生时，革命者只徒有空荡荡的观念，与观念对应的内容和技法，皆是纸上谈兵，并未得到证实。比如，当年胡适提倡写白话诗时，与白话诗观念对应的一切技法，皆为空白，白话诗的作品、诗学，也一无所有，甚至他的第一本白话诗集《尝试集》，也给人留下了失败的印象。但经过数代诗人的百年努力，"白话诗"或"新诗"这一观念，收获了大量经典之作，无数技法和诸多诗学体系，纷纷涌现出来。也就是说，当观念革命发生时，你不用为只徒有观念，忧心忡忡，要相信与观念匹配的一切，都会被后来者创造出来。当然，我今天不是要让你也像胡适当年那样，只徒有"白话文学"的观念，还要你举着观念之灯去探索诗学、技法等。不用！你很幸运，你需要的一切，早已被前辈作家发掘出来，你要做的只是意识到观念的重要，并改变陈腐的观念。与观念对应的内容、技法等，我们后面再涉足。你必须先要有观念，才会理解和拥有观念发掘出的一切。为了让你接近真正的现代写作，我追踪自己和其他作家的写作实践，挑出几个至关重要的观念，供你"磨刀"之用。等到后面的课程，再教你如何用此刀去"砍柴"——写作实践。

二、人完全了解自己吗？

我想用一个问题"人完全了解自己吗？"来引出我要讲的观念。各位可以试着来回答。我知道，大家光凭直觉会认为，人肯定不完全了解自己。问题不在你嘴上认不认同，假如你认同的话，这个观念贯彻到你的生活中了吗？贯彻到你的写作中了吗？显然，绝大多数人并没有，没有就说明，你并未真正接受这个观念。正是对这个问题的不同回答，把世界划分为两个截然不同的世界：古典人的世界与现代人的世界。我想说的是，依照我对当代中国人的观察，中国人仍居于古典人的世界。我把西方文艺复兴到十九世纪，称为古典人的时代。所谓古典人的世界，就是启蒙思想百般呵护的理性世界，或者说，是"我思故我在"的世界。什么叫"我思故我在"？当年笛卡尔说这句话时，分明觉得人类理性无比强大，他表现出了拥有理性的傲慢，自大。他说的意思是，凡受到理性之光照耀的地方，事物就存在，没有照到的地方，事物就不存在。他认为理性把握着所有存在，把握着人的所有自我，理性不会有任何疏漏。倘若真有什么疏漏的地方，真有理性之光照耀不到的地方，他就可以宣布事物不存在。这就是古典人拥有的理性思想，古典人令理性强大到了傲慢的地步。

正是按照这样的理性，我们把人群划分为熟人的世界与陌生人的世界。因为相信人人都可以用理性把握一切，包括把握自我，我们才特别信赖熟人。你一旦熟悉了一个人的言行、性格、过去等，就等于知道了他的理性世界，他对你就不再陌生了，你的理性也就可以把握他的一切，就意味他的未来行为，是你可以预期的。不是说你可以预期他未来的具体行为，是说他的行为不会超出过去的常态，不会让你感到他举止陌生，令你有不测之虞。一个女子走夜路，愿意让男性友人护送，是因为她熟悉他的过去，认定他的言行可以预期，不会对她做伤天害理的事。女子让熟人护送的目的，是为了提防路上遇到的陌生人。为什么陌生人需要提防？陌生人就意味，你不熟悉他的理性世界，没见识过他的理性驱动的行为，你就无法预期他的行为是否对你有威胁。你一旦和陌生人有了接触，时间一长，熟悉了他的理性世界，原来的陌生人就会转变成熟人。所以，那条在熟人和陌生人之间的界线，是相对的，人的一生就是靠着理性的打量，不断把陌生人转变成熟人。当然，这些熟人的行为，真的完全可以预期吗？这样的判断，是否含有理性上的自以为是、一厢情愿？比如，学生犯了错误，班主任会进行思想教育，令他理性上认识到错误，从而改变行为。思想教育能否奏效，当然取决于人的自我，是否完全受理性支配。可以说，进入20世纪之前，由于人们秉持古典人的理性观念，即理性无所不能的观念，他们当然认为，思想教育是可以奏效的，这甚至成了中国当代教育体系仍秉持的观念。我马上举个反例。我母亲有个"天赋"，家里请来做饭的任何保姆，哪怕厨艺再精湛，不出一个月，保姆做的菜，就跟我母亲做的一模一样，因为经过母亲天天的悉心"指导"，保姆不会做菜了，只会照着母亲的做法做菜。我对母亲进行过无数次的"思想教育"，苦口婆心劝她不要再指导保姆，从未真正奏效过。每次谈完话，母亲都意识到自己的错误，但至多管用两三天，她的悉心指导，又会卷土重来。为什么母亲理性上认识到错误，仍改变不了行为？这正是问题所在！这个例子说明，理性对行为的把握，并非像古典人想象的那样，可以百分之百奏效。

过去的古典作家中，早有先驱对古典人的理性进行过质疑，他就是德国诗人歌德。他用一生最伟大的著作《浮士德》，讲述饱学之士浮士德的迷惘，让原本完全信任理性的浮士德，背叛自己的理性，与魔鬼签下合约，把自己死后的灵魂交给魔鬼，换取享受非理性的感官之乐。当他与海伦产生爱情，耽于感官快乐之余，又感到非道德的局限。面对理性与非理性的冲突，歌德是如何解决的呢？歌德说，让我们回到古希腊的古典之美，古典之美可以把两者协调起来。歌德的解决方案，现代人可能不一定会满意，可能更愿意把这个问题悬置，让每个人自己去探索。比方说，19世纪的俄国大作家托尔斯泰，写作《安娜·卡列宁娜》时，已触及这样的精神分裂。精神分裂不是指安娜得了精神病，是指她的理性，并不能完全把握她的自我。以下是从《安娜·卡列宁娜》摘出的一段。

她甩掉了红色手提包，把脑袋缩进肩胛，双手着地扑到车厢底下，<u>她微微一动</u>，仿佛打算立刻站起来，却扑通一下子跪了下去。就在这一刹那，<u>她被自己的行动吓坏了</u>。"我在哪里？我在干什么？这是干吗？"她想站起来躲开。①

安娜感到了沃伦斯基的疏远，绝望之余，决定自杀。打算卧轨自杀，本是她理性层面的决定，她也正是这样去行动，真的朝车厢底下扑去。但请看画线部分，"她微微一动，仿佛打算立刻站起来"，这个动作与她想自杀的理性，是相违背的。她明明已扑向车厢底，为何会突然想站起来？再看后面的部分，你会发现，安娜这时被自己想自杀的行为吓坏了，甚至反问自己："我在哪里？我在干什么？这是干吗？"接着，她居然想站起来，躲开火车。这些说明什么？说明安娜体内有两个自我，一个受理性控制，毫不犹豫要安娜自杀，另一个不受理性控制，它抗拒安娜想自杀的理性决定，要安娜重新站起来，躲开火车。你能感受到，安娜同时受到两个自我的拉扯。托尔斯泰真的了不起，他已意识到，人的理性不可能完全把握自我。安娜体内那个不受理性支配的自我，来自哪里呢？我一会儿再详述弗洛伊德的理论。弗洛伊德认为，人除了有理性照拂的意识，还有理性照拂不到的意识，即人的潜意识。令安娜反问自己，想站起来的那个自我，就来自安娜的潜意识。

法国作家加缪的《局外人》中，主人翁莫尔索的意识，也突破了理性的墙壁。莫尔索有天来到海滩，漫不经心枪杀了一个阿拉伯人。按照常理，杀人这么严重的行为，一定来自理性的驱使，

---

① 列夫·托尔斯泰：《安娜·卡列宁娜》，姜明译，北京十月文艺出版社2004年版。

他一定是有意杀人。可是开庭审判他时,他是怎么讲的呢?

<u>我只觉得铙钹似的太阳扣在我的头上……我感到天旋地</u>转。海上泛起一阵闷热的狂风,<u>我觉得天门洞开,向下倾泻大火。我全身都绷紧了,手紧紧握住枪。枪机扳动了……</u>①

他把杀人的原因归结为太阳,认为是酷热的阳光,把他晒得头昏恍惚,令他不由自主扣动了扳机。也就是说,他否认理性上有杀人的明确动机。这是真的!不管加缪是否借此表现荒诞,也无法否认,帮莫尔索扣动扳机的那个自我,不来自理性,那是理性掌控不了的。

《软座包厢》是美国作家卡佛的短篇小说,写早已离异的父亲,很久没见到儿子,他打算坐长途火车去见儿子。当火车到达儿子所在的城市,减速徐徐进站时,他心里突然冒出的一个念头,是他自己始料不及的。

他站起来,拿下手提箱,放在大腿上,透过车窗,看着外面这个可恶的地方。

<u>他突然觉得自己其实并不想见男孩。这个发现让他吃了一惊,冒出这种想法真有些低劣,让他很羞耻了一阵子。</u>他摇了摇头。在这一生可笑愚蠢的行为里,这次旅行说不定就

---

① 阿尔贝·加缪:《局外人》,柳鸣九译,上海译文出版社 2013 年版。

是他干过的最愚蠢的事。[①]

画线部分是突然冒出的想法,即他不想见儿子!这与他长途跋涉来见儿子的初衷,分明是违逆和冲突的。说明突然冒出的想法,在他的理性掌控之外,不然想法冒出来时,他就不会"吃了一惊",也不会为冒出这个想法"很羞耻了一阵子"。这个想法从哪里冒出来的呢?当然与《局外人》中,帮莫尔索扣动扳机的那个自我,来处是一样的,都来自人的潜意识。

我用弗洛伊德借用的冰山模型,来讲一讲他的潜意识理论。你想象有一座冰山浮在海面,整座冰山代表人的全部意识,那么我们都知道,冰山露出海面的部分很少,大约只占冰山的十分之一,还有十分之九的冰山隐在海水里。按照弗洛伊德的理论,人的显意识,像浮出海面的冰山,只占全部意识的很小部分。所谓的显意识,就是人自己能意识到的意识。前面谈到的理性,就属于显意识。人的潜意识,就像隐在海水里的冰山,占了全部意识的绝大部分。所谓的潜意识,就是人自己意识不到的意识。人哪怕感受不到潜意识的存在,它仍会对人的言行暗中施加影响。这样问题就来了,人既然无法用意识察觉到潜意识,那么何以证明潜意识是存在的呢?

按照弗洛伊德的理论,有三种方式可以揭开潜意识的神秘面纱,证实它的存在。第一种是做梦,人做梦时,理性不起作

[①] 雷蒙德·卡佛:《软座包厢》,选自《大教堂》,肖铁译,译林出版社2009年版。

用，脑海里出现的众多画面，彼此如何拼接等，都是由潜意识安排完成的，梦既是潜意识的杰作，也是我们窥探潜意识的一个窗口。也就是说，潜意识可以通过梦泄露出来。要是我们醒着，比如白天忙碌的我们，同样能找到窥探潜意识的窗口吗？答案是肯定的！我举一个亲历的例子。我教的课一般都在晚上，上课前我会去教工食堂吃晚饭，久而久之，我习惯走一条固定的路线：进了校门一直往转盘走，到了转盘向左拐，就会看见食堂。有一次，因为下午请客，进校门前已吃过晚饭，我走到转盘依旧向左拐，闯入食堂才大吃一惊：明明是要去教室上课，怎么闯进了食堂？同样的事，发生过好几次。是什么暗中让我不假思索，径直朝食堂走去？当然是潜意识！固定的生活习惯，早已铭刻进潜意识，当我某天突然改变习惯，只要理性不干预潜意识（路上正想着别的事，没有时刻想着去教室），潜意识就会按过去的惯例，自动接管对身体的调遣，驱使身体朝食堂走去。等理性苏醒过来，身体已犯下错误。弗洛伊德认为，过失与梦一样，同样是窥探潜意识的窗口，人不经意犯错时，背后的指使者就是潜意识。

我再举个例子。比方说，如果你不喜欢做家务，有一天，你母亲非要你烧一壶水，你不情愿，还是勉强自己去做，结果不小心把水壶烧穿了，造成过错。是谁让你迷迷糊糊犯了错呢？当然是潜意识！你不想干家务的潜意识，令你漫不经心，未认真对待烧水一事。让你犯错的潜意识，固然令你母亲恼火，但它对你是友善的，起到了保护你的作用：保护你不去做你不喜欢的事。有了这个过错，想必你母亲再也不会让你去烧水了。生活中的这类过失，可谓层出不穷，稍加留意会发现，过失会不经意泄露它背后的潜意识。比如，你正在恋爱，每次约会对方都会迟到，哪怕对方每次都有堵车啊、临时有事啊等诸多"客观理由"，你仍可以找出"每次迟到"过失背后的潜意识：要么对方不重视你；要么对方过于自我，向来不在乎他人的感受。通过过失来"观察"潜意识，固然不敢说百分之百正确，但经验告诉我，从过失那里，真的能窥见一些意识的真相。比如，我校规定教师上课迟到五分钟，就算教学事故，暂且不说此规定是否合理，规定颁布至今，每学期都有教师违规，说来不是巧合，违规者皆为上课态度敷衍者，无一例外，那些上课认真且口碑良好的教师，从未听说有违规的。

潜意识还可以通过文艺创作泄露出来。弗洛伊德认为，显意识和潜意识之间，有一个所谓的前意识区，负责审查想成为显意识的那些潜意识，一旦发现不合社会规范，就不让它们成为显意识。文艺创作恰恰能伪装潜意识，令它们看上去无害，似乎合乎社会规范，使前意识区会对它们放行。画家达利一生崇拜弗洛伊德，真的让潜意识把他的创作，带到了前所未有的境地。我不打算用达利的画举例，我想以中国泼墨写意画和美国滴画为例。唐代周昉的画是表现宫怨的画，采用双勾填彩技法画成，绘画过程十分理性，一笔一画都是想好了再下笔，这种理性画法与达·芬奇画《蒙娜丽莎》，没有什么不同。假如有人觉得这幅画好，打算出高价，请周昉再画一幅一模一样的，只要周昉愿意，他是画得出来的。只要达·芬奇愿意，他也画得出一幅临摹之作，与

《蒙娜丽莎》一模一样。要想临摹一幅画，且做到一模一样，对原画是有要求的，原画必须是理性的产物，每一笔有明确的目的。达·芬奇作画时的理性，是过头的，有时一两笔的深思熟虑，会耗时长达一天，直到按既定的方案，把画全部画完。这样的画也意味着是可以复制的，因为作画时，主要调动的是理性。

中国古代的泼墨写意画，就完全不同，即兴色彩很浓。比如，五代石恪的《二祖调心图》，是怎么画禅宗二祖的衣袖的？仿佛是拿毛笔随意划拉几下，完全靠即兴发挥，每一笔不是事先想好的，都是下意识的反应。画这种画，要调动的是画家的潜意识。这种画最让临摹者恼火，它没法临摹，就算让石恪自己临摹一幅《二祖调心图》，他也做不到。因为即兴的绘画过程，包含太多的偶然，每一笔几乎都是偶然天成，每个偶然彼此又配合得天衣无缝，理性当然难以把握，这是临摹的难点。南京博物院馆藏的《杂花图》，是徐渭的写意画珠峰，画中肆意妄为的即兴发挥，有人敢动念去临摹？就算徐渭自己动念，也是妄想。直到20世纪50年代，西方才有类似泼墨写意画的画法，美国画家波洛克用沾满油彩的画笔，朝画布滴、洒、泼、甩。你可以想象得出，他的每个动作都是即兴的，偶然的，他一边来回走动，一边即兴把油彩泼洒到画布上。等他画完，你请他再画一幅一模一样的，他一定会疯掉，对吧？因为驱动那么多即兴动作的，是他的潜意识，他无法事后用理性去一一临摹。你看，弗洛伊德提醒人类有潜意识之前，中国古代已有泼墨写意画，令潜意识成为创作之源。潜意识固然会给理性造成不少困惑，令我们难以完全了解自己，把握自己，但对写作来讲，恰恰是一个福音。潜意识躲在理性够不到的意识深处，也意味着在写作理性的掌控之外，写作还潜藏着即兴发挥的巨大自由、潜能等。唯有了解和进入理性的盲区，你才算真正步入了现代人的世界。意识到人无法被理性完全把握，会令你对写作的认识起变化，会让你开始懂得，真正的现代写作究竟是什么样子。

三、写作的真实过程

我要讲的写作，完全不同于中小学的作文训练，或大学中文系的训练，众所周知，已有的中文训练，主要是通过经典分析课来完成。常人对写作的认识，恰恰因为经典分析课，一不小心就走入歧途。老师分析每一篇文章时，已把文章当作一台精密机器，写文章也就如同造机器。造机器有个特点：无论部件或由部件组装的整机，都是预先设计好的。所有部件必须按设计图纸制造，再送到总装车间组装。比如为了造汽车，就得先造轮子、方向盘、发动机、油箱、车壳等等，再用部件组装整车。每个部件组装前后，不会有任何改变。想一想吧，我们过去的老师们，是不是用类似造机器的逻辑，这样教写作的？老师要求学生下笔前，务必打腹稿，把文章各部分预先想好，再按起承转合的结构组合成文章。下笔时，文章的各个部分，不允许超出预先的设计。课上对经典文章做出的大量分析，大大加强了文章像精密机器的观念，令学生们赞叹每个词、句子、段落，多么准确无误，无懈可击！老师越把文章设计得功效神化，学生下笔就越惶恐，害怕笔力达不到那样的精准（学生当然达不到）。因为结果完美，就想当然认为初始设计也一定完美，这种由结果推想起点的做法，一般称为"逆向工程"。经典分析课或阅读课的实质，就是文学中的逆向工程。作文课或大学的中文训练，已被逆向工程笼罩了数十年，蒙它的精心照耀，打腹稿就变得至关重要，它是下笔前的"设计"或"图纸"。为了让学生发现文章的奥秘，老师会把一篇作品拆开，分拆成起、承、转、合，或写景、心理刻画、高潮、点题等大大小小的"部件"，竭力向学生展示每个"部件"的完美无瑕，展示这些"部件"彼此的衔接多么巧妙，天衣无缝！上多了这样的分析课，你难免就会产生大师癖，老师越分析经典，你越觉得经典作家个个是神人，那么多的大小"部件"，那么多复杂、精准的巧妙组合，他们是怎么做到的呢？老师已无从解释，至多叮嘱你写作时要打腹稿。问题是，单靠打腹稿就能一步到位的人，不就是神人吗？分析课不经意就把你的写作与作家们的写作彻底拉开了距离，他们的"盖世武功"，必然令你自惭形秽。如果此生你只想做读者，有大师癖倒也无害，毕竟有反省力的大师作品也是文明的护身符。如果此生你还想当写作者，大师癖可能就会带来误导，会让你错误地想象或揣摩，或一厢情愿地认定，作家们一定是"那样"写作的。

"那样"勾勒出的写作景观，来自一直轰炸你的经典分析课，它会潜移默化，令你拥有逆向工程的思维，唆使你，把写作与仿造一台机器,看作是性质相同的事。逆向工程的思维,隐匿着两个假设,一是,文章里的"部件"与机器部件一样,从开始"制造"到"组装"完成,"部件"的形状、尺寸,都一成不变;二是,文章结构与机器设计图一样,从制造"部件"到组装"部件",同样也一成不变。想必以前的老师都教过你如何去制造文章"部件"——打腹稿!学生需要在腹中精密设计出文章的各个"部件",等文章落笔到纸上,写作已变成无趣的"照图纸加工""组装",或对腹中文章的"抄写""誊写",部件在组装或抄写前后,不能有改变。这样一来,写作的重负都一起压到了"想"上,即必须先想出腹稿。由于想本身是散漫的、无形的,面对稍纵即逝的众多思绪,欲捕捉其一,则要靠记忆帮忙,记忆成了"想"用来暂时储存的纸。可是,"想"之选择是反复无常的,如蜻蜓点水,甚至雁过无痕,比"写"之选择轻佻许多,记忆无法像真正的稿纸那样,胜任记录所有"想"的痕迹,毕竟任务太重。"想"之无形,碰上记忆的无形,这样在腹中翻来覆去地想,就是用无形去捕捉无形。这导致很多写作者下笔之难,难于上青天。他们常见的写作姿势是,手攥着笔,眉头紧锁,苦思冥想,迟迟写不出一个字。

记得有一次,应老同学钟扬之邀,我赴上海某书院做写作演讲,听众是小学四年级到初一的孩子。我让孩子们当场写几句话,没想到竟有五六个孩子,五分钟写不出一个字。我问他们为什么写不出?有孩子想了半天说:"就是写不出。"我问他:"会不会骂人?"他说会。我就叫他把骂人的话写下来,他马上瞪大眼睛叫了起来："骂人的话怎么能写出来呢？这些话是不对的。"这件事让我发现了症结所在——原来他们没有初稿概念。写不出是因为他们认为，一旦落笔纸上，就铁板钉钉了，就是无法更改的定稿，就必须正确，对，完美！所以，他们只能紧攥着笔，皱着眉头，漫无边际在心里硬想。必须按老师的要求打腹稿，半天想不出，是常有的事。作家们的写作也是这样的吗？在腹中苦思冥想的那个"想"，与落笔纸上既成事实的那个"写"，其实是有天壤之别的。逆向工程的思维，会令你把写作中的自由，压缩到几乎没有，会排除潜意识对写作的有利功用。为了让你有直观的感受，我举绘画的例子来说明，毕竟艺术与文学的创作思维过程，十分相像。

贡布里希的《艺术的故事》中，印有拉斐尔画《草地上的圣母》的系列草图。这幅画的三角形构图，达到了完美之境，圣母、耶稣、耶稣的兄弟约翰，三人的姿态与神情配合，十分严谨，天衣无缝，优美动人。如果你不幸拥有逆向工程的思维，一定会被此完美画面唬住，想当然认为拉斐尔落笔作画之前，心里一定已有完美的"设计图"，落笔作画时，只需把预先想好的"设计图"，临摹或说"抄"下来即可。至于"设计图"是如何想出来的？拉斐尔为何能想得那么完美？你一定喜欢用"天才"来解释，唯有天才方能一步到位，立刻想到该让画中出现三人，各据三角形的一角，圣母垂目望着十字架，耶稣侧倚圣母，与约翰相对，都看着十字架，十字架是将三人连成整体的轴心。拉斐尔真是按照这样的逻辑、顺序，创作这幅画的吗？拉斐尔创作这幅画的系列草图，揭示了他的构思过程。最初的草图中，主要人物只有圣母和耶稣两人，约翰隐约出现在圣母侧后，与其说是三人的三角形构图，不如说是两人的对角线构图。第二幅草图表明，拉斐尔试图修正最初构图的"错误"，把约翰移到圣母侧前，出现了三角形构图的雏形。第三幅草图中三人的位置，已接近定稿中的位置。但第四幅草图，一定出乎你的意料，拉斐尔没有继续完善第三幅，他把约翰移走，居然开始尝试别的构图，略显混乱的笔触揭示出，他心里还有些许的不知所措。定稿中非常重要的十字架，始终没有出现在系列草图中，说明十字架是拉斐尔作画时的灵机一动，是后来加上去的，并非预先设计。耶稣在系列草图中的双眼，要么朝上看，要么朝外看，不像定稿中是盯着十字架，说明定稿中耶稣双眼的朝向，并非预先设计，同样来自作画时的即兴灵感，就是陆游说的"妙手偶得之"。

2014年夏天，应歌德学院之邀驻留德国期间，我曾赴巴黎参观博物馆，登上罗丹故居二楼时，"发现"了罗丹创作《巴尔扎克》的真相。二楼展示了大量《巴尔扎克》的泥塑模型，姿态各异，与立在院子里的铜塑成品《巴尔扎克》，截然不同，能看出罗丹是用泥塑模型做试验，逐一试错。有的泥塑姿态荒诞，甚至露骨，常人闭着眼睛就知道，会有损巴尔扎克的形象，为何罗丹仍要做出那样的泥塑模型？答案只有一个：通过不同的泥塑试错，找到最佳方案！他通过一系列泥塑模型，可以直接目睹一系列姿态的合适或不合适，通过不断地否定，就能摸索到最佳姿态。这些姿态各异的泥塑模型，说明罗丹没有苦思冥想打腹稿，没有预先想好完美的"设计图",他把自己的才智,直接投入试错的创作摸索中。

拉斐尔作画的例子、罗丹的泥塑模型,都表明常人对创作的揣摩和设想、逆向工程的思维,是不真实的,是一厢情愿。他们一定想不到,连拉斐尔、罗丹这样的大师,创作前心里都没有完美的"设计图"——所谓老师叫你打的那种腹稿。拉斐尔没有想好,就下笔开始作画,罗丹没有想好,就动手做泥塑模型,他们都用逐一试错的方法,代替打腹稿。试错会牵连到即兴发挥,潜意识就会暗中发挥作用。关于试错,我举个生物的例子来说明。有学者把一只敞口玻璃瓶放入黑屋,将瓶底朝向黑屋唯一的窗口,再将六只蜜蜂和六只苍蝇,放入瓶中。请问两小时后,逃出瓶子的是蜜蜂还是苍蝇?大家一般会猜,逃出瓶子的是蜜蜂,因为谁都知道蜜蜂的智商比苍蝇高。事实上,学者发现,苍蝇都若无其事逃出了瓶子,蜜蜂却全部撞死在瓶底。蜜蜂的智商是胜过苍蝇,但偏偏认死理,认定有亮光的地方,一定是出口,所以,一次又一次朝有亮光的瓶底撞,直到把自己撞死。苍蝇没有认死理的高智商,是机会主义者,通过不停乱撞乱试,不经意就摸索到了瓶口,成功逃生。你看,智商高的蜜蜂错在方法不当,错在把过去的经验当成不可更改的教条。苍蝇的试错,是根据环境的不断反馈,及时调整自己的行动。拉斐尔和罗丹采取的试错,与智商低的苍蝇完全一样,说明创作不是按既定的"设计图",像蜜蜂认死理那样,一条道走到黑。创作要像苍蝇试错那样,及时捕捉即兴涌现的种种灵感,不断修正先前的想法。凡认为写作可以完全靠理性设计的人,就不幸落入了蜜蜂的教条境地。

真实的写作,更像一个生命体的进化。如同人这一物种,从单细胞开始,一步步进化成鱼,进化成两栖动物,进化成哺乳动物,进化成直立人,进化成智人(现代人)的过程,非常适合用来说明创作过程。拉斐尔下笔画草图,或罗丹开始捏泥塑模型,就相当于从进化图的某处开始,比如,从鱼(初稿)开始,再通过试错,比方说达到两栖动物(草稿甲)的阶段,这时离最终的智人(定稿),仍相去甚远。他们会继续试错,比方说前进到哺乳动物(草稿乙),这时,你仍然无法通过哺乳动物(草稿乙),想象出智人(定稿)的完美样子,除非继续试错,到达直立人(草稿丙),再到达智人(定稿)。你会发现,越到后面,比如直立人(草稿丙),就越接近智人(定稿)。逆向工程或经典分析课的思维,错在老师赞叹智人(经典)的完美无瑕时,一厢情愿地认为,智人(经典)不可能是从鱼或两栖动物(糟糕的草稿)演变过来的,不可能从哺乳动物(糟糕的草稿)演变过来,毕竟鱼或哺乳动物(糟糕的草稿)与智人(经典)的样子,实在差得太远。老师一般会设想,现代人是由现代人的脑袋、皮肤、骨骼、肝、肺、肠胃等,这些已进化好的完美"部件",像机器那样直接组装而成。经典的完美样子,让老师不敢设想,大师写初稿或草稿时,竟也有诸多错误、混乱、不堪。海明威有一句话,颇能帮我们消除这一认识魔障,他说,"任何文章的初稿都是狗屎"。

真实的写作过程,如同生命的进化过程,并没有"最终的形式",每写一稿,都是作者暂时拼搏的结果,他只是暂时无法再改进它,这样我们就能会心博尔赫斯的沮丧。他认为到了一定岁数,反复修改无法令"他再提高很多时""我就任其自然,干脆就完全忘掉已经写好的文字,只去考虑手头上正在做的事情"①。一旦能跳出由结果臆想起点的窠臼,认识到经典哪怕再完美,初稿或中间草稿,可能与定稿也有霄壤之别,意识到草稿与定稿的差别,可能大于鱼与智人的差别,写作者就不会被经典的完美模样吓倒,不然一想到自己下笔,就要像"伟大作品"那样写得完美,写作者就会吓得不敢动弹。上海那几个孩子,光被语文老师叮嘱的"正确""对",就吓得五分钟写不出一个字,更遑论"伟大"或"经典"二字的千钧重负。没有作家没写过糟糕的草稿,但作家与爱好者的显著差别是,作家不会看到糟糕的草稿就止步,会通过艰辛的修改,令"糟糕的草稿"一步一步进化成杰作。比如《战争与和平》的开头,托尔斯泰就写了十五稿,他整本书的写作,是在不断克服困难中,慢慢摸索前行的。卡佛也没有例外,他说:"小说的初稿花不了太多的时间,通常坐下来后一次就能写完,但是其后的几稿确实需要花点时间。有篇小说我写了二十稿还是三十稿,从来不低于十稿……他(指托尔斯泰)把《战争与和平》重写了八遍之后,仍然在活字盘上更改。这样的例子会鼓励那些初稿写得很糟的作家,比如我本人。"②

---

① 美国《巴黎评论》编辑部:《巴黎评论·作家访谈2》,仲召明等译,上海文艺出版社2015年版。

② 美国《巴黎评论》编辑部:《巴黎评论·作家访谈1》,黄昱宁等译,上海文艺出版社2015年版。

文学爱好者则往往等不及,一瞧见草稿糟糕,发现与经典的完美相去甚远,就再也没有兴趣付出努力,令其一步一步进化。我有个写作朋友,就有严重的写作障碍,障碍来自他的写作观念,他认为必须想好文章的每句话才能下笔,他迷信理性对写作的全面控制和调遣,结果每写一两句话,他都要苦思冥想好几天……

巴尔扎克并不懂什么潜意识,但他会自发利用潜意识:每次拿到校对稿,他会即兴涂改,插写大量新内容。他将写作置于即兴涌来的灵感中,会推翻或修改原有的构架、内容,与苍蝇的逐步试错,别无二致。据说他从不打腹稿,会直接下笔写初稿,接下来就不断修改校对稿,甚至直接在校对稿上重写。巴尔扎克并不倚重什么"设计图",说明他的写作中,有即兴发挥的巨大自由,他主要倚重被潜意识怂恿的那个自我。古典时期,自我给普通人一个错觉:它只受理性控制。但作家们的实践,让人意识到一部分自我的源头,通向了理性之外。这样就得接受人有两个自我,一个受理性支配,一个不受理性支配。这里,我不打算全部采纳弗洛伊德的术语,什么本我(本能)、超我(社会规范)、自我等,我们搞写作的人,没必要太学究气,还是直抵写作问题的核心为要,只需知道你的身体里有两个自我即可。承认自我的分裂,能让你看清写作的真相。过去的写作教学,老师总要求你面对已知的东西,要你把写作交给明明白白的"设计图",要你打腹稿,要你下笔写作时,坚持贯彻预先的"设计图";要你分析经典时,看出结构的精妙,各"部件"衔接的严丝合缝,都来自作家的巧妙"设计"。这些在中小学甚至大学，一讲再讲的写作逻辑，主要来自古典时期对自我的单一认识。一旦发现人还有另一个自我，通向理性之外的潜意识，写作就不再是死气沉沉的打腹稿、预先"设计"等，写作中就有任思绪肆意徜徉的自由，即兴发挥，异想天开，面对未知的探索！一旦你知道，作家的真实写作过程中，仍有大量的未知，你定会大吃一惊。海明威说："有时候你写起来才让故事浮现，又不知道它是从哪里冒出来的。运转起来就什么都变了。运转起来就造成故事……"[1]海明威说的"运转"，就是不知道会遇到什么的试探性写作，离开了已知想法，作家就要靠面对未知的即兴发挥。就算作家有大致的写作提纲，他每天的写作仍要面对未知。海明威谈到写《丧钟为谁而鸣》时，说："原则上我知道接下去要发生什么，但写的时候我每天都在虚构发生了什么。"很显然，海明威说的"每天都在虚构"什么，指的就是计划之外的，预料之外的即兴发挥。

为了让写作者充分感受写作中的自由，法国诗人布勒东发明了"自动写作"。他把自己和朋友关进黑屋，桌上堆满白纸，数小时一直不停笔，迅速写下脑中出现的任何思绪，不管思绪是否荒诞，或前言不搭后语。布勒东把这种写作实验称为自动写作，"自动"意指写作时理性已不起作用，仿佛有个高于你的作者，正握着你的笔，教你如何写作。这令我想起文艺复兴时期大师卡拉瓦乔画的《圣马太与天使》：天使正握着圣马太的手，教他如

---

[1] 美国《巴黎评论》编辑部：《巴黎评论·作家访谈1》，黄昱宁等译，上海文艺出版社2015年版。

何写《马太福音》。对大老粗的收税员马太来说，写作是超出他能力的事，只有无所不能的天使，能引导他写作，令他仿佛进入了自动写作。布勒东的自动写作涵盖了白日梦、破规、犯错，用写作伪装潜意识等，如此松弛的即兴写作，必是对潜意识的一次泄露、释放。我的朋友王珂教授，近年用诗歌来治疗抑郁症患者，用文学来释放不良的潜意识，据说疗效不错。自动写作，会产生大量的写作垃圾，有时也会小有斩获，出现少量灵光一现的句子，比如布勒东用自动写作写的"有一个人被窗子劈成了两半"（邹建林译）等，就成为自动写作的第一个标本，也开启了诗歌的超现实手法。自动写作带来的启示，不在它有多可靠，就投入的时间、精力、产出的佳句来说，它效率低下，不值得推广。但自动写作触碰到了写作的一根神经：写作中的自由。这根神经早已被经典分析课、逆向工程思维等，弄得遍体鳞伤，自动写作能让这根神经有效康复。当你的写作神经被"设计"绷得太紧，感到笔尖承受的压力太大，不妨用自动写作来松弛神经，权当是写将扔进废纸篓的垃圾，写着写着，你就会渐入佳境。把自动写作当作正式写作的前奏，或序幕，或一段导轨，将被经典压得不能动弹、不敢越雷池一步的写作者，导入有效的写作状态，这种做法倒值得向大家推广。

日常生活中，有一种不被人看重的写作，能带给你作家一样的写作体验，能让你留意到自动写作强调的即兴发挥，会如何参与写作，这种写作就是写信。当你想给家人或朋友写信，当然不会打腹稿，不会预先进行文章设计，不会的！你只会凭着感觉，一路摸索着写下去，写完不用说，信的内容多半不是你事先想到的。写信中，理性起着辅助的作用，监督内容有无重复，警惕结构过于失调。所有人一说到写信，都有跟作家一样的自信，哪怕不知道要写什么，也不会担心写不出，全然没有写作文或创作文学作品时的惶恐。写信时，面对未知的边写边想，恰恰最接近作家们的写作。

真正的写作，是让你把写作交给内心的两个自我管辖，让理性的自我预先画出"鱼"的样子，又让即兴探索的自我推动着"鱼"一步一步向前演变，进化成"智人"。学会同时发掘两个自我的潜力，正是写作课欲达成的目标。

习题：

拿出笔和纸，脑子想着与某人有关的一切（比如母亲），一旦开始写下脑中的思绪，就不要停笔，不要管你写下的文字是否荒诞、无逻辑等，只管记下脑中与他或她有关的一切思绪，一刻不停地写五分钟。此练习是为了体会，自动写作的即兴发挥与理性的控制（想到某人），是可以彼此合作的。

学生练习：

终于学会做百变的人，对不同的人用不同的方式，真诚的则坦诚以待，狡诈的则多加防范，全能自恋的则让其感觉自己是上帝，没有良心的则敬而远之。不是所有的都会有好结局，不是所有的一定有现世报。善恶，到头终有报应，好良心，凡事尽心尽力，无论结果如何，我都无怨无悔，这是成熟还是虚伪？乱了我年少时的观点，并以为是虚伪，因为我没有尽力和大家说清楚事实真相，年过四十后越发认同这是成熟，因为不是所有人都关心所谓的真相，你以为的真相，没准被别人嘲笑嘲讽为阴谋，迫使人家觉得如此……

点评：

可以看出，你不只是写自己，也写得很有条理，潜意识里其实已经有一套逻辑，说明什么？说明你的这种写作逻辑、写作的策略，早已变成你的思维习惯，刻进潜意识了。文字挺不错的！就是不太像自动写作写出的随意文字。

四、结尾写作法

知道写作如写信，等于知道你的笔里有一只野兽，你既要与野兽共舞，尊重它的野性，还要与理性为友，找到适度驾驭它的方法。我有个实践了多年的经验，可以作为方法之一。

我喜欢把目光投向生活或新闻，从中汲取的精华不是什么故事，真正让我激动的，是形形色色事件的结尾。这些由现实逻辑演绎的结尾，含着人们正承受的重负。我并不想走进原型故事，我知道，如果这样的结尾是唯一的，那么导致它的人性逻辑仍会千差万别，我就没有必要只依赖原型故事。一来这些故事过分聚焦利益，对结尾的诠释比较简单，涉及的人性表现也浅表，二来现实故事固然颇具魔幻色彩，但早已套路化，这些套路来自社会机制，对事件产生的潜在影响。我会快刀斩乱麻，把道听途说的故事或新闻，砍得只剩一个结尾。然后，我打算自编一个故事或数个情节，来搭配剩下的结尾。

这种写法颇像做数学证明题，结论在前面等着你，就看你能否从假设出发，自圆其说演绎出结论。数学证明题里的假设，就相当作品开头的场景，就看你有无本事，从某个场景出发，用即兴编造的故事或情节，演绎出你选好的结尾。有没有这个结尾，写作可大不一样！我打个比方，好比你从南京出发，最终要去上海，"上海"就相当于我选定的结尾。你可以从苏北绕过去，可以坐沪宁高铁直接过去，也可以从赣南绕过去，还可以先到杭州再去上海。因为途中没有规定怎么走，你可以自由选择任何路线，或短或长，或有趣或有想象力，或浪费时间或节约时间，只要抵达上海，你旅行的意义就达成了。不知情的外人回头看你的旅行路线，就觉得你"别有用心"，很像经过了精心的预谋。需要充分理解的是，从南京到上海，不只有一条路线。相当于同一个结尾，可以有许多故事或情节与之对应，故事或情节的不同当然来自人性的不同表现。如果你从南京出发，不知道要去哪里，就算途中有即兴选择路线的自由，你旅行的意义也很难达成，因为你不知道途中的自由，会把你带到哪里，旅行在哪里结束才算完成、完整。

结尾写作法，一来迫使你的写作面对未知，能极大激发想象力,松开捆绑你的理性锁链,二来已有的结尾,提供了故事或情节发展的方向和目的地,避免即兴发挥的自由,陷入漫无目的、混乱、结构失调。我就这样添枝加叶,利用无数现实结尾,写了十数年短篇小说,直到近年教写作课才发现,两百年前就有人发明了结尾写作法,发明者是爱伦·坡。我由此明白了爱伦·坡为何是短篇小说之父,因为结尾写作法,能让人的两个自我巧妙配合,让理性的自我守着结尾,耐心等着即兴发挥的自我,朝它一路冲过来。短篇靠数个即兴发挥的神奇冲刺,就能把故事或情节带到结尾,但长篇会改变读者对冲刺的感受,如果即兴发挥的路途太漫长,途中的一个个冲刺,也就失去了方向和目的地。海明威的伯乐编辑珀金斯,给作者写的建议中,有一条就涉及结尾的使命:"你只有到结尾的时候才能了解一本书,所以其余部分必须修改得和结尾相一致。"[1]

有人就算领悟到结尾写作法的妙处,仍会把写作开头和中间拥有过多自由,视为一害,感觉无所适从,仍希望有若干路标,能帮他加速孕育出场景和情节,这时就得小心谨慎。我认为,至多再提供一个故事梗概,对短篇来说就已足够,以免心头堆积过多的理性限制,会吓退你写信时才能体会到的那种写作自由。辛格也说过:"故事的构思。这对我来说是最艰难的方面。也就是如何谋篇布局,使故事引人入胜。对我来说最不费力的就是实打实的写作,一旦有了故事框架,写作本身——描写和对话——就自

---

[1] A. 司各特·伯格:《天才的编辑:麦克斯·珀金斯与一个文学时代》,彭伦译,广西师范大学出版社 2015 年版。

然而然地流泻出来了。"[1]

你可能会吃惊，我对作品开头满不在乎，因为你脑子里堆积了太多的名著开头，什么"幸福的家庭都彼此相似，不幸的家庭却各有各的不幸"[2]，什么"这是最好的时代，这是最坏的时代；这是智慧的年代，这是愚蠢的年代；这是信仰的时期，这是怀疑的时期；这是光明的季节，这是黑暗的季节；这是希望之春，这是绝望之冬"[3]，什么"多年以后，奥雷良诺上校站在行刑队面前，准会想起父亲带他去参观冰块的那个遥远的下午"[4]，什么"今天妈妈死了。也许是昨天，我不知道"[5]。这些开头字字珠玑，必定会打败你写的任何开头，关键是打败你的信心，会使你写的任何开头，都变得滑稽可笑。我想说，你脑中铭记的那些开头，恰恰遮蔽了大师写开头的真相。上面列举的这些开头，是大师们所有开头的珠峰，之所以常常用来举例，正因为是人们的最爱。最爱就意味他们已忘却，或不知道大师们还有更多普通的开头，普通开头才是大师们写开头的常态。我们都知道，必须做的事与意外天成的事，永远有一定的比例，大师也无法把每篇开头，都写成令其他开头都逊色的珠峰。你不妨想一想，托尔斯泰一生写过无数小说开头，为何人们只乐此不疲地引用《安娜》的开头？如果你以《安娜》的开头，来苛求你一生将写的所有开头，是否意味

---

[1] 王诜：《世界著名作家访谈录》，江苏文艺出版社1991年版。
[2] 列夫·托尔斯泰：《安娜·卡列宁娜》，姜明译，北京十月文艺出版社2004年版。
[3] 查尔斯·狄更斯：《双城记》，宋兆霖译，作家出版社2015年版。
[4] 加西亚·马尔克斯：《百年孤独》，范晔译，南海出版社2011年版。
[5] 阿尔贝·加缪：《局外人》，郭宏安译，译林出版社1998年版。

着，你已自视比托尔斯泰更有才华？

　　我倒有个方法，可以让无关紧要的开头，通过写作的推进变得不可或缺，挺适合结尾写作法。我写小说时，从不考虑第一句或开头重不重要，一旦预设了结尾，就从脑海冒出的任何场景开始，比如想到人物过马路，我就马上写下它。等这个开头慢慢牵出情节或故事，发现需要让开头变得不可或缺，该怎么办呢？不难办！你可以让人物再过马路，甚至多过几次，让过马路对人物产生影响，让过马路成为推动情节或故事发展的秘密之一，这样一来，开头自然就变得不可或缺。按照老掉牙的传统说法，如果你前面提到墙上挂着一把枪，后面就要设法让这把枪开火，目的是把已写的普通场景，变成看起来十分巧妙的伏笔。用这个思路来写开头，就是我说的方法，怎么开头也就不重要，关键是如何通过后续的写作，让开头变得不可或缺。这样写作的实质，就是苍蝇的试错策略，因为写作过程中你有很多的机会，可以通过重述或改变小说的方向等，弥补已写部分的不足。

　　习题：

　　从新闻中找一个事件的结局，将它作为你故事的结尾，请自编一个故事梗概（不超过一百五十字），除了结局与新闻一样，其余完全不同。

五、作品的多重真实与主题

谈论文学真实之前，首先需要了解什么是真实。我猜想大家过去以为的真实，与我要谈论的真实，应该不是一码事，很多人会把"事实"误认作真实。我们的日常生活显得真实吗？很多人一定会说，还有什么能比生活更真实的呢？不知大家有没有发现，日常生活里其实只有事实。所谓的事实，就是客观存在且无倾向的事物。比方说，"我活了八十岁"，这句话就是事实。比方说，"学员们正在教室听课"，也是事实。如果把有倾向的事物，看作是有色有味的，那么事实就是无色无味的，中性的，不偏不倚的。这恰恰是人们对生活事实不满足甚至不满意的地方。比方说，"有人把车子朝路边开，撞死了一个女子"，如果警方只给你上述的事实描述，你会满意吗？当然不会！为什么？因为它太客观，太无倾向，或者说只是事实而已。你最想了解的，当然不是案件事实本身，是想了解隐藏在案件事实背后的动机，即那人为什么要开车撞死他人。如果警方第二天披露，"驾车的人与女子有过恋情，因情生恨"，想必你就会释然许多。为什么动机会令你释然？为什么案件判决中人们会竭力寻找作案动机？这就牵连到了"真实"，所谓的真实是指赋予事实合理的倾向或意义。上述案件中的动机，就是隐在案件事实背后的真实。说到这里，你大概看出，要想让事实开口说话，人们必须赋予事实以倾向或意义，只有那些合理的倾向或意义，才配得上用"真实"一词。很多时候，人们出于自私，会把真实之外的一些倾向或意义，故意赋予事实，我想，除了怜悯背负着这些倾向或意义的事实，我们唯一能做的，就是称它们为谎言或偏见。

　　人一生，大概被太多中性的事实包围，每天从醒来起，满目都是琐碎的生活事实，人难免总想弄明白，这些事实的合理倾向或意义是什么？你不妨找某天做一个试验，从那天睁眼起，就记下你做的每件事，比如从起床穿衣开始，一直记到晚上入睡前。当你回头看一天记下的琐事清单，你能看出这些生活事实合在一起，有什么倾向吗？它们能道出你这一天的生活意义吗？你会发现，若不深思，你是看不出来的。因为生活事实本身不具有推断的逻辑和能力，本身产生不了倾向或意义，除非由人来赋予。苏格拉底之所以会说，不经过思考的人生，是不值得过的，大约也是出于类似的理由。你对比如下的句子，大致就能领会事实与真实的差别。

　　事实：我活了八十岁。（无倾向）
　　真实：我活了八十岁，还看不透你？（有合理倾向）

　　文学中还有一类"事实"，你不靠想象虚构它，它就不存在，我把这类虚构的事实，叫"事象"。比如卡夫卡的《变形记》中，格里高利清晨醒来，发现自己变成了大甲虫。在小说里，格里高利变成甲虫，是事实，但读者会认为，这事实是由作者虚构的。所以，我把文学作品中，"人变成甲虫"这一类虚构的事实，统统称作事象。你大概已看出，事象与事实一样，也是没有倾向的、不自带意义的,等着人来赋予它倾向或意义。卡夫卡的《变形记》,不会只因为格里高利变成甲虫,就自动获得了文学意义。如果真是这样,小说开头之后,卡夫卡倾注的大量笔墨就白费了。你若想弄明白,卡夫卡用"人变成甲虫"这个事象,究竟想表达什么,就得阅读开头之后的所有段落,这些段落会揭示,隐在"人变成甲虫"这个事象背后的真实。比如,格里高利被父母、妹妹疏远的段落,揭示出人置身现代社会的孤独、无助,亲情已敌不过"人的变异",变异(小说里用人变甲虫来呈现)之所以会发生,根源在现代社会不可避免地到来。当然,我一会儿要讲,文学真实不会这么单一,以上只是对该小说真实的解读之一。

我再举个例子。海明威写作《老人与海》的原型故事,来自他的亲身经历:他和友人捕到一条八百多磅的马林鱼,把它弄上船之前,遭到了鲨鱼群的围攻,等把马林鱼拖到甲板上,马林鱼被啃得只剩五百磅左右。以上描述,不过是海明威遭遇的一个"生活事实"。作为一流的小说家,他当然看得出这个生活事实不够味,他打算据此虚构一个事实,即事象:老人八十四天没找到大鱼,老人再次出海碰运气,居然找到一条大鱼,经过数天搏斗,制服了大鱼,他打算把大鱼拖回渔村时,遭到了鲨鱼群的围攻,大鱼被彻底吃空,最后老人用船拖着大鱼的空骨架,回到了渔村。如果海明威只是为了展示事象,即他虚构的事实,就没必要渲染找大鱼时的困难,渲染如何两天两夜才制服大鱼,渲染如何徒劳地与鲨鱼群搏斗,渲染老人非要把空骨架拖回渔村……所有渲染的目的只有一个,就是让事象负载一些意义。你打开这本书读完,这些意义可能就浮上心头。当然这些意义中的一些,已被海明威在书中明说,比如,老人在小说里说:"一个人可以被毁灭,却不能被打败。"这是海明威打算让事象负载的硬汉精神。老人回到渔村,见到他的知音孩子曼诺林,说:"它们(指鲨鱼)确实打垮了我。"曼诺林却说:"它(指大鱼)没有打垮你,那条鱼没有打垮你。"老人和曼诺林说的都是实话。小说最后一句写道:"老人正梦见狮子。"[1] 这一句的暗示,胜过对意义的明说。普通的惨败者一般只会做噩梦,梦见自己如何遭罪。老人却梦见狮子,表明他依旧是强者,狮子是老人自我的化身。仔细琢磨老人与曼诺林的对话,和小说结尾的暗示,大致就能触及"虽败犹荣"这一意义。当然,读者能从作品中看出的意义,仍比作品可能生发的意义要少。《老人与海》事象负载的意义,当然不止我列出的两条,也不会止于目前已诠释出的意义,永远有待未来的读者,不断去诠释、发掘。海明威写作《老人与海》的例子,能让我们看清,作家遭遇"生活事实"时,为了文学需要,如何把生活事实变成"事象"(虚构的事实),再用文学手段,让事象负载一些意义,来达成"文学真实"。

文学真实与科学或新闻真实,完全不同。科学真实企图给客观世界唯一的解释。比如,哪怕当代物理学有许多模型,都可以部分解释宇宙,但物理学家们仍相信,一定存在大一统的唯一模型,能解释宇宙中的一切现象。新闻真实与科学真实十分相像,

---

[1] 海明威:《老人与海》,黄源深译,译林出版社2010年版。

面对各种新闻事件（新闻事实），记者或有良知的人，会竭力挖出造成事件的唯一动因。比如，当出现不少患新冠肺炎的病人，如何解释这个现象（事实）呢？官员初期的解释排除了人传人这个肇因，但李文亮等医生的解释涉及人传人，医生的解释更合理，自然道出了此现象背后的真实（真相）。

文学真实要比新闻或科学真实，神秘得多，让读者找出作品的唯一解释或意义，倒会让作品显得不真实。没有作家会认为，去发现作品的唯一含意，是令人鼓舞的事。文学真实的价值恰恰就在，关闭了通向唯一解释的通道，打开了多义、朦胧的大门。比如，面对卡夫卡的《变形记》，读者完全可以找出两种以上的解释。第一种，我称之为流行解释，认为格里高利变成甲虫，被家人疏远，孤寂死去的悲剧，表达了现代社会中人的异化，异化令人丢失了部分人性（情感等）。玛丽·雪莱1818年创作的《弗兰肯斯坦》，让读者首次感受到科学带给人的异化，从实验室出逃的人造怪物，即半人半兽的怪物，不过是人未来的化身，是人对自身会丢失部分人性的预言。第二种，也可以认为《变形记》，表达了"亲情是经不住灾难考验的"，换成一句老话，就是"久病床前无孝子"。从格里高利变成甲虫起，家人无疑认为他"病"了，病得不轻，病得太久，久到连最爱他的妹妹也失去了耐心，任由他死去的悲剧发生。第三种，还可以认为《变形记》表达了"人在共同体中的孤独感"。家庭是一个小共同体，社会是一个大共同体。人置身共同体中，渐渐会产生孤独感，这是现代人的普遍境遇。卡夫卡在《城堡》中，还推演过土地测量员置身"城堡"

共同体时,无法被纳入共同体的孤独。好了,我不再推断其他解释了,你若有兴趣,可以自己去推断。《变形记》的多义、含混、不确定,恰恰是它长久生命力的所在。

你一旦理解文学真实是多义的,就能想通,为何每一代学者都会重新诠释经典,每一次的诠释,都赋予作品新的真实,所有这些不同的真实,令经典变得立体、丰富,成为永远谈不完的话题。欧洲在歌德时代,已有"说不完的莎士比亚"这种认识。"说不完"也就说明,莎士比亚作品中的真实,不是固化的,永远在收容历世历代的诠释。中国的《红楼梦》,也不可避免成为这样的诠释对象,红学的存在等于肯定了《红楼梦》内涵的多义,和永远的"说不完"。国内常有当代作者的作品,被收入中小学语文课本,不少语文老师就想当然地认为,作者面对自己写的文章,一定知道它表达了什么,不会不知道连学生们都知道的"中心思想"。据说,一些语文老师用考学生的试卷,来考试卷里文章的作者,结果几乎少有及格的,甚至还有作者交白卷,不少语文老师想不通为什么。讲到这里,你大概已能替我回答为什么。认为作品只有唯一的中心思想,是不得已的简化,这是把能得到多重真实的读法,改为只能得到唯一真实的读法,以便适应标准化的考试。作者心中当然不会有唯一的"中心思想",他写作品时,触及的真实是多重的、立体的、复杂的,他并不知道语文老师,会把哪种真实规定为作品的唯一真实。如果学生们长期这样总结作品的中心思想,久而久之成了阅读的习惯,这就等于让他们离开了文学。

记得有一次受邀去苏州慢书坊，分享诗集《月亮已失眠》，结束时有位苏大的女生，竭力想弄清我一首诗的"中心思想"。她说，你的每行诗都能触动我，能让我领略其美，感受丰富，但它们合在一起的意义在哪里？因为我看不出"中心思想"是什么？那天何同彬是与我对话的嘉宾，他替我答道：如果你在阅读中有了那么丰富的感受，为何还要去找那个虚幻的中心思想？这是你在语文课上学到的恶习。何同彬说的没错！中心思想或单一主题，怎么能代替丰富立体的阅读感受呢？比如，梅尔维尔的巨作《白鲸》，故事说亚哈船长被白鲸迪克咬掉一条腿，他发誓要找到迪克复仇，最终他在茫茫大洋找到了迪克，搏斗中与迪克同归于尽。为了让你安心，我可以片面总结出《白鲸》的主题，比如，说《白鲸》体现了人与自然永无止尽的对抗，没有谁是胜者。你领到这个主题，真就可以代替你读《白鲸》吗？厚厚一本书的世界，真可以用一句话穷尽吗？其实作品的每种真实，都可以找到一个主题与之对应，读者能从作品中看出什么主题，看出多少主题，是因人因时而异的。

把作品的多重主题，简化成单一主题，不只来自语文老师要考试的苦衷，也来自评论家要评论的苦衷。评论家不可能同时诠释多个主题，这牵涉一篇论文的内容，能否前后贯通。为了具有说服力，评论家能找到的最佳方式，仍是每篇文章只谈一个主题。甚至一些作家，为了快速把写作带入丰富立体的作品世界，也会暂时采用简化策略，暂时为作品只构想一个主题，借助这个主题的牵引，进入比主题更立体的作品世界。比如，余华写《活着》时,就采取了主题先行的策略,有一天他脑子冒出了"活着"二字,他明白可以下笔了。单一主题只是进入作品世界的入口之一,一旦进入了作品世界,作家的所思所想,就会被人物或意象左右,领他入门的那个主题,常常也就死了。所以,写作中作家背叛初始主题的事,常常发生,几乎是写作的常态。读者会发现,《活着》也把读者带入一个多主题的世界,与余华当初的主题设想并不一致。以下是《巴黎评论》记者与海明威的对话。

《巴黎评论》:有人说,一个作家在作品中始终只贯彻一两个理念。你能说说你的作品表现的一两个理念吗?

海明威:谁说的?听起来太简单了。说这话的人自己可能只有一两种理念。[1]

他们的对话,一则提醒不要从作品的完美结果出发,去妄想写作的初衷,等于宣布了逆向工程思维的有害。二则揭示了作品中的主题,总会比你预设的多,作品常会脱离你的控制,离开初衷,冲向你始料不及的方向。记得 2002 年我写《第十一诫》时,就惊奇地发现,小说人物已不受我的控制。比如,按照写作的预设,小说结束时,我没想让青年助教杀死"师母",但人物经过前面情节的步步演绎,让我感觉,"师母"正一步一步滑向死亡,助教最后不得不动手。书稿的结尾曾令数个朋友情绪激动,竭力

---

[1] 美国《巴黎评论》编辑部:《巴黎评论·作家访谈 1》,黄昱宁等译,上海文艺出版社 2015 年版。

反对我让"师母"死去，也反对助教自毁人生。若干年后我再问他们，他们才发现这样的悲剧结局最有力量，令前面的情节演绎更具效率。只是他们并不知道，不是写作之初的设想，把人物带到了这个结局，是写作过程改变了小说进展和人物结局。

习题：

找一个搭档，各想一个主题，就此主题各写一段文字（五分钟左右），把主题写在纸背面，只向对方出示这段文字（不出示主题），请对方根据你写的文字，揣摩主题是什么。一般情况下，两人就同一段文字，体会到的主题是不一样的。由此体会主题的多重性和主观色彩。

六、夸张：文学表达的实质

作家常会考虑"怎么写"的问题，了解具体可以怎么写之前，我们先在观念上知道该怎么写。目前国内对怎么写的观念认识，哪怕在许多专业人士那里，仍显得不专业。不专业的观念认识，不只误导了许多人的写作，也误导了许多评论家的评判依据。怎么写的问题，牵连到文学表达的实质，为了让你看清这一点，我先讲一个海鸥实验。

英国学者曾做过一个海鸥实验，发现海鸥雏鸟并不认识自己的母亲，只认识母鸟鸟喙上的一道红杠。雏鸟只要啄红杠，母鸟马上会把胃里的食物，反刍给雏鸟。学者拿出画了一道红杠的小木棒，放入雏鸟群，雏鸟的反应并不意外，纷纷去啄木棒上的红杠，因为它们不认识母亲，只认识红杠。学者再拿出画了三道红杠的小木棒，也放入雏鸟群，看它们会选择去啄哪根木棒。结果令学者大吃一惊，雏鸟们全都去啄三道红杠的木棒，完全不理睬一道红杠的木棒。按说一道红杠的木棒，更接近母鸟的鸟喙，雏鸟为何偏选择与鸟喙差别更大的三道红杠木棒？找出缘由的学者，是五十年后的拉玛查教授，他当时想解开早期维纳斯之谜：为何所有早期女神像，都有硕大的胸部、肚子、臀部，却没有手臂，也完全忽略脸部的雕刻？中国早期的地母神，也有类似的特征，雕像着重突出硕大的肚子和臀部。拉玛查从五十年前的海鸥实验，推断出了缘由。他认为，所有动物都有性喜夸大（夸张）的本能，但选择夸大（夸张）什么，取决于生存需要。什么东西对生存重要，它们就选择夸大（夸张）什么。海鸥雏鸟眼里的红杠，是它们的生存保障，饿了啄红杠就有食物，它们便倾向或喜欢更夸张的红杠，即更醒目的三道红杠。拉玛查认为，人脑一样有类似的偏好，即性喜夸大（夸张）对生存重要的特征。早期维纳斯或地母神雕像，起着交感巫术的作用——原始人类十分迷信，他们相信女神雕像能提高部落的生育率，使他们多子多孙。最能体现繁衍生存需要的，当然是女性的生育特征，原始人类便选择夸大维纳斯或地母神雕像的生育特征，比如夸大肚子、臀部等。

人类进入文明社会以后，原始期的夸大（夸张）本能离开人类了吗？当然没有！乍看希腊时期的女神雕像，不再有大肚子，变得写实，但人类原始的夸大（夸张）本能，仍保有自己的表达形式——为了克服写实的平常，艺术家本能拉长了女神的腿、臂和脖子，使身体比例达到常人难以企及的"理想比例"，同时让女神摆出经过严格设计的夸张动作，即对立平衡的肢体动作，来放大观者的视觉美感。希腊所有伟大的雕塑，都出现在《克里特翁男孩》雕塑之后，佐证了人类本能地不喜欢写实。当希腊人经过数百年努力，雕刻出了完全逼真的人体雕塑《克里特翁男孩》，他们立刻停止了写实努力。与现实人体一模一样的雕塑，令他们觉得乏味、无趣，转而寻求夸张肢体的其他表达方式。目前藏于意大利雷哥市的瑞尔奇双青铜像，就是希腊人放弃写实后的两尊伟大雕塑。雕塑都没有尾椎骨，背部的脊椎凹槽和胸前的凹槽，都是真人不可能拥有的，雕像的腿和臂都比真人长，相邻的两块肌肉，一块紧张一块松弛，是真实人体做不到的……到了今天，我们身上仍背负着性喜夸大（夸张）的本能。比如，当代女性为何会描眉涂唇？为何游戏里的女子，都有夸张的长腿蜂腰？与原始人类一样，仍然是生存需要的体现。进入现代社会，长相好坏会影响生存，长相好看的会获得诸多的生存便利，结果就是，人人都设法夸张与颜值相关的特征，比如涂口红、描眉、抹粉、戴假睫毛、烫发、健身塑形、隆胸整容等等。我去台北时，发现年轻女孩个个都戴假睫毛。看来那古老的夸大（夸张）本能，已经跟随基因，闯入了我们的当代生活，无处不在。

　　海鸥实验也为我们认识文化，提供了应该尊重的人性法则，它一样会暗中"指导"我们的文学。你想一想，海明威写作《老人与海》时,为何不直接采用原型故事?你去问海明威,他也不一定能回答。但他本能地知道,只有夸张原型故事的某些部分,小说才能变得迷人,惊心动魄。你看,他夸大找大鱼的困难,夸大如何两天两夜才制服大鱼,夸张他与鲨鱼群的搏斗,夸张老人非要把空骨架拖回渔村……现实生活中,哪个渔民会把一副巨大的空骨架,辛辛苦苦从外海拖回岸边?是性喜夸大(夸张)的人类本能,暗中"指导"海明威,如此夸张地改造原型故事。文学写作中的一些方法背后,就隐着人类性喜夸大(夸张)的本能。

我来举一些例子。比方说,大家相信"性格决定命运"吗?大家全举手了,看来都相信。这句话乍看确实有道理:性格决定你遇到挑战时会怎么行动,行动当然会有结果,此结果必然决定你的命运。但我想提醒大家,这道理放到文学中能成立,放到现实生活中,就要大打折扣,甚至多数时候会失效。为什么?比如,有人性格暴躁,怒起来会杀人,但他置身现实生活时,就有很多因素阻止他蛮干。首先法律会以无期徒刑或死刑相威慑,令他冷静或三思而行;他的亲朋好友会毫不犹豫劝阻他;家人对他的期待、他对家人的情感依赖、他自身的荣誉感、对生活的眷恋等,都会成为他想蛮干的羁绊;最后就算他真的动手,对手的实力可不像作品中,是可以预先设定的,他能不能战胜对方,还得打个问号。作品中的人物行动时,不需要考虑这些婆婆妈妈的羁绊,或者作家会替人物想出万全之策,绕过法律、感情等羁绊,使人物能心无旁骛地去蛮干。博尔赫斯在《埃玛·宗兹》里,为了使替父报仇的埃玛,杀死老板的同时还能避开法律惩罚,作家替埃玛找到了万全之策：先去码头找水手糟蹋自己，杀死老板再报警，声称老板强奸了自己，她不得已自卫杀了老板。无法做基因检测的年代里，这是绕过法律的万全之策。实际生活中，有太多因素可以阻止"性格决定命运"成立。一旦置身文学作品，作家就可以放开手脚，大刀阔斧清除这些障碍，或找到万全之策，确保"性格决定命运"不失效。清除或避开会打乱这一逻辑链条的全部因素，当然是十分夸张的做法。

还有一种逻辑关联，若赋予生活也会显得夸张，就是大家熟悉的因果律。我用福斯特举过的例子来说明。如果你只是这样讲：国王上午死了，王后下午也死了，晚上宫廷发生了政变。你没有主观推断三件事之间的关系，只是客观讲了三件独立的事，那么读者真的不知道你要表达什么。假如你换个说法：国王上午病死了，王后过于悲痛，下午自杀了，晚上宫廷卫队乘虚政变。你可以看出，后一种说法，引入了因果关系。国王病死是因，王后自杀是果；白天国王和王后双双死去，使宫廷权力出现真空是因，晚上宫廷卫队乘虚政变是果。后一种说法，离不开因果律，原本独立的三件事，通过因果律产生了逻辑关联。你读完后一种说法，不再一头雾水，会不由自主同情国王和王后。如果你打算在实际生活中寻找因果律，你基本要靠主观臆想。就如我前面讲过的，生活是由千千万万的事实构成，你把哪两个事实用因果律联系起来，不可避免要靠主观虚构。比方说，我今天在先锋书店的老钱工作室给大家讲写作课，假如把它看作一个果，可以为它找到唯一的因吗？我试一试，大家就知道了。我今春在先锋书店分享新书时,碰到先锋书店的策划人员,他们与我偶尔聊到上课的事,一拍即合。可以说,若没有那场新书分享会,我就不会来先锋讲课。这么说来,新书分享会是来先锋讲课的因。且慢!去年群学书院与大众书局,合办了我的第二期课,学员爆满,反响甚好,众人就推动我办第三期课。若没有第二期课,我同样不会来先锋讲课。这么说来,第二期课也是来先锋讲课的因。事情并没有完。2017年初夏,青年才俊李子俊认为,我该把写作课推向社会,让更多写作者受益,他愿意牵头做此事。可以说,若没有李子俊前年的提议,也不会有先锋的课。这么说来,李子俊前年的提议也是因。事情还没有完。2011年因两岸作家交流项目,我赴台驻留两个月,其间台湾作家许荣哲邀我到他课上讲写作,回大陆不久,他邀我合作,为台湾写作者开设了三年"小说课"。若没有那次在台北讲写作,一定也不会有先锋的课。这么说来,那次在台北讲课也是因。你看出名堂了吧?要回溯一个结果的肇因,你有太多的选择,并没有想象中的唯一原因。记得我小时很迷茫人的来源,曾把母亲问哑过。我问人怎么来的?她答猿变来的。我问猿怎么来的?她答两栖动物变来的。我问两栖动物怎么来的?她答鱼变来的。我问鱼怎么来的?她答海水变来的。我问海水怎么来的,她只好摇头说不知道。你发现没有?要从结果回溯到最初的原因,就算置身科学也办不到。这样也就明白,当牛顿弄清是万有引力让行星围绕太阳公转,他仍无法解释,行星最初的速度靠什么力量获得,他无法用科学回答,只好借助神学,说是上帝推了一把,提出上帝是第一推动力。科学中永远存在第一推动力的问题,你哪怕可以用大爆炸理论解释宇宙的一切,也解释不了宇宙之初为何会有奇点爆炸?奇点从何而来?你的每一次回答,不过将问题往前推移而已,不会让你找到终极原因。回到生活中也一样,你从结果很难推断初始的肇因。比如,你严冬出门游玩,不幸把脚冻伤了,你会说寒冷是"冻伤脚"这一结果的原因。如果你没有出门游玩,脚会冻伤吗?显然,你游玩的念头和冲动,也可以看作脚冻伤的原因。我还可以认为,你防护不当,也是造成脚冻伤的原因。就看你怎么想,怎么去选择那些可能关联的事物。人们为了不让自己迷茫,常会凭一己之印象,挑选一个事物作为肇因了事。所以,你不要奇怪,人们为何常能说清某事是什么,却说不清为什么。讲到这里,我说因果律是虚构的,你就不会觉得说法过分了吧?这是人们为了避免陷入一堆事实的迷宫,为了让自己安心,用因果律进行的主观关联,实质是虚构、反常、夸张。作家在文学中使用因果律,会更加肆无忌惮,问心无愧,考虑人物的行动或结果时,可以根据作品需要,甚至挑选不相干的事物(指实际生活中不相干的)作为因果。

文学中的其他做法,比如,创造秩序、对抗、诗意描述、陌生化等等,实质也是让表达变得夸张,不再平实、散漫如生活。这些做法,容我后面再逐一介绍。

七、产生整体感的新观念

我发现,很多爱好者的文采和技巧,并不输于成熟作家,但面对一堆不错的文句时,要是问他们下一步该怎么做,很多人就会露出一脸茫然。成熟作家这时明白,他必须让这些文句去实现一个目标:让它们产生自洽的整体。这是多数爱好者与作家的主要差距,面对一堆写作材料,爱好者常看不出联系它们的整体,可以如何产生。

马原写过一篇小说《冈底斯的诱惑》。里面前后写了三个独立故事:一个叫陆高的汉人,他的藏族友人央金因车祸死去,他和友人去看天葬,遭到天葬师的驱赶;一个叫穷布的猎人,受托去猎熊,结果发现了喜马拉雅山雪人;有一对藏族兄弟,顿珠和顿月,先后与女孩尼玛相恋。就算这篇小说有着先锋小说的光环,如果真的没有整体感,真的只是三个独立故事,那评论家也无法让它起死回生。马原对整体并非不管不顾,仍采用了一个关联方法,即把三个独立故事,都归在一个有象征含义的标题下。"冈底斯"是山脉的名称,众人崇拜的神山之王冈仁波齐,就是冈底斯山脉中的一座主峰。冈底斯地区还是西藏本地宗教苯教的发源地。看到"冈底斯",读者就会揣想原始又纯净的西藏文明。"冈底斯"既可以代表三个独立故事的地理联系,也可以暗示三个独立故事的精神联系,尤其"诱惑"一词,传递出作者对西藏文明的景仰。通过作品标题,使读者看出或感受到各部分的整体关联,是文学中常用的方法。波兰诗人米沃什用一个个词条,写下自己经历的人与事，他如何让读者阅读这些独立、杂乱的词条时，有整体感呢？他同样把它们归于一个标题：米沃什词典。"米沃什"指出了词条的时空和精神联系，"词典"指出了这些词条合为一体的形式联系。你可能接着会问，为什么只用一个标题，就能创造出整体感？要想明白这一点，就需要提及格式塔心理学。

格式塔心理学也叫完形心理学，我觉得"完形"一词，点出了它的要点。所谓完形，指的是心理上的整体观，即人会整体地看待事物。你以前学英语时，一定做过"完形填空"习题，对吧？习题会把一篇完整文章，故意去掉一些句子，留出若干空格，看你有无能力通过填空，让这篇残缺的文章重新变得完整，看你能否恢复文章的旧完形（原文）。习题中文章的旧完形（原文），是教师预知的，教师会把你填空提供的新完形，与文章的旧完形对比，来评定你的得分。教师认为，哪怕习题提供的文章残缺不堪，但剩余的部分，足以让你看出原来的文章整体（旧完形）。如果教师出题时，完全抛开现成的文章，他自己随意写几个独立段落，让学生们在段落之间通过补写文字，令所有段落合为一体，这时学生们能看出或造出的整体，就不再整齐划一，一模一样了，不可避免会千差万别。写作者打算把一堆文句，安排成自洽的整体时，就面临与上述学生类似的挑战，写作者没有什么标准完形可以依靠，他得为这堆文句看出或造出完形。若想在观念上知道，可以怎样看出或造出完形，就得了解格式塔心理学，但我不打算详述全部内容，我觉得大家作为写作者，充分理解"完形"这一要点，才是重中之重。

格式塔心理学认为，完形是人先天就有的（先验的），与人的经验材料无关。人会倾向把一堆事物看作整体，但他从中能看出什么样的整体，则依照"完形组织法则"。完形组织法则说的是，人在感知事物时，会按照一定的形式，把眼前的经验材料，组织成有意义的整体。这一思想，会给写作带来什么有用的观念呢？我认为，可以让写作者找到两个法宝。第一，人天生有完形的需要和能力，倾向按一定形式把经验材料看成整体。第二，人会把经验材料看成什么样的整体，是主观之事，与经验材料无关。换句话说，任何材料放在人的面前，人都会倾向把它们看作整体，会按照一定的形式，赋予它们整体的意义。要是形式发生改变，哪怕人面对的还是那堆材料，人从中能看出的整体意义也会改变。光这么说，太神秘，太抽象，我用江苏的行政区划来说明。江苏省有许多城市，只需提示"江苏省"这一行政区划，你就会把这些分散各地的城市，看作一个整体，比如会把南京与徐州，看作隶属同一个整体。这个在我们心中形成的整体，稳定吗？永恒吗？不一定！如果我们抛开"江苏省"这一区划，开始启用"江南"和"苏北"的概念，整体是不是立刻会变？就不再会把南京与徐州，看作同属"江南"或"苏北"的整体。这些城市并没有变，但那个"整体"会因为不同区划概念的提示，跟着改变。比如，如果再引进"南京都市圈"与"上海都市圈"的概念，我们就会把安徽的马鞍山、芜湖，看作与南京隶属同一个整体。同时，原来与南京隶属同一个整体（江苏省）的苏州、无锡等，会被踢出与南京有关的整体，因为它们与上海已被看作一个新的整体。这个例子说明，面对分散各地的城市，把哪些城市看作一个整体，不由这些城市自己决定，是不同的行政区划或文化概念，怂恿我们看出不同的整体。就算没有先入为主的行政区划或文化概念，面对星罗棋布的城市，我们仍会倾向去看出什么整体来。比如，有人会把南京、苏州、无锡，看作"省内新一线城市"这一整体，还有人会把南京、苏州、无锡、徐州、南通、盐城，看作"省内五百万以上人口城市"这一整体。

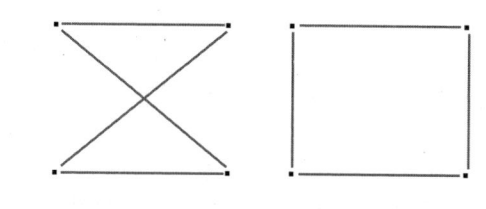

完形图示

大家再看完形图示中的四个黑点，代表四个独立的事物。倘若彼此相距太遥远，看上去没有任何关联的可能，人们就会死心，不把它们看作一个整体。倘若彼此近到如图中所示，人先天有的完形需要就会激发出来，会倾向把四个黑点看作一个整体。这四个黑点能使人看出什么样的整体，是因人而异的。图中展示了连接四个黑点的两种方式，表示面对四个黑点，人可以把它们联系成哑铃形的整体，或正方形的整体。你还可以画出连接四个黑点的更多方式，每种方式都对应一个新整体。也就是说，面对不变的四个黑点，人脑将它们联系成整体的方式有很多。这个例子与江苏省行政区划的例子一样，都提示面对同一堆经验材料，人从中能看出什么样的整体，是相当主观的。比如，上述四个黑点本身无法决定，你会把它们看作是正方形的整体，还是哑铃形的整体。讲到这里，你可能已经看出，去寻找作品的唯一主题，该有多不真实。主题的实质就是，人把作品看成一个有何种意义的整体。过去的语文老师都错误地认为，此整体是唯一的，且完全取决于作品本身。

你阅读别人的作品时，可以动用完形组织法则，推断出某一主题或看出作品的整体。写作时，同样可以利用完形组织法则，给读者一定的形式提示，令他们可以或容易看出什么整体来。比如，"冈底斯"和"诱惑"，都是马原为读者阅读《冈底斯的诱惑》，精心布下的提示。散文大师王鼎钧曾出版《水流过，星月留下：王鼎钧纽约日记》一书，按说日记不可避免是杂乱无章的，你不可能知道明天要记下什么，也不可能记日记时，像写小说那样预先埋下彼此关联的伏笔，这会使日记的记，变得不真实。比如，你读到以下两天的日记，一定不会认为两者有关联。

八月十三日　星期二　雨

风雨中有秋意，论节令尚在末伏，报纸已刊出中秋征文矣。痛感回忆录第三卷尚未动手，平时浪费多少时间，老年临事犹疑，已无壮士断腕决心，处处陷于被动，时间亦支离破碎矣。林博文专心读书写作，不赴宴，不回信，不接电话，常欲效之而未能。

八月十四日　星期三　夜雨晴后阴
翁平亮给家庭主妇下的定义：
一、和厨具清洁工具长久相处的一种家具。
二、话很多但话题很窄的人。
三、一种使"家"成为家的重要元素。
四、上帝的一种恩赐，彰显家中其他成员的重要。
这篇短文可以列入传家宝，使丈夫更爱妻子，儿女更爱母亲。[1]

可是一旦考虑出版，没有出版社会愿意出版杂乱无章的文字，除非它们有关联，有整体感。鼎公显然意识到了这一点，他专门挑出某一年多在纽约记的全部日记，用"王鼎钧纽约"提示它们的地理和时间联系（地理可以粗略标出人生阶段），"日记"提示它们的形式联系。有了这样的提示，读者就会被各自的完形需要推动，要么去追踪书名提示的整体，要么从中去发现新的整体。鼎公的做法，与米沃什用"米沃什词典"提示那些词条可以如何看作一个整体，如出一辙。

写作者尝试把写出的文字材料，筑成一个整体时，应该清楚，你会把这些文字材料看作什么样的整体，两者不是一一对应

---

[1] 王鼎钧：《水流过，星月留下：王鼎钧纽约日记》，人民文学出版社2014年版。

的。就如江苏行政区划的例子所示，整体（主题等）取决于你暗示的形式。因为人人都有完形的需要和本能，你哪怕只提供微弱的联系暗示，读者仍会竭力将它们看作整体。

习题：

找一组人，一起做现场写诗游戏。每六七人或七八人一组，每组合用一张白纸；该组第一人随便写一行文字（简短为好），交给第二人；第二人根据第一人的文字，也写一行文字，把第一人的文字折叠起来（不让第三人看见），再交给第三人；第三人根据第二人的文字，也写一行文字，把第二人的文字折叠起来，交给第四人，以此类推。每组写完后，大声朗读每组合写的文字。读完想一想，为何大家随意写的文字，颇有整体感，甚至像一首完整的诗。

八、黄氏理论

我赴各地做讲座或作品分享会时，遭遇的有关文学和写作的问题、困惑，多如牛毛，诸如"文学会消失吗？""写作能力是天生的吗？""为什么早期人类几乎人人都会写诗？""写作还会成为当代人的需要吗？""写作可教吗？"……简直可以编成一本书。我不认为直接回答是上策，倒认为若能让你获得一个思考支点，你自己就会将解答推进到你需要的地方。我发现人们面对科学和文学时，态度完全不一样。人们想到科学时，不会觉得自己低人一等，都相信只要致力于一门学科，得到专业训练，就能成为职业物理学家、数学家、工程师……人们希冀成为这类专家时，比如报考大学的理工科专业时，不会考虑自己有无专业天赋，只会认真审视自己的喜好。你有没有发现，人们一旦面对文学，就变得谦虚知礼，看不出自己有文学天赋，就不认为自己能成为职业作家。人们之所以认为，不需要天赋就能成为各类科学技术专家，无非看出专家是从大学培养出来的，由此认定科学技术可教。人们似乎也看出，作家多数不来自中文系，古往今来的作家，多数给人天才的印象，久而久之，人们就不认为写作可教。我去欧洲时发现，写作不可教的观念，早已深入人心，与中国别无二致。我驻留美国期间，见到无数美国青年作家，几乎都受过创意写作的训练，说明美国人认为写作可教。我认为，可教与不可教之争，涉及一个共同的迷思，即大家忘了，要成为任何领域的一流人物，除了勤奋，还必须要有天赋，没有普通人会把自己轻易列入人数稀少的天才行列；但千千万万的普通人经过专业训练，都能成为各行各业的职业专家（包括职业作家）。如果认为，文学只需要一流天才，不需要职业作家，那就等于认为，数学只需要高斯、欧拉等天才，不需要其他普通的职业数学家、数学教授等。此外，若说你还没接受过职业训练，就能让人看出你有天赋，也是不真实的。比如，你不充分接受钢琴的训练，就永远不知道你有无弹钢琴的天赋。爱因斯坦的大学表现，也未让老师看出他有天赋。甚至陶渊明、杜甫同时代的人，也未看出陶、杜的天赋。一句话，写作可教说的是，我不知你是否有天赋，但可以先把你训练成职业作家（如同机械专业可以把普通人训练成机械工程师，绘画专业可以把普通人训练成职业画家），天赋之事就交给你自己日后去慢慢发现，那将决定你能否成为一流人物。

你若能从人性去理解写作，就容易把写作之门开得更大，为此我给大家讲一讲黄氏理论。所谓的黄氏不是别人，正是鄙人。黄氏理论既是我胡思乱想的结果，也是常年回答爱好者各种问题的总结，它挺管用，真能帮你解答许多问题。你在日常生活中有没有发现，人是审美动物？比如，头发本是用来遮阳挡雨的，但你不认为它满足此功能就足够了，你还会去理发店剪出漂亮的发型，给头发添加一个功能：审美。眉毛本是用来挡雨的，女性都会用眉笔描画它，给它添加审美功能。房子是用来居住的，此功能毛坯房就能满足，为何家家户户都要装修，没人愿意住毛坯房？衣服本是用来遮体保暖的，为何人人都特别在乎衣服款式？当然还是审美需要！只需静心想一想，就会发现，人有把身边的一切用品、环境等，全部审美化的需要。人是审美动物，并不是我的发现，从前面的海鸥理论，就可以推出这个结论。如果你还注意到，中国手机或图书样貌的繁杂、多样，远较西方为盛，就会意识到，东亚人对生活的审美要求，比西人更讲究、更细敏。接下来，我来讲黄氏理论最重要的部分。刚才是拿人的身外之物举例，人对身外之物有审美需要，如果换成看不见的身内之物，比如情感、情绪、感觉等，人对它们仍有审美需要吗？你最好回忆一下，你或家人遇到高兴或悲伤之事的本能反应。比如，如果你考上某所名校，是家人眼中的喜事，你想一想就知，他们是倾向把好消息告诉亲朋好友、左邻右舍，还是倾向把好消息封锁起来，只让自己一家人偷偷乐？当然会急不可耐，与外人分享好消息！就算遇到最不好的丧事、失恋、生病等，人还是不会倾向封锁坏消息，让自己独享这类负面感受，仍会倾向找亲人或知心朋友诉说。哪怕听到一则与己无关的消息，只要有趣或重要，也会急不可耐分享给家人或朋友，甚至陌生人。为什么？黄氏理论认为，高兴、悲伤、忧郁、孤独、痛苦、爱、恨、虚无等情感、情绪、感觉，如果只是堆积在心里，它们是无序的、混沌的、无形的、模糊的，如百爪挠心，难以触摸，人对这样的内心状况不会满意，会本能地想改变它。普通人能找到的改变方式，就是诉说。诉说时，人需要用语言把内心堆积的东西，一句一句说出来。这样原本无序的感觉等，就有了语言秩序；原本混沌的感觉等，就有了时间、逻辑的顺序；原本无形的、模糊的感觉等，因为语言有明确含义，就会得到明确描述，变得有形可感。你会发现，诉说本身就是一个审美化的过程。与人把身外之物审美化一样，人人也有把身内之物的情感、情绪、感觉等，审美化的需要。大街小巷常见一景，中年大妈们喜欢扎堆聊天。我去德国哥廷根，发现德国大妈们也不例外，她们下午会聚在咖啡馆，扎堆聊天。你只要察觉，人人对身内之物也有审美需要，就不会对大妈们爱聊天、爱抱怨，感到奇怪，那是把来自生活的正面或负面感受，审美化的日常需要。

人诉说的时候，常会激动，甚至语无伦次，就算诉说时十分平静，口头表达也难免拖泥带水，散漫或重复，固然比不诉说、把感觉堆积在心里要好不少，但还是满足不了一些人更高的审美需要，毕竟诉说产生的秩序感，只是比把感觉堆在心里要高一些。这些不满足诉说的人，就会用写来代替说。写不可避免要斟词酌句，要避免啰唆重复，要避免结构失调，这样由写产生的秩序感，自然就高于诉说。你再琢磨一下写，又会发现，便条、信件的秩序感，会不如散文，散文的秩序感又不如小说，小说的秩序感又不如诗歌。秩序感的高低，对应着审美要求的高低，诗歌的审美要求当然最高。审美要求的高低，会直接影响参与人数的多少，要求低则参与者众，要求高则参与者稀，这是由人的懒惰天性决定的，它们构成一个金字塔，塔的高低对应审美要求的高低，塔的宽窄对应参与人数的多寡。审美要求从高往低（由塔尖往下）依次是：诗歌、小说、散文、信（便条）、诉说。参与人数从多到少（由塔基往上）依次是：诉说、信（便条）、散文、小说、诗歌。

　　了解了黄氏理论，你就容易理解网络时代的种种写作现象。比如，为何很多人会天天写网文，甚至有人天天写诗，但他们不认为自己想当作家。道理再简单不过，他们有把内心的情感、感觉等，审美化的内在需要，写作不过是迎合内心的审美需要而已，与晨起梳妆打扮来满足对仪表的审美需要，别无二致。甚至人们认为一些无法回答的问题，也可以用黄氏理论予以解答。比如，文学会消失吗？你只需看出，这个问题等同于人的审美需要会不会消失的问题，你就有信心说：不会！除非有一天，人们醒来晨起，蓬头垢面，不再梳妆打扮，不在乎自己是否体面，不在乎环境是否美观，如果人类真的变成那样，文学真的就会消失。只要人类还没有邋遢到那一步，你就可以肯定或有信心地宣布，每一代都不会缺作家和文学爱好者。

习题：

先用手机录下你随口讲述的某件事（听到的消息等任何事均可），再试着用文字把这件事写成短文，完稿后用手机录下你对短文的朗读。请对比听两个录音，体会其中的审美差异。

九、方法比灵感重要

我想谈的工作方法，不完全是我个人的，也综合了其他作家的工作方法，比较有共性的是：定时定点写作。这是许多大作家的法宝。据我所知，南京不少作家也仰赖它。年轻时，我的写作时间非常混乱，今天上午写，明天下午写，后天可能是半夜写，要是夜里捕捉到好感觉，又会通宵达旦地写。这样一来，第二天的白天就无法写作，到了晚上怕身体吃不消，又不甘心时间溜走，写到12点就狠心收笔，结果失眠突如其来。那时，我为写作时间的不规律，付出了很大代价。曾有六七年，每周失眠多达三四天。严重失眠，游移不定的写作时间，把日常生活也搅得乱七八糟，食无定时，胃病也接踵而来……我年轻时，为何会偏爱散漫的写作时间？这涉及那时的写作观念：写作者要时刻追逐灵感。灵感上午闪现，就要上午投入写作，灵感夜间浮现，就要夜间投入写作……一句话，灵感是主人，你是奴仆，你得随叫随到。我用实践发现，一旦把身体抛给散漫的写作时间，它"生产"灵感的时间也十分散漫，灵感像仙女，令你追它追得很辛苦，写作效率十分低下，根本谈不上利用身体的利器——生物钟。生物钟很善于使身体为某个时段的工作，做好一切准备，如调动记忆、激活思维、启动语言等。学会利用生物钟，真的会事半功倍。初写者常把灵感挂在嘴边，觉得没灵感就没法写作。你跟很多作家谈灵感，他们会嗤之以鼻，认为没有工作方法，谈何灵感？有的作家甚至认为，他不靠灵感写作。作家真的有资格这么说，因为他们摆脱了对灵感的空想，写作时从不缺灵感，灵感会集中出现。他们让灵感集中出现的秘诀，就是初写者认为微不足道的写作纪律：定时定点写作。一旦有了守时写作的纪律，身体会极其配合，一到写作时间，灵感就纷至沓来，真的"下笔如有神"（思绪枯涩的时候较少）。一旦灵感能靠工作方法产生，你就不会拿灵感当一回事，每天只盼着准时坐到桌前。初写者爱去大街小巷，漫山遍野到处游荡，四处追逐含量稀薄的灵感，作家找一把椅子坐在桌前，靠定时写作集中产生灵感，写作效率高下立判。

当然身体一开始不会那么"听话"，不会你第一二天刚选定时辰坐下写作，就会思如泉涌。身体要"看出"你真有了定时写作的习惯，它才会准时亢奋。据说心理学认为，人要形成一个习惯，一般需要21天（权当一个说法，坚持一段时间才是重点）。

就是说，你一旦选定写作时辰，就要雷打不动坚持一段时间。记得为了写长篇小说，我狠心舍弃了散漫的写作方式，选定上午9时到下午1时，作为雷打不动的写作时间。刚开始，身体散漫惯了，很难适应坐班一样的刻板。大约有十来天，我每天准时坐到桌前，脑子一片空白，对着电脑写不出一个字。幸亏我决心够大，也相信所谓心理学的提示，歌德、海明威、格林、托马斯·曼等人的写作嗜好，也让我看到了养成写作习惯的希望。我继续做着无用功：每天9时打开电脑，枯坐到下午1时再关掉。坚持到半个月，原以为死去的灵感，突然显身了，还一天比一天密集，持久。不到20天，身体就认可了这段写作时间，上午一到9时就会准时亢奋，思如泉涌。写作习惯一旦养成，身体对它就格外忠诚，只要哪天上午不写作，我就有空虚感，充满自责。你看，所谓习惯，就是身体有了监督、管束你的警察，到时你会听从身体警察的安排，通过放弃自由意志，恪守写作习惯，换来心安和充实感，对你劳工般的纪律付出，身体会用加倍的效率补偿你。我曾把写作习惯比作毒瘾，一旦染上，终身难戒。

除了定时，我认为定点也特别重要，定点是为了使环境可以推动写作，意识到不只初写者推崇的户外动荡环境，可以引发遐思，众多作家还注意到，写作的思绪可以持续由熟悉的东西或环境激发。席勒的经验堪称怪癖：他让苹果腐烂，将它们放进抽屉，让烂苹果散发的腐败气味，刺激他写作。歌德和海明威，则让站立成为写作的诱因。海明威自己认为，站立写作可以让他的小说言简意赅，杜绝啰唆。伏尔泰、巴尔扎克的写作，一生离不开咖啡的持续刺激。很多中国古代诗人，会把诗的思绪交给酒来引发。中国当代作家，不少会把烟作为写作的亲密伴侣。确切地说，你用来激发写作的东西或环境是什么，并不重要，也不必特别迷信酒或烟，重要的是让某些东西或环境与你的写作，结成彼此熟悉的对子，仿佛它们是你写作的开关按钮，你一触碰按钮，写作就会找到感觉。我写作时，对绿茶、光线很敏感，每天上午必会喝一暖水瓶的绿茶，来调动写作的思绪，所有窗帘必须拉上，只留一道透光的缝隙，电脑前还要亮着一盏灯……

定时定点的写作习惯，会令写作者变得勤奋，多产，就像农村俗话说的："不怕慢，就怕站，站一站，二里半。"就算你每天只写三四百字，一年下来已足够出一本书，写作量堪与专业作家比肩。好的写作习惯能推动你多产，但对每天写作的时间和产量，还是要克制，对写出过多文字，应该保持警惕和不安。比如，海明威、托马斯·曼等作家，每天写作时间不超过4小时，按说4小时该比初写者写得多，但他们每天实际的产量，比多数初写者要少。海明威4小时一般写不到800字，"表格上的数字代表每天产出的文字量，从450、575、462、1250到512。高产的日子定是因为海明威加班工作，免得因为第二天要去海湾小溪钓鱼而内疚。"[①]托马斯·曼3小时只写两页，从不多写，概无例外。要注意，他们不是写不出更多文字，他们的限产中含着语言的洁癖，自律。习惯写多的人，容易忘记语言不只是表达工具，它

---

① 美国《巴黎评论》编辑部：《巴黎评论·作家访谈1》，黄昱宁等译，上海文艺出版社2015年版。

与题材、意象等一样，本身还是审美对象。问题是，你每天写到多少字，写多长时间，对语言文字的纤敏感觉，会开始让位给迟钝、麻木？海明威用实践给出的答案是，不能超过800字，托马斯·曼的答案是，不能超过两页纸，两人通常都不让写作时间超过4小时。我曾不在乎语言质感，一天写出过12000字，那是唯一一次应邀写电视剧本，那次经历令我得出结论，要想把语言写到位，不给垃圾语言留下可乘之机，就要限定写作时间和字数。我已如此行事20年，每天写的字数不超过1000字，4小时一到，哪怕字数没到1000字，也马上停笔；或4小时还没到，字数已够1000字，也马上停笔。这样可以避免写作时间过长，或写作字数过多，令我难以判断语言好坏。这里涉及的语言脱敏，是写作中应该防范的。"语言脱敏"指的是，写作者每天写到一定时间或字数，就失去对语言的敏感，丧失审美判断力。当然，人每天对语言保持敏感的时长或字数，是因人而异的。我每天一旦超过1000字，就感觉是瞎写。你也应该找到自己开始瞎写的时长或字数。如果有人说，他每天写到3000字以上才会瞎写，我可能会相信，如果有人说，他写到5000字以上才会瞎写，我认为那已是扯淡。人为了不使自己失去对某物的敏感，就要避免一次过长或过多接触它，这与连续开车4小时以上，容易出交通事故的道理一样。所以，那些对语言怀有敬畏，惜字如金的作家，必是深谙语言审美奥秘的人，知道语言像手掌一样，过多劳作定会长茧（语言之茧），定会钝化感觉。

与作家相比，初写者往往还缺少一心理素养，听我来详述。

人天然地会护短,护自己、家人或朋友的短,这种心理会令写作走样。弗洛伊德发展精神分析理论时,据说也未能避免护短一俗,大概母亲在他记忆中的形象,太正面、权威,竟令他不敢在精神分析理论中,质疑或批评母亲这一角色。护短心理会令作品人物,无法从原型中独立出来,去按照作品的需要获得性格、内心、善恶等。一旦作品人物,与作者生活中的原型扯上关系,护短心理就令作者如临大敌,不敢放手塑造作品人物。作者担心要是把作品人物写得比较败坏、阴暗,甚至邪恶,家人、朋友或读者就会以为,作品人物正是作者本人,或作者的家人或朋友,写作就成为他人眼中的"毁容"。这种担心会震撼很多初写者,令他们本能地美化作品人物。比如,要是作品中有母亲的角色,哪怕作品中的母亲需要一些私心和缺点,护短心理会令作者不敢下笔,只是用好话来充数。采用第一人称时,会在小说中竭力维护"我"的形象,忘了作者负有改造原型人物的职责。我来举一个大无畏的例子,这是南京作家朱文的真事。朱文写过《我爱美元》,内容是虚构的。他虚构"我"为了报答"父亲",为了让从没享受生活的"父亲"幸福一次,决定带着来省城的"父亲"去嫖娼。不只小说中的道德惊世骇俗,渲染和描写也令人身临其境,恍若真事。"我"带"父亲",去了有陪坐小姐的电影院,接着打算带小姐回宿舍,后因"父亲"的正直和"弟弟"的意外到来,不得不作罢。朱文父亲的真实身份与小说情节格格不入,他是某厂的厂长。朱文写《我爱美元》时,勇气非凡,完全顺应作品的艺术需要。临到发表时,他仍不敢给大杂志,特意交给圈外人不熟悉的《当代作家》。春节回家前,他给父亲打去电话,没想到父亲告诉他:"我正在读《我爱美元》。"一向大无畏的朱文,立马惊出一身冷汗。父亲接着告诉他,厂里几乎人手一册。中国人钟情真实,是因为他们平时面对的不真实太多。小说只要跟原型扯上一点关系,哪怕只是借用角色,人们也会自行推断小说讲的是真事。可想而知,面对全厂职工,朱文父亲百口莫辩,儿子的小说已令他"晚节不保"。据说朱文那年没敢回家过年,事隔大半年,才敢回家探亲。我写《第十一诫》时,小说的阅读环境没有多少改变。小说写到主人翁姜夏的"父母"时,多少让人感到了"父母"的私心。姜夏的内心,一点也不光明,让人觉得幽暗,偏狭。小说中的其他知识分子也没好过姜夏,成天惦记着欲望、利益、女人。《第十一诫》出版后,我差点被人起诉,"起诉者"认为书中的某人,就是他。他一厢情愿地"认领"怒火,被他的上司扑灭。上司告诉他:"别自作多情,作者根本不知道你,据我所知,人物倒有另一个人的影子……"《第十一诫》出版3年后,我才敢把书给父母看。幸亏有纳博科夫、朱文等勇者做榜样,当初我才没有退缩,敢于书写主人翁内心的幽暗,敢于让读者误解作者是个"肮脏的人"。初写者要想写好,真正踏上探索写作艺术的旅途,就要主动承受被误解的风险,不突破这道心理关,你的写作就会充满伪善,虚假,说教。设法突破这道心理关卡,应该成为早期的写作目标之一。

新诗阅读捷径：

（国内）何其芳→穆旦→顾城→多多→新诗年选

（国外）狄金森→弗罗斯特→策兰→辛波丝卡→阿多尼斯

小说阅读捷径：

（国内）施蛰存→白先勇→韩少功→马原→小说年选

（国外）契诃夫→海明威→卡夫卡→博尔赫斯→麦克尤恩

所谓阅读捷径是指，你若无暇读很多书，你可以通过读上述作家的书（按箭头指示的顺序读），快速抵近现代文学的趣味，助你尽快进入写作前沿。

习题：

每天定时定点，用半小时做如下练习。选择任意主题，比如父亲、冬天、踏青、失败、羞耻、孤独等，限时十分钟写满二百字，反复朗读，通过听音来修订。再选一主题，重复上述练习。此练习要点有二，一是不管文字好坏，快写初稿；二是通过朗读的听觉效果来修改文字。

第二堂课 一堂课学会写出好诗句

一、诗歌是一切写作的起点和终点

我打算用一堂课，教会大家写出像样的诗句，不是写出整首诗，要想写出整首诗还需要三堂课。我为什么让大家先学写诗句呢？这是考虑到新诗的难易，新诗受局部诗意的支配较多，局部难，整体易。整体易指的是写短诗，不是写长诗，长诗不在本课程施教的范围。我后面要讲的小说正好相反，小说是整体难，局部易。要你写一段景物或对话，并不难，但要把那些多的描写、对话、情节、故事等，整合成有机自洽的整体，对小说家也堪称难事。我的课程向来遵循先难后易的顺序，你光从每堂课的讲题，就能看出体裁的难易顺序，难度由大到小是：诗＞小说＞散文。比如，哪怕只写一两句新诗，要想写出足够的现代诗意，对普通人堪称难事。如果不知诗意如何通过安置事物产生，你便处于瞎猫碰死老鼠的境地，纯粹得靠运气。

初学者写作的难，还来自他们关注的问题太抽象，他们思考的问题往往都比作家宏大，恨不得立刻把写作问题，上升为哲学、历史、文化的大问题。还没学会写出像样的诗句，就断言诗歌正在消亡，或质疑诗歌还有价值吗；或倾向思考，诗歌跟哲学究竟是什么关系。仿佛只有这类大问题，才配令他们激动，投身其中。你接触诗人会发现，一旦涉及写作，他们考虑的问题都很小,入口小,擅长见微知著,以小搏大,四两拨千斤。你可以想一想,一些好的诗句,比如博尔赫斯的一句诗,"有一条邻近的街道,是我双脚的禁地"[①],乍看小到只写诗人的脚,不再踏上熟悉的街道,可是何尝不包含诗人的人生?那种对衰老陡然降临的感悟,又何尝不包含你的人生?难怪一些文学爱好者的傲气,对作家不恭敬的"横眉冷对",鲁迅当年也深有体会。我完全理解,那些思考惯大问题的人,对习惯从小问题入手的人,确实不容易表现出耐心和教养。我想,只有把一句诗写好了,把一节诗写好了,乃至一篇作品写好了,你才能体恤作家为何会心心念念,专从小处入手,你才会跟自己的或别人的,那些大而无当的宏论做斗争。

我教大家写诗前,请大家先随便写几句新诗,不需要多,你怎么理解新诗就怎么写,哪怕大白话都行。我让你写的目的,不是要证明你写得多好,是希望你记在本子上,等上完诗歌课,你想了解自己有没有长进,只要拿它跟你后来写的作品对比,就一目了然。下面是南京某青年人写的新诗。我想问大家,这几行诗写得好不好?

当我们把语言还给彼此

彼此就消亡了

还是换一种形式存在

[①] 豪尔赫·路易斯·博尔赫斯:《界线》,选自《博尔赫斯诗选》,陈东飙等译,河北教育出版社 2003 年版。

而答案又是另一种语言

我看出大家无法判断，对不对？没关系，等上完这堂诗歌课，大家再回头来判断，到时就不会茫然了。我再问大家，下面两节诗中，哪一节更好？

①

当我们把语言还给彼此

彼此就消亡了

还是换一种形式存在

而答案又是另一种语言

②

男人在各人的叮嘱和教化声中

渐渐变成鱼

他萎缩在饭桌上

比三年前大鱼被他杀时还要怕得发抖

大家还是犹豫不决，对不对？说明大家对好坏的认知和判断，含混不清，面对数行诗，无法像成熟诗人那样，仅凭一瞥之功，就能做出判断。事实确实如此，没有判断力的协助，写作者很难写出好作品。写作者写出的句子，会受到判断力的监视，它像流水线上的检查员，会随时剔出不合格的次品。没有判断力或判断力低下，你就会把次品当成品。学写作不只是学写作技巧，还要设法培育良好的判断力，来抵御糟糕的表达。为了使判断力有一席之地，我除了提供阅读书目，让好的阅读趣味把你领出迷途，课上还将通过观念阐释和举例，让你具体体悟、意会。

倘若你只想写小说或散文，一定会疑惑，我为何要求大家都写诗？文学体裁已给大家留下这样的印象：各行其是，鸡犬相闻，老死不相往来。这些想象中的体裁之墙，会加剧你的抗拒：我不想写诗，干吗非逼我写？我想说，不管你想写什么，都应该从写诗开始，因为诗歌是一切写作的起点和终点。为何这么说？因为诗歌不只是对诗歌负责，它还对语言负责，它是民族语言的守护神。所有文学体裁中，诗歌是离语言最近的。就算可以逃避诗歌，也逃避不了一直被诗歌影响的语言。无法不用的成语，很多都来自诗歌，比如，最常见的"惨淡经营""英姿飒爽""飞扬跋扈""炙手可热"等，就来自杜甫的诗。不细心对比诗歌与实用语言，人们很难察觉到这些影响，也意识不到，诗歌一直供应着语言的标准（包括最高标准）。也就是说，你要判断语言的好坏，一定要从诗歌中找标准。你可以设想，要是没有诗歌会发生什么事？比如，没有诗歌能判断语言好坏吗？你也许会说，只要有小说或散文，语言就有好坏的参照。你这样说，等于委婉承认了诗歌是语言的标准，因为小说或散文为了医治语言的庸常、俗气、鸡汤味，借用的处方还是诗歌（追求诗意，是让语言脱离庸常、俗气的唯一途径），不是借用过去的诗歌，就是借用当代的诗歌。考虑到白话小说或散文，已在语言中搬了家，从文言文、古代白话搬进了现代白话，要判断小说或散文语言的好坏，百年来的新诗作品，是它们参照的主要依据。没有这些依据作标准，教师坐在办公室，就无法批改学生的作文，因为他没有语言标准可用。就算他希冀语言之美，但如何才算美、完美、有境界呢？没有新诗经典，教师就不知道藏在现代汉语之中的那些美，可以达至多深，多广，多高。

你读当代小说家的语言，就可以读出他早年有没有写过诗歌。比如，你读汪曾祺的小说，最佩服他什么？当然是诗化的语言，可是少有人知道，他晚年写短篇小说之前，已写了三十多年的新诗。以下是他20世纪50年代的一首短诗《彩旗》，你读完就不会诧异，他为何写小说的语言功底那么深厚。

当风的彩旗，

像一片被缚住的波浪。（汪曾祺《彩旗》）

诗写得多好，体现出的现代诗意，简直是那个年代的奇迹。因为用的是隐喻，就允许读者做出形形色色的解释。文学界有一现象很普遍，凡小说语言很棒的小说家，通常早年都写过诗。比如，你一旦知道苏童早年写过诗，就会恍然大悟，他语言的凄美质地来自何处。外国作家概莫能外，比如纳博科夫，他的语言为什么那么出色？你看《洛丽塔》的开头，作者直截了当从语言和诗意入手。

洛丽塔是我的生命之光，欲望之火，同时也是我的罪恶，我的灵魂。洛——丽——塔；舌尖得由上腭向下移动三次，到第三次再轻轻贴在牙齿上：洛——丽——塔。[①]

纳博科夫因小说出名，可是他也是诗人，一生不光研究蝴蝶，也研究和翻译诗歌。类似这样的例子实在太多，不胜枚举。

记得20世纪80年代初，广告人对广告语的认识，歌手对歌词的认识，都还比较粗浅，一般都直截了当，直抒胸臆。崔健歌词的出现，南京街头出现的广告语"创造第五季"之类，可以看作是歌词、广告语诗化的开始。如今，诗歌的行语方式，全面侵入了广告语、歌词、鸡汤文等，原因是人们不能忍受与诗歌相比，实用语言的差劲。当所有应用文（包括企划书），都开始竞相编织诗化之梦，70年代以无用身份出现的朦胧诗，就有了无用之用：给实用语言定下可以攀登的诗化标准，即怎样才算有现代诗意。四十年来，由朦胧诗掀起的现代诗浪潮，早已进化得多元、复杂、丰富，它对未来实用语言的影响，一定会慢慢彰显出来……

说诗歌离语言最近，还有另一层意思，即居于我们脑中的意识，一来要寻找语言表达自己，二来语言的行语方式决定着哪种意识，更容易借助语言在脑中粉墨登场，这等于说，诗歌会影响我们的思维。因为诗歌会把语言运用到接近无法表达的极限，甚

[①] 弗拉基米尔·纳博科夫：《洛丽塔》，主万译，上海译文出版社2019年版。

至试图超越语法的规则，超越字典对字义的约定，抵达言外之意。试图抓住语言形成之中、之前的那些意识，让人面对语言之外的超验领地，仍能怡然自若，充分享受言尽意无穷的乐趣。小说和散文一般不会冒着晦涩难懂的风险，去探索语言，除非遭遇改变观念的小说革命，比如乔伊斯的《尤利西斯》。可是对诗歌写作，探索语言是它的常态，不是例外。这就是我为何常说，现代诗会塑造人的现代意识，古典诗会塑造人的古典意识。

中国古人早就意识到诗教的重要，把写诗视为读书人的必备功课和本领，通过把写诗纳入科举，使读书人认真看待写诗一事。"诗言志"的理念，非常适合诗歌教化语言、语言教化思维、思维教化人的路径。就算明代把写诗从科举中剔除，写诗仍是读书人交往唱和的必备。不能想象完整的文明体系中没有诗教，但当下中国中小学的作文课，已把写诗降为无用之术，高考从不考写诗。相较之下，美国的诗教体系却完好无损，他们的小学生只写两种体裁，一是研究报告，二是诗歌。他们从不学写什么记叙文、议论文等，研究报告之外，只要求学写各种诗体：三行诗、四行诗、六行诗、十行诗、十四行诗等等。学校还会邀请专业诗人，给三四年级的小学生，讲何为意象等诗歌课。他们把诗歌写作课，视同中国赖以应试的作文课，等于觉察到了中国古代无与伦比的诗教，等于认为，一旦有了写诗经验，就完成了对其他写作的启蒙。所以，大家千万不要有体裁偏见，不是写小说就只学小说，写散文就只学散文，写诗歌就只学诗歌。不管你将来是否成为诗人，不管诗是否写得好，但通过写诗训练，你可以释放出语言潜能，培育出敏锐的语感，重新认识词与词的微妙搭配，摆脱日常语言对你的束缚，极大解放你的想象力。你的笔需要长出更多、更纤敏的语言触须，来供小说、散文、应用文写作之用。

通过一些人眼中"莫名其妙"的诗歌训练，你的小说或散文语言会变得有韧性，有张力，有质感，有风格，有调性。我打个比方，如果把文学写作比作基础科学，其他写作就是应用科学，其他写作还包括策划书、公文、文案写作等等，总之包括所有商业性、功能性的写作。诗歌写作相当于基础科学中的基础学科，比如数学。你想发展应用科学，没有基础科学的支撑，根本不可能。你想发展基础科学，没有数学的支撑，根本不可能。一旦学会文学写作，你再屈就写应用文，就会发现，你以前写得不顺当的应用文，现在写起来易如反掌。记得我刚留校任教时，每年写年终总结总是十分艰难，对不搞文学写作的人，比如我的内人，她至今写区区一两千字的年终总结，总要折腾一个通宵，从中体验到的艰难可谓残酷。她非常羡慕，我现在不到半小时就可以交差。

我说诗歌是一切写作的起点和终点，还有一层意思，就算追踪人类史和个人史，诗歌扮演的角色依然如此。比如，原始部落里几乎人人都会写诗，诗歌除了有容易记忆的功能，还有抓住各种瞬间感觉的能力。各民族的寓言诗通常出现得比较早，说明人类早期已遭遇词穷的障碍，那么多的言外之意，如何绕过语言才能得到呈现呢？古人用了中国古画中常用的留白，即通过对一些景物的描画，来暗示没有画出的景物。比如，元代大家倪瓒画中的水，他并未落笔画水，但通过近景树丛和远景山峦，观者就能意会出，中景没画出的留白就是水。寓言相当于语言中的留白，通过已说出的寓言，来暗示寓言没有直接说出的想法与言外之意。进入20世纪，诗意不再封闭在诗歌里，它泛化到了所有文学体裁、文化、生活中，诗意成了20世纪文明的底色。小说、散文、评论甚至哲学，都出现了诗化倾向。只要条件允许，人们甚至也追求诗化的生活。就算在人牙牙学语的幼年或童年，人理解力最低的时候，大人仍会要求孩子背诗，诗成为孩子学习语言的起点。进入晚年，人回顾往事时拥有的豁达，拥有年轻时罕见的宽容，同样是人内心增长起来的诗意——意识到人生短暂，意识到人会被观念囚禁，正是人竭力发掘出诗意的源泉。

二、客观意象与主观意象

诗的核心是意象，英语是 Imagery。什么是意象？这里我列出意象的定义：物体或物象；想象的、内心的图景。学者们没有对意象再细分，在所有书和文章中，他们只笼统地使用"意象"一词。考虑到单靠"意象"一词，难以区分古诗诗意和现代诗诗意究竟有什么不同，若不区分，很多人在认识上会稀里糊涂，我决定对意象进行分类和重新命名。上述定义其实暗示意象有两种：一种指物体或物象，我把它称作"客观意象"；还有一种指想象的、内心的图景，我把它称作"主观意象"。

客观意象一般是眼睛可以看得见的，或若是眼睛直接看不见，但一定是现实中可能存在的物体或物象。比如，我们今天上课的场景，就是一个看得见的物象，是现实中就有的，你只需睁开眼睛就能看见，是客观意象。比如，熏香的器皿，是一件日常物品，也是眼睛可以直接看见的；或一条瀑布，是由水和山坡构成的物象，现实中常见；或一匹奔跑的马，是生命体，当然也属于物体，是客观意象。再比如，湖北人夏天有把竹床搬到户外睡觉的习惯，孩子坐在竹床上的场景，你不一定能直接看见，但是现实生活中可能存在的物象，也是客观意象。客观意象就像一个现实主义者，只对现实景象，或可能存在的现实景象感兴趣。

主观意象与客观意象很不一样，一般不可能在现实中存在，你光用眼睛是看不见的，除非借助绘画，能呈现一部分主观意象，否则你必须用想象，才能在内心"看见"那个图景。法国画家热里科的《爱普松的赛马》，画中的马奔跑时，四蹄前后伸展腾空。你觉得这幅画呈现的是客观意象，还是主观意象？画中呈现的是主观意象还是客观意象，取决于马奔跑的动作是否真实，是否是现实中可能存在的。1880年，麦布利基用照片证明，画中马的奔跑动作是错误的，马只有四蹄蜷缩时，才会四蹄腾空。所以，画中呈现的不是马的真实动作，是人们对马奔跑动作一厢情愿的想象，所以是主观意象。再比如，亚述王国的人首翼牛像，这个意象很超现实，人首翼牛是现实中没有的，你必须靠想象才能把它虚构出来，它是牛，却有翅膀，头又是人头。有人猜测，它是中国带翼的辟邪或麒麟的始祖。南京中山门外就有一尊麒麟，一种带翼的四肢野兽，是超现实的雕塑，与人首翼牛像一样，都属于主观意象。

再比如说，一女子身上长了一对翅膀，你必须靠想象才能虚构出这个画面，要是非要用眼睛看见，大概只能去看科幻电影，或你干脆自己手绘出来，但在现实中它并不存在。玛格丽特是超现实主义画家，他的画基本都是主观意象。比如，他画过一幅画，画中一位女子坐在山顶，正与她的情郎亲吻，但情郎没有身躯，只有一颗头飞来与她相见、亲吻。这个画面你只能靠想象，才虚构得出来。凡需要用想象，才能在内心产生的图景，都叫主观意象。再比方说，玛格丽特画过一只皮革靴子，靴子上半截还是靴子的模样，到了下半截已变成了一只脚，这个图景你能在现实中看见吗？当然不能！它可能在现实中存在吗？当然不能！画家必须先靠想象，才能在内心构想出这样的图景，再描画出来。这也是为什么我说这类意象是主观的，捕捉这样的图景，你必须要靠主观想象，不是光睁开眼就可以看见的，它不是客观存在的事物，是要到超现实的世界，才能找到的景象，它的本质是梦。

意象的对立面，是抽象事物或观念事物，或叫非意象事物，它们不是物体、物象或主观图景。比如，一幅没有形象的抽象画，或一团混乱的线条，或数学、物理符号，或爱情、存在、孤独、虚无等抽象概念，这些都是非意象事物，对写诗的人来说，是需要谨慎处理，甚至避之若浼的事物。或者说，一旦在诗中启用这些非意象事物，为了使之不徒然无效，你时常得用意象来救场：通过将观念与意象搭配，让观念产生可以触摸的感觉，即让空洞的观念落到有形象的事物上,产生及物之感。我把这样的搭配经验和技巧,全部归到"用主观意象写诗"一节。

客观意象和主观意象的呈现方式有两种,一种用图片或视频,一种用语言文字。写作的人当然关心后者。我前面讲的客观意象和主观意象,都是可以用图片来呈现的。下面我重点讲,用语言呈现的客观意象和主观意象。

我们先来看语言呈现的客观意象。请看这句话"蘑菇云已缓缓升起",这是用语言呈现的客观意象。你读到这句话时,脑海里一定会浮现蘑菇云升起的画面。如果看到了原子弹爆炸导致蘑菇云升起的实景照片,对比这句话和这张照片,你能否发现两者有什么不同?所有人看到照片时,印在他们脑海中的蘑菇云,都是一模一样的,都是深灰色的,都出现在大漠戈壁,形状与照片不会有出入。要是所有人没看到照片,只读到"蘑菇云已缓缓升起",那么出现在他们脑海中的画面,就很不一样,因人而异。有人会想象蘑菇云出现在沙漠,有人会想象出现在平原或海上,还有人会想象出现在城市或山区。总之,画面是各种各样的,你脑海中的蘑菇云画面,没有被照片固定住。可是你一旦看到照片,脑中的画面就固定了下来,蘑菇云就不再出现在高山或大海上,只可能是大漠戈壁上的蘑菇云。这说明什么?说明通过阅读语言,浮现在脑海中的画面,比实景图片呈现的画面要丰富。简言之,用语言呈现的客观意象,比实景图片呈现的客观意象要丰富。你就算用一本书的蘑菇云照片,即不同场景中的蘑菇云,也无法穷尽"蘑菇云已缓缓升起"这句话包含的所有画面,毕竟语言撬动的是人的想象，想象因人而异，且无穷无尽。

都说现在进入了读图时代，有人还为此欢欣鼓舞，但读图的局限，大家可以从上述对比中，一目了然。远古人类早已读过数百万年的"图"，此"图"当然非照片之类，是他们用眼睛"摄下"的无数画面，包括数万年前原始人手绘的岩画等。假如光有"图"就真的足够了，他们一定不会去发明文字。他们一定是像我们现在这样，发现了"图"的局限。恰恰是语言的呈现，帮我们打破了图片呈现的整齐划一。一千个人读到"风正吹着柳条"，就有一千个不同的画面，分别出现在他们的脑海中。有人想象是北方的柳树，有人想象是南方的柳树，还有人想象柳树在湖边或溪边，有人想象柳树被劲风吹着，有人想象柳树被微风吹着，等等，不一而足。如果我们真沦为读图的奴隶，就意味我们把语言中的丰富想象，全部用图像简化、同化、固化，等于忘了古人早已发现的"读图"局限，忘了他们发明语言，想摆脱读图局限的初衷。

再来看用语言呈现的主观意象，到底长什么模样。我们在日常语言中，早已接触到主观意象。比如"我的心蹦出了嗓子眼"，这句话大家常听人说，可是想想看，这句话描绘的是现实吗？你的心真能蹦出嗓子眼吗？再比如"天上下起了倾盆大雨"，你真的见过"倾盆"的雨吗？无数的盆一直往下倒，雨不可能达到倾盆这么大的密度，但作为一种夸张的说法，日常生活中我们经常这么说，说得也很自然。就像英语世界的人形容雨大时，会说"rain cats and dogs"，你当然不会见到天上真的下狗下猫。再比如"血流成河""寒风刺骨"等等，都是我们在日常生活中，随口会说出的主观意象。哪怕死再多的人，也不可能血流成河，血要是流成汹涌的河水，得要多少血，实际上血只能染红河水，到不了成河的地步。到了冬天，大家喜欢用"寒风刺骨"，来说明冷的感受，但寒风真能像刀子，刺到你的骨头吗？寒风能刺到的，永远是皮肤或衣服，它是刺不到骨头的。上述这些日常的夸张说法，都不是对现实的描绘，因为是超现实的，所以都是主观意象。如此夸张使用语言时，大家会觉得比写实的说法有诗意，有新鲜感。但日常语言中的这类主观意象，不算太多，大家只能反复使用，早已用到陈腔滥调的地步，用到诗人、作家避之若浼的地步。所以，对写诗的人来说，日常语言中的主观意象，都已用旧，再也靠不住，他们必须自己想办法，创造出全新的主观意象。

再比如"女子用手撑地，竭力展开她的翅膀"，你看到这句话时，脑海中一定有很多画面，既可以想象女子如何撑在地上，单手撑或双手撑，也可以想象她如何有翅膀，翅膀不一定长在背上，可能长在胸前，甚至长在手臂上。但你只要为这句话画出一幅画来，刚才多种可能的图景，就从你的脑海骤然消失，只剩下画中呈现的唯一图景。即使是画中呈现的唯一图景，也是你日常生活中见不到的。也就是说，即使能用绘画捕捉的主观意象，画家也必须先在脑海中靠想象捕捉，他睁开眼是看不见的。还有一些主观意象，甚至主观到你用想象，都无法捕捉到完整的图景，比如这句话"思想是我的翅膀"，你脑海里最多只能浮现翅膀的形象，你用尽想象，也捕捉不到"思想"的具体图景。幸好语言不会束手就擒，为了让抽象词汇具有一定的触感，造成部分可见，这句话把原本抽象的、不可见的"思想"，与具象的、可见的"翅膀"，硬性搭配起来，造成"思想是我的翅膀"，有部分可见的触感，似乎是你可以想象得出来的。也就是说，一旦把不可触摸的思想，与可触摸的翅膀硬性关联，就会让读者把有关翅膀的所有触感，一起加到思想上，这样读者会觉得，思想好像也变得可以触摸了，因为思想从原先完全的不可见、不可触摸，变成了部分可见、部分可触摸。这种试图把抽象概念形象化的做法，十分重要，是诗歌表达的重要理念。

习题一：
分别写出一个客观意象和主观意象，不要求写成诗句，用散文句写出即可。

学生练习：
客观意象：星星和月亮将夜空烫出了不同形状的洞。
主观意象：每个接触我的路人，都绕过我的灵魂。

点评：
这两个意象都是主观意象。因为烫出很多洞，是星星和月亮做不到的事，如果说，夜空中有星星和月亮，这就是一个客观意象。说星星将夜空烫出很多洞，这个意象包含烫的动作，这个动作不是星星或月亮能完成的，必须靠想象才能让它们完成，对不对?这个主观意象非常好,烫字很生动,让星星和月亮在夜空的寻常意象,顿时新鲜起来。路人绕过你的灵魂,也是主观意象,因为灵魂不可见,你只能想象路人如何绕过你的灵魂。

习题二:

以下是诗人张执浩的短诗《压力测试》,请找出哪些诗句是客观意象,哪些诗句是主观意象?

一列火车怎么摇摆才像一列火车而非棺材
一列火车行驶在夜里
而夜浸泡在水中,一列火车
有棺材的外形,也有死者的表情
那是在旷野,小站台的路灯下
白色的石牌上写着黑色的站名
我撩开窗纱一角看见一张脸一晃而过
我听见车轮擦拭着轨道发出胶卷底片的呻吟[①]

三、新诗为什么会青睐主观意象?

一旦知道什么是客观意象,什么是主观意象,再讲如何用它们来写新诗,就相当方便。我想告诉大家,古今中外的诗人,固

---

① 张执浩:《压力测试》,选自《高原上的野花》,江苏凤凰文艺出版社2017年版。

然都会用客观意象和主观印象写诗,但中国古典诗词,多数是用客观意象写成的,其间夹杂着少量的主观意象。古典诗人,尤其是中国古代诗人,主要依靠客观意象写诗。比如,刘禹锡的《乌衣巷》:

朱雀桥边野草花,乌衣巷口夕阳斜。
旧时王谢堂前燕,飞入寻常百姓家。

大家可以想一想,诗中的每句话,是不是一个客观意象?每句都是对实际或可能场景的客观描绘,全诗皆用客观意象写成。再看李白的《秋浦歌十七首》之一:

白发三千丈,缘愁似个长。
不知明镜里,何处得秋霜。

"白发三千丈"是不是一个主观意象?你必须靠想象,才能"看见"三千丈长的白发,这是现实中不存在的景象,是超现实的事物,当然是主观意象。诗中还有古人惯用的象征"秋霜",一般指斑白的头发,诗人照镜子时感慨,镜子里的秋霜是从何而来的?只要李白不直说"白发",而迂回地说"不知明镜里,何处得秋霜",此句就是一个主观意象,因为诗人照镜子是看不见秋霜的,他必须把白发想象成秋霜。说到李白诗中的主观意象,也等于说到李白诗的要害,他诗中很多奇异的感觉,多数要拜主观意象所赐。李白是少数常用主观意象的古人，他在文学史中的例外身份，同样要拜主观意象所赐。中国古典诗词由于格律规范严格，平仄搭配有音乐实效，诗词产生诗意，并不主要仰赖主观意象。我后面会讲，主观意象属于诗意浓烈的意象，必须要靠创新才能写出，尤其不适合需要即兴唱和的宫廷场合，不适合需要即兴写作的应景诗等，对创造力稍逊的诗人，那会费时太多。这样就不难理解，为了即兴写诗或快速唱和，诗意较淡的客观意象，就成为古典诗词的首选，毕竟写出客观意象的难度，要远低于写出主观意象的难度。古典诗词的严谨格律和音乐性，这些形式本身就自带诗意，就不要求意象本身有浓烈的诗意，这样与诗意较淡的客观意象搭配，尤为相称。

为了看清这一点，你只需将"朱雀桥边野草花，乌衣巷口夕阳斜""白发三千丈，缘愁似个长"，分别译成现代白话，比如译成"朱雀桥边长满了野草和野花，乌衣巷口的夕阳已经斜挂""三千丈长的白发，是因为愁才长得这么长"。不难看出，一旦去掉形式上的诗意，即去掉诗的格律和音乐性，只靠诗的内容产生诗意，李白这句诗就会在现代白话中胜出，仍旧保有诗意。刘禹锡的这句诗，就难敌翻译对诗意的破坏，屈就成了大白话。刘禹锡写的客观意象比李白写的主观意象，更依赖诗的外部形式，说明客观意象由内容提供的诗意，要弱于主观意象由内容提供的诗意。这样就容易看出，诗歌试图穿过翻译语言之墙时，客观意象的诗意容易被过滤掉，多数诗意无法在新的语言中问世或成立，除非用转译重新创造出对等的诗意，来适应新的语言。但主观意象的主体诗意，一般通过直译就能穿过语言之墙，神奇地幸存下来。

这等于道出，当新诗（自由诗、现代诗）没有了外部形式，为了弥补失掉外部形式造成的诗意损失，新诗究竟应该怎么做呢？一个显而易见的做法就是，当新诗脱去了古典格律的形式外衣，完全要靠裸体内容支撑全部诗意时，就应该让内容诗意浓烈的主观意象，作为主角登场，让古典诗词中的原主角客观意象，像华生医生配合福尔摩斯那样，成为新诗中主观意象的配角。一句话，为了确保新诗有足够的诗意，更多要仰赖主观意象。我举台湾诗人夏宇的《甜蜜的仇恨》为例：

把你的影子加点盐
腌起来
风干

老的时候
下酒

这是一个典型的主观意象。影子怎么可能用盐腌起来呢？你只能靠想象，去脑海里捕捉那幅图景。夏宇想说的真相是，恋人刚分手时因爱生恨，恨不得朝伤情撒盐，腌起来，当人老了，回忆已逝的伤情，一切又变得美好，美好到可以当美味的下酒菜了。这类情感极容易写得有鸡汤味，但夏宇用主观意象，把情感处理得神秘，深邃，不肤浅。主观意象之所以特别耐读，是因为它不容易被人完全琢磨透，谁也不敢声称，他能百分之百读懂主观意象，但面对客观意象，诸如"黄河入海流""朱雀桥边野草花"之类，大概没人会说自己不懂。你还可以看出，夏宇这个主观意象的诗意，比我刚才的散文解释浓烈得多，就算不分行，它的诗意也不会有多少损失。就是说，好的主观意象甚至可以彻底摆脱对外部形式的依赖，就算把它置于诗以外的体裁中，它的诗意仍有抗环境的耐受力。比如，后面我会讲到，主观意象也可以帮助小说家"看见"新风物，可以把任何没诗意的风物，都写得诗意浓厚。主观意象的这种诗意特性，与新诗的需要不谋而合，新诗正好需要对语境、外部形式不敏感的意象，以确保诗意可以徜徉在各种自由语境中，没有多少损失。所以，主观意象就理所当然，成为新诗诗意的解决之道。

H.D.是美国的意象派诗人，我们来看看她怎么写水池？她把水池想象成一个人，用的是一个主观意象。

你还活着吗？
我摸一摸你。
你像海鱼似地颤动。
我用网罩住你。
你是何人？一个被捆绑者？[①]

---

① H.D.（希尔达·杜利特尔）:《水池》，张子清译，选自《20世纪美国诗歌史（第一卷）》，张子清著，南开大学出版社2018年版。

因为一摸水池，池水就产生细密的波纹，诗人就想象那是一张渔网，同时也像鱼的鳞片，所以她说："你像海鱼似地颤动。/我用网罩住你。/你是何人？一个被捆绑者？"与直接描绘水池相比，用主观意象来描绘，就避开了熟稔的套路，令读者仿佛是第一次看见水池似的，用客观意象就无法做到这样的"第一次看见"。考虑到主观意象，总有一些不可名状的意味，借助它，读者就能触到直觉才能触及的言外之意，这样就使得诗体"松散"的新诗，不容易显得单薄。我常说"主观意象是诗意的浓稠剂"，就是指它惊人的诗化蛮力，只要运用得当，完全能抵御诗体"松散"带来的散文化。所以，我把主观意象视为诗体"松散"的新诗的诗意救星，认为新诗应该更多依靠主观意象，写诗时一旦发觉诗意稀薄，就可以用主观意象来救场。

诗人臧棣有一首诗《芹菜的琴丛书》，就是通过排除对芹菜的客观描述，像 H.D. 用海鱼、渔网写水池那样，用琴来重新描述芹菜，把芹菜这一客观意象，转变成了诗意浓烈的主观意象。当读者被迫用琴的外形和内涵，重新审视芹菜时，他们就拥有了一双新的眼睛，仿佛像诗人那样，平生"第一次看见"了芹菜。

我用芹菜做了
一把琴，它也许是世界上
最瘦的琴。看上去同样很新鲜。
碧绿的琴弦，镇静如

你遇到了宇宙中最难的事情
但并不缺少线索。
弹奏它时,我确信
你有一双手,不仅我没见过,
死神也没见过。①

四、用客观意象如何写诗?

  如果我们描绘的仅仅是事实或事象,文学不会对它们感兴趣。因为这样的事实或事象,早已遍布生活舞台,人们正是不喜欢它们的中立、无倾向,才不得不求助各种思想的解释或引导。文学显得慷慨大方,愿意为事实或事象,提供最契合读者本心的诸多启示。文学要想利用这些事实或事象,就必须赋予它们倾向,让事实或事象拥有情感或立场。客观意象也是一些事实,也需要通过赋予情感或立场才能成为文学。一旦用客观意象写诗,面对的问题就是如何让客观意象拥有倾向,不再中立。客观意象对写诗非常重要,它在诗中的历史比主观意象更久远。《诗经》中的诗句,带来的身临其境之感,恰恰得益于客观意象的描绘和营造。大概与《诗经》的示范有关,也与《诗经》之后格律的成

---

① 臧棣:《芹菜的琴丛书》,选自臧棣著《必要的天使》,中国青年出版社 2015 年版。

功有关，中国古代的诗人们，主要用客观意象来写诗。

比如，马致远写的《天净沙·秋思》，你看他写的"枯藤老树昏鸦""小桥流水人家""古道西风瘦马""夕阳西下"，每一句都是一个景，都是客观意象。你想一想，如果马致远没有写最后一句，你读到"夕阳西下"，就不再往下读，或诗到此句就结束，你会知道马致远在写什么吗？面对这些没有倾向的客观意象，你一定困惑不已，不知他要借这些客观意象表达什么。我前面说过，文学一定是有倾向的。一部作品没有任何倾向，这部作品不只有问题，也无写的必要。如果马致远没有写"断肠人在天涯"，没有表达出愁绪，前面写的所有客观意象，也都变得一无用处。为了让这些客观意象派上用场，他添了最后一句"断肠人在天涯"，表达出了深切的情感，让马致远前面写的客观意象，统统染上了情感之色。等你回头再读时，这些客观意象仿佛原本就饱含情感似的，变得不再客观、中立。古人写诗时，一旦使用了大量客观意象，等描述完客观意象，他一定会添上有情感或立场色彩的诗句，来给前面写的客观意象"染色"，染上情感或立场之色。比如，李白那首家喻户晓的诗："床前明月光，疑是地上霜，举头望明月，低头思故乡。"前三句都是没有倾向的客观意象，光读前三句，读者的思绪会没有方向感，可谓一筹莫展，一旦读到"低头思故乡"，前面读客观意象时的疑惑，就迎刃而解，统统、立刻染上了乡愁之色，读者的理解顿时就有了方向，直指表达乡愁的一切思绪和想法。

当你试图用客观意象写现代诗时，做法也一样。我举两个例子。洛尔卡是20世纪西班牙的伟大诗人,我特别喜欢他的诗。我摘他两行诗,这首诗是写一对情人即将分手,"丝带上有字一行/我的心已在远方"[1]。诗人是要告诉那个美男子,你我情分已尽,我要远走他乡。但如果只有"丝带上有字一行"这一客观意象,不能说明任何问题,只有等到"我的心已在远方"出现,"丝带上有字一行"才被真正"染色",染上了分手的情感之色,让读者感受到,说话者悄然下了分手的决心,已把分手之词写在丝带上,直到这时,这一客观意象的力量才全部彰显出来。这首诗也表明,洛尔卡是同性恋者。再以多多的诗为例。多多是朦胧诗派的诗人,北岛成名的年代,他名气不大,但他与时俱进,诗作越来越有大气象。"我修剪你种下的树/我照看你撒下的花房/我让窗子四季敞开",这三行都是客观意象,如果诗写到这里就结束,哪怕这三行写得再美,对整首诗也一无用处,因为它们太客观、中性,没有倾向,只是事实而已,与文学还没扯上关系。当多多加上一行有情感色彩的话,"像迎接你到来时一样",前面的三行客观意象立刻就被"染色",中立被改变。原来"我"之所以做客观意象中的那些事,是因为"我"被爱情驱使,为了爱恋的女子,"我"愿意做那么多费劲的事。大家别以为"我让窗户四季敞开",是件容易的事,非常不容易!我深有体会。我的书房在顶楼,有九个天窗,每天开窗通风,都会担心下雨。雨真的会突如其来,令我猝不及防,来不及关窗,地板淋湿是常有的事。

---

[1] 加西亚·洛尔卡:《美男儿》,选自《洛尔卡诗选》,赵振江译,漓江出版社1999年版。

所以，让窗户保持"四季敞开"着实很辛苦，但因为心中有爱，为了"像迎接你到来时一样"，"我"辛苦去做这一切，就在情理之中。

客观意象比较好写，就容易成为初学者的诗歌抓手，毕竟初学者主要考虑的是能否上手，并不在乎诗质如何。从根本上说，客观意象之所以不是新诗的表达主体，道理也简单，客观意象产生的诗意，除了一部分来自"染色"之道，还有一部分来自古诗的格律形式。新诗能调用的客观意象，无法再仰仗格律形式，难免诗意大减。比如，庞德早年视中国古诗为意象的楷模，创立了影响西方的意象派，他们作品的意象基因，主要来自中国古诗和日本俳句的客观意象，导致西方一些早期意象诗人，对客观意象的缺陷警惕不够，即对客观意象特别依赖格律的形式，认识不足。久而久之，他们中一些主要沿着客观意象前行的诗人，比如 H.D.，难免会落得作品优美、迷人，却内涵单薄、视野局限的声名。美国诗人勃莱在二十世纪六七十年代倡导的深度意象，瑞典诗人特朗斯特罗姆诗中的意象，可以看作是对早期意象派的修正，通过把诗中的意象深化，即把写诗的意象扩展至主观意象，意象就多了无法穷尽的一维，加深了诗的深度，增强了诗意的浓度。至于客观意象与主观意象，如何搭配才算最佳，容我后面再讲。简言之，一旦失去格律形式，要想让晓畅、明白的事实（客观意象），涉足多重意味甚至神秘，除了引入解释（包括说明、独白、对比、拟人等），或逻辑跳跃（蒙太奇手法），别无他法。我上面举的古今例子，都可以归为，通过为客观意象引入解释来写诗，我把这种写诗的要点总结为：描述完客观意象，再用说明、对比、拟人等方式，写出有情感或立场色彩的句子。

我来举几个例子。"水在井下经过时／梨，已死在地里"（多多《走向冬天》），你看"水在井下经过时"，这是一个客观意象。再看"梨，已死在地里"，如果他写"梨放在地里"，那么它也是一个客观意象，没有任何情感色彩。当他把"放"换成"死"，这个句子立刻就有了情感色彩。我们一般不用"死"来说梨子，通常会用"凋落""枯萎""干瘪"等词，现在用拟人的"死"来说明它，在情感天平上就不再中立，通过"死"的静止与水"经过"时的运动对比，由于这种对比太强烈，赋予了诗句哀伤的情感。因为人看到力量悬殊的两个事物，只要不涉及自身的利益，都会倾向、站在、同情弱小的一方，毕竟人潜意识中，也怕自己日后落魄时无人在乎、过问。再看徐志摩一首诗《小花篮》，"一束罗马特产的鲜菜／如今僵缩成一小撮的灰骸"，两行诗是不是形成了一个强烈对比？谁看到鲜菜"僵缩"成"灰骸"，都会有凄凉的感觉。这就是境遇的悬殊，制造出的情绪、情感。所以，采用客观意象写诗的要义，是想方设法让诗句带上情感或立场。台湾诗人古月写过这样两行诗："大风起兮／一只孤雁漂泊"。"大风起兮"是一个客观意象，乍看似乎不带情感，但读到"一只孤雁漂泊"，因"孤"和"漂泊"刻画出了雁的走失或流浪，人对它处境的同情就油然而生，这时再读"大风起兮"，因"大风"与"孤雁"形成了强烈的力量对比，读者难免会更为孤雁担忧，"大风起兮"这时就不再中立，已染上情感色彩。这就是用客观意象写诗的原理之一，即采用客观意象写诗时，很多诗人都喜欢用对比。因为对比会迫使读者在情感上做出选择，这是让客观意象变得不客观的好方法。

诗人蔡天新有一首诗《再远一点》，就把客观意象扩展到了全诗：

再远一点
我们将看到
人群像砂粒
堆砌在一起
彼此相似

再远一点
我们将看到
房屋像贝壳
或仰或卧
难以分辨

再远一点
我们将看到
城市在陷落
市民们纷纷出逃
搭乘超员的旅客快车

再远一点[1]

可以看出，诗中的画线部分，均为描绘城市现实的客观意象。如果全诗只有这些客观意象，读者将没有机会了解，诗人想通过这些意象传递什么。好的诗人本能地知道，意象必须包含情绪或情感或认知，蔡天新自发找到的染色之道，是为每个意象提供一句说明，来为意象染上诗人对城市的认知。比如，第一节对描述城市人群的客观意象，用了说明"彼此相似"，传递出诗人对人群抹去个体的担忧；第二节对描述城市房屋的客观意象，用了说明"难以分辨"，传递出诗人对城市贝壳一样密集居住环境的自嘲；第三节对描述城市交通的客观意象，用了说明"城市在陷落"，传递出诗人对城市人来回奔波生活的挖苦。全诗的三个客观意象，是按照飞机逐渐升空的景观顺序逐一描绘的：人群——房屋——道路。最后一行"再远一点"，遵循事不过三的原则，把再远一点看到的城市景观，留给读者自己去思考。

习题一：
写一个客观意象，再给它染上情感或立场之色。

---

[1] 蔡天新：《蔡天新诗选》，五洲传播出版社2015年版。

学生练习1：

自行车载着那对胖男女，一颤一颤地发出咯吱咯吱的声响，仿佛无声的抗议。

点评：

很好！前面是一个客观意象，最后用"无声的抗议"来染色，因为有了"无声的抗议"，前面很客观的描绘，顿时也有了意味。如果没有后面一句，前面的描绘就只是一个事实而已。

学生练习2：

黑压压的云层，一场奔腾的山雨即将到来，他孑然一身走到断桥边，心事像沉入水底的钟声，没有人能听见。

点评：

太好了！他最后用了两句来染色，"心事像沉入水底的钟声，没有人能听见。"情感很深沉。水能把人闷死，把声音闷死，说心事像钟声闷在水底，那种被闷得难受十分可怕，所包含的情感很强烈。

学生练习3：

高速公路上车流如织，南来北往，无非名利。

点评：

也不错！如果没有最后的"无非名利"，前面的句子只是对高速公路景观的客观描绘，既不有趣，也无甚意义。但"无非名利"一出，句子完全改观，一下子令整个句子染上了挖苦、讽刺之色。

学生练习 4：

画好眉毛，去赴一场没有爱情的约会。

点评：

这句话的染色部分在"没有爱情"，如果你只说"画好眉毛，去赴一场约会"，没人觉得这句话有什么新意，因为它表达的是客观常态，只有把"没有爱情"与"约会"放在一起，读者对约会的预设才会与"没有爱情"打架，从而感受到句子表达的无奈情绪。大家可以看出，此处造成打架，用的是对比手法。

前面举的所有染色例子，算是正宗，染色部分一般都在句尾或诗尾。还有一种染色方法比较刻意，是把染色部分插在客观意象的中间。具体方法是把客观意象一分为二，将染色部分插入分开处。插入的染色部分通常是说明，比如内心独白等。这种写法可以看作是用说明来染色的一种特例，毕竟说明可以放在句子或诗的任何地方，但古今诗人的正宗经验是，将染色部分置于句尾或诗尾，效果尤佳，正如前面举的一些例子。刻意把说明插在客观意象的中间,且说明部分主要是诗人的内心独白等感慨,这种属于染色特例的方法,被一些学者称为"穿插技巧"。归纳起来就是从客观意象的某处,插入诗人的主观感慨等说明。

我举两个例子来说明。先来看诗人马铃薯兄弟的《冬日》。

性用品店里关着灯
她们就着昏暗玩纸牌
燃煤的气息带不来多少温度
<u>妈的</u>
<u>难道天冷就活该冷清</u>
<u>一盒东西</u>
<u>也没卖出去</u>

脏雪的上空
黄昏被<u>映得苍茫极了</u>[①]

诗中除了划线的主观感慨等说明,剩余部分都是贴近生活的客观意象,为了让大家体会"染色"前后的不同,我试着抽去诗中的主观感慨等说明,让整首诗屈就于不偏不倚的客观,如下:

---

① 马铃薯兄弟:《冬日》,选自《1980年代的孩子》,长江文艺出版社2019年版。

性用品店里关着灯
她们就着昏暗玩纸牌
燃煤的气息带不来多少温度

脏雪的上空
黄昏……

　　大家可以试着填写"黄昏"后面的省略号，只要是客观意象均可，比如，"黄昏是红色的""黄昏的河面已经封冻"等等。你会发现，无论填入什么客观意象，一旦抽去主观感慨等说明，诗因过于不偏不倚，会令读者不知所措，完全摸不清诗的倾向，由此引起的猜测过于散漫，难以聚焦、深化。相反，一旦加入画线部分，尤其第四行到第七行的画线部分，就是一些学者说的穿插部分，原本不偏不倚的客观意象，因此染上了主观倾向。比如，客观意象描绘的冷，户内户外的冷，经过穿插部分的咒骂"妈的/难道天冷就活该冷清"和说明"一盒东西/也没卖出去"，再通过最后一行"被映得苍茫极了"对黄昏染色，原本无倾向的冷就不再单指客观环境，它也让读者明白，冷已深至人心，甚至深至人的本能欲望——这才是诗人的愤慨和讽刺所指。

　　再来看意大利诗人蒙塔莱的诗《灿烂的正午》：

灿烂的正午
草木卸下幢幢阴影，

夺目的光华下
周遭的万物尽染枯黄。

太阳当顶高悬,
河滩干涸。
<u>我的年月尚未逝去:</u>
<u>最美好的时光</u>
<u>在困顿凄凉夕阳的围墙里。</u>

酷热四野奔突,
翠鸟在腐烂的臭尸上呱呱盘旋。
那边一片苍白
一场及时雨
——<u>愉悦自在于期望</u>。[①]

诗中间的三行画线句,是主观独白的穿插部分,最后两行的画线字为主观染色部分,剩余皆为客观意象。如果去掉画线部分,把剩余的客观意象归拢到一起,我们得到极为客观的诗,如下:

灿烂的正午

[①] 吕同六编译:《意大利二十世纪诗歌》,安徽文艺出版社1993年版。

草木卸下幢幢阴影，
夺目的光华下
周遭的万物尽染枯黄。

太阳当顶高悬，
河滩干涸。

酷热四野奔突，
翠鸟在腐烂的臭尸上呱呱盘旋。
那边一片苍白
一场雨

  客观意象描绘的酷夏景象，固然已经很完整，给人印象很深，但诗人想要打开哪扇意识之门，读者实际上是茫然无头绪的。如果想借死气沉沉的景象，隐晦地表达现实，哪怕蒙塔莱对酷夏一描再描，读者的视线仍停留在景象表面，一旦现实的寓意全部要靠读者自己赋予，就会变得相当不具体、空洞、难以奏效。比如，是社会荒芜，还是人生荒芜？是现实残酷，还是时间残酷？是物质匮乏，还是精神匮乏？是人类孤独，还是个人孤独？能扒出的指向太多、太散漫，就等于没有指向。客观既可以理解为无倾向，也可以理解为交织着太多倾向，无从理出头绪。现在回头来看原诗，会发现穿插部分"我的年月尚未逝去：/ 最美好的时光 / 在困顿凄凉夕阳的围墙里"，提供了很个人化的感慨：我尚有时日，最美好的时光却在困顿凄凉的晚景（晚年）。这样就容易理解，诗人为何最后会说"愉悦自在于期望"，是因为他尚有时日，还有期待之时。也容易明白他描绘酷夏时，最后两行"那边一片苍白／一场及时雨"的寓意，即在晚景的废墟之上，希望就像远方的那片苍白——是一场及时雨！可以看出，穿插部分大大深化了诗人描绘的酷夏景象，传递出独特的人生体验，这是单凭堆砌客观意象做不到的。

蒙塔莱还有一首诗《燕子衔来几茎草叶》：

燕子衔来几茎草叶
<u>愿生命莫要匆匆地离去</u>。
防波堤内，夜空下
一潭潭死水<u>腐蚀</u>岩壁。
几束灯塔的雾光
把黑暗的阴影
融化在空旷的岸边。
广场上撒拉邦德舞<u>跳得正欢</u>
在摩托艇的<u>咆哮</u>中。

我把诗中非客观的部分，都标了下划线。第二行就是穿插部分，提示了理解诗的方向。燕子在做自己本分的事：延续生命。诗人也被燕子的努力感动，祈祷生命莫匆匆离去。这样诗中客观部分描绘的景象就有了意义，即生命会不畏环境的严苛（"死水腐蚀岩壁"等），竭力绽放出生机："广场上撒拉邦德舞跳得正欢／在摩托艇的咆哮中。""跳得正欢"和"咆哮"，正是顽强生机给人留下的强烈印象。

诗人叶辉有一首六行诗《礼物》，可以说兼顾了穿插和诗尾的染色之道。

去年，我种丝瓜
却长出了几只葫芦

之间很长的日子
<u>平淡。没有任何征兆</u>

我没有看过大海和帆船
<u>我错过了什么</u>[①]

从第四行开始，画线部分是主观说明或独白，"平淡。没有任何征兆"是穿插部分，"我错过了什么"是诗尾的染色部分。正是这两行主观说明，让诗中的客观意象不寻常起来。如果这两行消失不见了，也就等于放弃了此诗最迷人的部分：诗人的倾向。已经习惯有倾向的读者，一旦去掉画线部分，就会感到客观意象的无倾向、缄默，这会令读者无所适从。

---

① 叶辉：《礼物》，选自《遗址》，长江文艺出版社2019年版。

去年，我种丝瓜

却长出了几只葫芦

之间很长的日子

我没有看过大海和帆船

用客观意象写诗时，难度更大的是"逻辑跳跃"或叫"蒙太奇手法"。它的实质是让原本完整的描述和逻辑，通过故意缺失或省略某些部分，造成仿佛处于未完成状态。"未完成"曾是古今艺术中的一种手法，中国古代谓之留白，西方19世纪一度斥之未完成。比如，元代大画家倪瓒画中景的水时，一般不着一笔，只留出一片空白。换句话说，倪瓒只画了前景和远景，并未画中景。此画若是让唐人来评判，唐人大概会像19世纪的西人那样，斥之未完成，因为唐人还不懂得用空白"画"水，唐人画中的每个景物，都必须是观者能直接从画中看到的。比如，唐人画水，水是不能省略的，必须用线条一笔不苟，把所有波浪统统画出来。空白等于要去刺激观者的想象，让他们用想象把画中缺失的水"发明"出来。人会在心理上抗拒不完整，当造成不完整的缺失或省略真的出现时，为了消除理解上的困难，人会努力调动想象，用心中的一个个情景或意味填充空白。这就是格式塔心理学的核心，即人人都有完形的需要。人一旦遭遇不完整的描述，作品又有一定的形式暗示，人就会本能地调动想象，自行在脑中"造出"缺失的事物。习惯成自然，被大量留白、省略训练出来的中国人，也就容易接受留白和省略颇多的写意画。

省略或缺失实际上最早出现在诗歌中。原始人的"写作"还谈不上故意省略，那时的语言太有限，简陋的语言迫使他们省略，要想让他们描述得完整、翔实，对捉襟见肘的语言还真是奢望。我前面讲过，人类早期"诗性语言的产生完全由于语言的贫乏和表达的需要"。[①] 早期语言被迫做出的大量省略，与语言出现之前的结绳记事，非常类似。原始人不得不依靠结与结之间的跳跃和省略，来记录历史。原始人类的语言省略，也容易让我们看清，诗歌依赖逻辑跳跃的原始肇因。只不过，今天的语言已高度发达，没有了被迫省略的困扰，但诗歌魅力的呈现，还得依赖原始时期就奠定的语言机制，即通过省略和空白造成跳跃来呈现。谁能说，诗歌跳跃造成的审美情趣，不是由喜好省略的早期诗歌，一步步训练出来的语言遗存、习惯呢？今天，当语言丰富到没人在乎它的使用量时，写作者就容易变得啰里啰唆。所以，只要打算继续维持诗歌的魅力，就得学会故意省略、跳跃。故意是指，当还不能靠本能跳跃时，可以采用理性的方法，去实现跳跃。这方法不过是为了解决一时困扰，等有一天，跳跃能力被方法训练出来，即跳跃可以由本能自动推动了，就应该尽量忘掉方法。

[①] 维柯：《新科学》，朱光潜译，人民文学出版社1986年版。

习题二：

随便从书中抄一个句子，作为第一行，根据第一行，随便写一句话作为第二行，用纸把第一行遮住。做几分钟别的事情，再回来根据第二行，随便写一句话作为第三行……以此类推，直到你获得十行文字。从头读一遍，会发现你随意写下文字，既有整体感，又有类似诗行的跳跃感。用此方法写诗时，只需把抄来的第一行，换成你自己写出的第一行。

习题三：

用一百字到二百字的散文描述一个事件或动作过程，试着删掉一些文字，以造成描述或动作的跳跃。删完，从头读一遍，感受空白带来的意味和张力。

我来举例说明。下面是我随意写的一段文字，与诗完全不沾边，一旦我删掉一些文字（未画线部分），它就产生了跳跃感，似乎与诗就有点沾亲带故了。

我走过中山路时，遇到了多年未见的同事。他看起来非常苍老，性格大变，不再像过去那样外向，活跃，话多。他遇见我时，毫不惊讶，冷冷的，沉默寡言。我问他到底发生了什么事，他只是淡淡一笑，转身就挥手向我告别。

遇到多年未见的同事。他冷冷的。问他发生了什么，他

只是一笑,就挥手告别。(散文格式)

遇到多年未见的同事
他冷冷的
问他发生了什么
他只是一笑,就挥手告别
(新诗格式)

据说普希金写诗的方法,就类似习题三。他先用散文把想写的内容,完整地写出来,再将散文改写成诗歌。固然我们无法站在普希金跟前,看他具体如何写,但完全可以设想,要把逻辑完整的散文,改写成诗歌,他必会通过省略(删掉一些部分),留下一系列的空白,来达成诗行的跳跃。

我以南京青年诗人王宣淇的《拍猫》为例,她提供了其中两节的第一稿,如下:

晚上,明城墙下走过一只猫
远远的
它被抓拍了一段视频

视频被发给诗人、以及画家何玲
她们谈到了宋画、朝代的气韵以及老虎

下面是第二稿。

> 晚上，明城墙下走过一只猫
> 远远的
>
> 视频被发给诗人、以及画家何玲
> 她们谈到了宋画、以及老虎

第一稿里有一条明晰的逻辑线索，串起四个首尾相衔的部分：猫走过的场景，此场景被人远远地抓拍成视频，视频被发给"她们"，"她们"谈到了宋画、朝代的气韵和老虎。由于逻辑过于连贯（基本遵循的是散文逻辑，尽管看到的视频和谈论的事之间有一点跳跃），诗感并不强烈。第二稿为了造成跳跃感，几乎删掉了被人抓拍的第二部分，留下的"远远的"，也容易被读者要么归为第一部分，要么归为第三部分，造成第一部分与第三部分之间有跳跃感。第四部分的宋画和老虎之间本有跳跃，但"朝代的气韵"插在两者之间，有过渡之嫌，令跳跃感减弱，第二稿一旦删掉"朝代的气韵"，从宋画到老虎的跳跃就凸显，令诗感大增。

我将美国诗人勃莱《反对英国人之诗》的最后一节，罗列如下：

> 宫殿，游艇，静悄悄的白色建筑，
> 凉爽的房间里，大理石桌上有冷饮。

贫穷而听着风声也是好的。①

乍看这三行漫不经心，实则行与行之间都有跳跃，颇为惊人。第一行没有完整的句子，只列出了宫廷、游艇等三个事物，读者一般会视之为主语，为了找到主语的谓语和宾语，读者会来到第二行。但问题来了，第二行的"凉爽的房间里"，既可以视为是第一行还没有列完的主语，移到了第二行，也可以视为与"大理石桌上有冷饮"合成一个完好无损的句子。不管是哪种情况，第一行的主语都缺谓语，甚至宾语，这些句子中的空白或省略令读者很难把这些主语，与完整的句子"大理石桌上有冷饮"连接起来，这么一来，跳跃的感觉就出现了。第一行与第二行跳跃的发生，是因为去掉了一些句子成分，是句内空白造成的。第二行和第三行的句子皆完好无损，却仍有强烈的跳跃感，究其原因，是因为从"大理石桌上有冷饮"，到"贫穷而听着风声也是好的"之间，缺少过渡，两个句子没有逻辑联系。读者本期待第三行应该是对第二行的响应，但第三行冒出的倒很像是无厘头的回应。如同无厘头电影中的对话方式，问："你吃过饭了吗？"答："今天的天气真好啊！"问："你小孩多大了？"答："这条河真漂亮啊！"造成跳跃的幽灵是逻辑的不连贯，等于在第二行和第三行之间，省略了一些句子，也就是说，第二行和第三行之间，存在着逻辑跳跃或说逻辑空白。

---

① 勃莱：《反对英国人之诗》，王佐良译，选自王家新等编《当代欧美诗选》，春风文艺出版社1989年版。

诗人庞培有一首《薄雪》，同样也是诗行跳跃的典范，诗人是通过逻辑的不连贯或空白，来达成诗行的跳跃。

> 也许，她是对的：她离开我。
> 她走得多么巧妙，多灵活呵。
> 我禁不住赞美这婉约秀丽的转身。
>
> 那稚气的别离里轻轻的笑。
> 冬天暖暖的笑。
>
> 街上的薄雪，
> 分手是一种稚美的眷恋。①

第二节和第三节的第一行，既可视为第一节"禁不住赞美"的并列宾语，也可视同上述勃莱诗中的并列主语，不管是哪种情况，"我禁不住赞美这婉约秀丽的转身"也好，"那稚气的别离里轻轻的笑"等为主语的句子也好，与"分手是一种稚美的眷恋"之间，都缺少完整的逻辑过渡，部分逻辑空白造成的跳跃，产生了富于魔力的新鲜感。把"那稚气的别离里轻轻的笑"等视为主语，还因为这些主语省略了谓语甚至宾语，这些句内空白与句外的逻辑空白一起叠加，更令人感到最后一行的跳跃，异常强烈。

---

① 庞培：《少女像》，古吴轩出版社2005年版。

五、用主观意象如何写诗?

用主观意象写诗,是我们学习的重点。我会教给大家营造主观意象和诗句的若干方法。我们先来观察一些含有主观意象的诗句。

我先举穆旦的例子。他是民国时期了不起的诗人,颇受奥登影响。他有首诗叫《春》,我摘两行给大家看,"绿色的火焰在草上摇曳/它渴求着拥抱你花朵"。①"绿色的火焰"是不是一个主观意象?我不排除宇宙中可能有绿色的火焰,但在身边的现实中,尤其在田野上,火焰不可能是绿色的。本来在草上摇曳的是植物的绿色,但诗人把它想象成绿色的火焰,在草上摇曳,跳荡。它不是客观意象,但很接近客观意象"绿色在草上摇曳",只需把"绿色"换成"绿色的火焰",客观意象就变成了穆旦写的主观意象:"绿色的火焰在草上摇曳。"再来看洛尔卡的诗句,他在《凝滞,最后的歌》中写道:"月光的光芒/敲打着黄昏的铁砧。"②"黄昏的铁砧"是不是一个主观意象?你能直接看见"黄昏的铁砧"吗?除了靠想象别无他途,必须把黄昏想象成一块铁砧,对不对?但这样说特别有诗意,不是吗?这样就规避了"黄昏是美丽的""黄昏给大地染上了红晕"等陈腔滥调。

---

① 穆旦:《穆旦诗集》,中国文联出版公司1991年版。
② 加西亚·洛尔卡:《洛尔卡诗选》,赵振江译,漓江出版社1999年版。

洛尔卡还有一句诗，"一只夜的手臂/伸进我的窗"[1]，是不是也很有诗意？你想一想，它的诗意是怎么产生的？它说的实际景象，不就是"夜涌进我的窗"吗？这说到了关键处，如果只说"夜涌进我的窗"，就是太庸常的描述，毫无诗意可言。但你仔细观察会发现，诗人做了小小的替换，用"夜的手臂"替换了"夜"，这么一替换，原本庸常的描述，顿时变得新奇，诗意浓烈。替换完，动词"涌进"当然该改成"伸进"，以便与"夜的手臂"匹配。继续看洛尔卡的诗，"月亮的龙骨/冲破紫色的云雾"[2]，如果把它还原为实景，诗人不过是说，"月亮冲破紫色的云雾"。这句话有那么一点诗意，但不浓烈，因为它是客观意象，正是"冲破"带有的情感色彩，才使这个客观意象有了不多的诗意。但洛尔卡一旦用替换，即用"月亮的龙骨"替换"月亮"，就立刻使这句话新鲜起来，诗意浓烈起来。洛尔卡的《窗之夜曲》中还有一节如下：

我的头
从窗口探出，
我看到风的刀
多么想把它砍掉。

---

[1] 加西亚·洛尔卡：《窗之夜曲》，选自《洛尔卡诗选》，赵振江译，漓江出版社1999年版。
[2] 加西亚·洛尔卡：《拂晓》，选自《洛尔卡诗选》，赵振江译，漓江出版社1999年版。

洛尔卡说的实景，无非是把头伸出窗外让风吹着，要是光这么说，该多无趣。洛尔卡偏偏不说风，他把风说成风的刀。所以，最关键是做了替换："风"换成"风的刀"。一旦风变成风的刀，再想到刀可以把头砍掉就不难。大家有没有发现一个规律？只要分别把"绿色"换成"绿色的火焰"，"黄昏"换成"黄昏的铁砧"，"夜"换成"夜的手臂"，"月亮"换成"月亮的龙骨"，"风"换成"风的刀"，上面那些句子的性质就完全改变，统统由客观意象变成了主观意象，变得诗意浓烈，含义深邃。请观察下面列出的句子，箭头左边的句子都比较普通，十分常见，但把句子中的关键词，按上述方式替换，右边的句子就焕然一新，充满浓烈诗意。

他看见大海→他看见大海的邮戳
（关键替换：大海→大海的邮戳）

水将水撞响→水将它的银鼓敲响[1]
（关键替换：水→水的银鼓）

你能用眼睛看见大海的邮戳吗？当然不能！但你能把海上的波浪想象成邮戳。"水将水撞响"的场景，大家常见，你读到这

[1] 加西亚·洛尔卡：《门廊》，选自《洛尔卡诗选》，赵振江译，漓江出版社1999年版。

句话不会感到新奇，但如果做一个替换，把"水"替换成"水的银鼓"，再将"撞"换成与"银鼓"更匹配的"敲"，这句原本很普通的话，就脱胎换骨，成了一句很棒的诗。

有没有发现这类诗句的写法并不复杂，暗含着一种模式？下面我就来讲解这种模式。我把这种模式叫"错搭模式"，我为错搭模式总结出了一个公式：A 的 B。这里的 A 和 B，分别是两个不太搭界的事物。正因为不太搭界，普通人没事不会把两者搭配在一起，所以，我才称这种搭配叫错搭。此名称也等于提醒大家，使用错搭模式写诗句时，不要进行常规的、普通人认为正确的搭配。要像脑子进水一样，疯疯癫癫，把不相干的东西搭配在一起。错搭是把两个旧事物并置在一起的简单方法，它解决了人换眼的难点，即用新的眼光重新看待旧的事物。过去人们把那些能用新眼光看待旧事物的人，称为天才，认为只有天才看旧事物时，才能看出新的神奇景象。或者未受教育驯化的孩子，他们的天性中尚有"天眼"，能看出云不是云，云像羊、马、牛、龙、山等等，能看出太阳不是太阳，太阳像橘子、张开的嘴、红痣、红包等等。这样一来，普通人就不认为自己有这样的"天眼"，或认为自己是这样的天才，也就不认为自己能写出有神奇想象力的诗句。错搭等并置之法（后面还会介绍其他方法），恰恰是祛魅之法，能帮普通人祛除对天才或天眼的膜拜，让普通人也轻易能写出那样的诗句。普通人只需把两个旧事物，错搭在一起，就能产生想象神奇的诗句，令他们像换了一双眼睛，能看见新的事物，能把旧世界看成新世界，这是错搭可以产生诗意的关键。如果要追问错搭等并置手法的人性根据，我认为，它就来自人性自身的悖论。人天然追求安全，同时也追求冒险。人性悖论会要求诗歌并置事物时，寻找两个不太搭界的事物，以便用两个旧事物，能轻易并置出新事物。错搭中使用的旧事物，因为人们常见、熟悉，体现了人对安全的追求，错搭出的新事物，则迎合了人冒险的诉求，因为它新鲜、陌生。用旧事物组合出新事物，是人人可以参与的事，不必再依赖天才或"天眼"的神秘之法。

举例说，如果 A 是黄昏，B 是铁砧，"A 的 B"就变成了洛尔卡的"黄昏的铁砧"；如果 A 是绿色，B 是火焰，"A 的 B"就变成了穆旦的"绿色的火焰"。我问大家一个问题，说"我的心"行不行？乍看也符合上面的公式"A 的 B"，对不对？但细究会发现，这里的 A 是"我"，B 是"心"，显然"我"与"心"太搭界，不符合错搭的要求，心是我的一部分，因为这两个事物太相近，就难以产生新鲜感和诗意。如果说"我的月亮"行不行？当然行！月亮那么远那么大，与"我"根本不搭界，说"我的月亮"就有新鲜感和诗意。如果你是一个男人，偏偏你说出"我的温柔"这种话，是不是就比说"我的刚强"，更让人浮想联翩？反过来，如果你是一个女人，你说"我的刚强"是不是就比说"我的温柔"意味更多？产生这种效果的原因就在，男人与温柔，或女人与刚强，分别是经验中不太搭界的两个事物。总而言之，这种模式很简单，只需把两个有相当距离的事物，搭配在一起，就会产生诗意。比如，特朗斯特罗姆在《午睡》中写道："蹬腿的舌头。暴君的钟。"[1] 蹬腿与舌头有关系吗？暴君与钟有关系吗？没有关系，可是放在一起就意味无穷。这种"前言不搭后语"式的组合，只要你的脑袋稍稍松绑，就容易写出许多，比如，风的手、雨的钉子等等。我记得兰波写过："一颗又一颗星星的金链"[2]，"金链"是指光线，但如果兰波只是实话实说，"一颗又一颗星星的光线"，该多无趣和没有诗意。兰波找到了可以替换"光线"，又与星星不太搭界的"金链"，就令对星星光线的描绘，陡生诗意。

习题一：
填空，做替换练习。

大地的鼓。大地的＿＿＿
月亮的银牌。月亮的＿＿＿
我看见海浪。我看见海浪的＿＿＿

学生练习：
大地的孩子。
大地的烟灰缸。
月亮的婚纱。

---

[1] 特朗斯特罗姆：《特朗斯特罗姆诗歌全集》，李笠译，四川文艺出版社 2012 年版。
[2] 兰波：《灵光集：兰波诗歌集注》，何家炜译，商务印书馆 2020 年版。

海浪的礼服。

海浪的棉大衣。

为了顺利找到搭配的对子，大家先不要管什么情感、经验、认识等。大家一定会犯嘀咕，这么随意搭配的短句，能帮助我们去表达情感、认识吗？大家还记得人们是怎么学会跳舞的吗？没有学会必要的"基本舞步"之前，谁敢指望通过花样百出的舞蹈，表达自己的个性和自我呢？这是属于更高层次的问题，它的解决必须基于熟练掌握"基本舞步"，直至运用自如。你还在练基本舞步，就提前考虑如何表达情感、自我、个性，还为时过早。而搭配合不合理，能否传递情感，是下一步才该考虑的事，等学完了写诗的"基本舞步"，你再考虑！到那时还会知道，内心听从的道德律令，仍会通过诗歌技艺泄露出来。你现在就当"A的B"是一种语言游戏，放开来写，迫使自己脑洞大开，做脑筋急转弯游戏。目前阶段，越把它当无情无义的语言游戏，就越容易打开一个想象的世界。比如，为"大雨"配对的时候，为了降低相关度，可选择室内的东西来与大雨搭配，很容易就能写出一串："铁钉""锤子""刀子""筷子"等等。再试着把它们配对："大雨的铁钉""大雨的锤子""大雨的刀子""大雨的筷子"等等。是不是还不错？

习题二：

分成A、B两组，每组都从1开始给每人编号，A组每人心里想一个自然界的东西，B组每人心里想一个城市的东西。两组编号相同的人组成一对，得到一个"A的B"模式的错搭组合。

学生练习：

大雨的灯。

威风的苏州。

星空的境况。

海浪的邮箱。

树影的时钟。

沙漠的桌面。

发奋的广告。

糊涂的聪明。

点评：

非常好！"糊涂的聪明"有点抽象，最好把其中一个概念词，用具象的东西代替。大家可能觉得老师在带你们做文字游戏，在练习"基本舞步"阶段就得做文字游戏，你不要去想怎么表达感情，那是后面的事，先把脑洞打开最要紧！等你熟悉了错搭模式，练得自如以后，将来如果想要表达情感、感觉，你就能从中找到最接近情感或感觉的词语组合。

习题三：

用三分钟写这样的短句。任何两个事物都可以搭配在一起，只有一条原则，找彼此相关度低的，把它们按"A 的 B"这种模式搭配。

学生练习 1：
巨石的温柔。
狂暴的青草。
愤怒的大树。
开心的小草。
悲哀的铁门。

点评：
"巨石的温柔"挺好，因为"巨石"与"温柔"反差挺大。"狂暴的青草""愤怒的大树"也不错，只要想象青草和大树在大风中的样子，就会觉得这种描述不仅有诗意，也合理和形象准确。"悲哀的铁门"也很有意味，如果用它来说囚禁之门，诗意之外也准确。

学生练习 2：
蓝色的眼睛。
丘比特的地球。
雪花的问候。
八月的亲吻。
房间的心灵。

书本的战争。
沉默的衣裳。
老去的太阳。
磐石的主张。

点评：

你一下写了这么多，都不错，"书本的战争"最好！"蓝色的眼睛"要放在中国语境里才有诗意，这样"蓝色"与"眼睛"才不太搭界。要是放到北欧环境，"蓝色的眼睛"就没什么诗意，因为它太常见，属于正常搭配，与我要求的错搭不符。希望大家记住"A的B"这种错搭模式，以后写诗会经常用到。

我用错搭模式来重新解释洛尔卡的诗。他说："一只夜的手臂/伸进我的窗。"这两行诗对应的现实景象平淡无奇，无非是说夜渐渐来到房间。洛尔卡知道没有必要把这种常识再说一遍，除非他能说得别开生面。他为了让夜特别一点，把"夜"换成了"夜的手臂"，这就让人对夜的感觉丰富起来，"夜"与"手臂"本无关联，错搭在一起却陡生诗意，"夜的手臂"就属于我刚才讲的错搭模式。再看洛尔卡的诗："我的头从窗户探出/我看到风的刀/多么想把它砍掉。"乍看，这么有诗意的景象，是现实中不存在的，纯属诗人脑中的想象。但你只要把"风的刀"还原成"风"，就看出洛尔卡描述的不过是庸常的景象：我把头伸到窗外，被风吹着。他用"风的刀"一替换"风"，就化腐朽为神奇，把庸常之景变得诗意盎然。他不经意也并不自知，用了一个错搭模式。

写诗句的第一种方法，就藏在洛尔卡的诗句里。用一句话写出一个现实场景并不难，比如"天上正下着雨"。再挑选此场景中的某物，比如"雨"，找到与之不太搭界的另一事物，比如"蕾丝"，与之搭配，形成所谓的错搭模式"雨的蕾丝"，再用此错搭模式替换掉场景中的某物，比如用"雨的蕾丝"替换掉"雨"，诗句就大功告成了。"天上正下着雨"就变成了"天上正下着雨的蕾丝"，是不是挺有诗意？我再举个例子，比如"我们靠灯来看书"，这个场景家家户户都能见到，过于正常，以致大家都不会对此句子多瞧一眼。但如果把"灯"用错搭模式替换掉，比如把"灯"替换成"灯的心"，因为"灯"与"心"不太搭界，"灯的心"就是典型的错搭，这样"我们靠灯来看书"，就变成了"我们靠灯的心来看书"，诗意是不是就神奇地出现了？这种诗句的写法，既巧妙又简单，我把它总结为如下三步骤：

1. 先用一句话，写出某个现实场景（或现实中可能存在的场景）；

2. 选择该场景中的某个事物 A，找出不太搭界的事物 B 与之错搭，形成错搭模式"A 的 B"；

3. 把错搭模式"A 的 B"，放回原来的句子，替换掉事物 A，即用"A 的 B"替换掉"A"，诗句就大功告成。

这方法是说，你可以随便设想一个现实场景，把场景中的某个东西，用前面讲的错搭模式替换掉，整个场景立刻就有了诗意。我来举例说明。比如，第一步，我随便写出一个现实场景：我走进山谷。第二步，我选中"山谷"来进行错搭，但选择什么东西与"山谷"错搭呢？我想到了"耳朵""锅底"，这样就得到了两个错搭模式：山谷的耳朵；山谷的锅底。第三步，再把错搭模式"山谷的耳朵""山谷的锅底"，放回原来的句子，替换掉"山谷"，我就得到了两个有诗意的句子"我走进山谷的耳朵""我走进山谷的锅底"。再比如，我随便写出一个现实场景：我看着黑夜。我打算用"黑夜"来造一个错搭模式，但用什么来跟黑夜错搭呢？我想到了"长发"，这样就得到了错搭模式：黑夜的长发。再用此错搭模式，替换掉句子"我看着黑夜"中的"黑夜"，诗句就大功告成：我看着黑夜的长发。怎么样？句子还不错吧。

　　为了简便起见，也为了后面引用方便，我把上述方法归纳成一句话，称它为"诗句模式①"，我也戏称它为"A的B"，这样更容易记忆。

　　诗句模式①（或叫A的B）：将某现实场景中的某物，用错搭模式替换掉。

　　习题四：

　　用一句话写出某个现实场景，再把该场景中的某物，用错搭模式替换掉。

学生练习：

现实场景：我掉进湖里。

错搭替换：我掉进湖的梦里。

下面我来讲第二种写诗句的方法，这种方法比"诗句模式①"更简单，本质上也是错搭，我把它称为"诗句模式②"。

诗句模式②：A是B（A与B不太搭界。"是"还可以替换成"像""如""似""属于"等等）。

这里仍然要求A与B不太搭界，目前这种写法很流行，一学就会。一旦捅破这层窗户纸，大家马上就能写出很多这样的搭配。如果一个男人说"我是男人"，一点诗意也不会有，但他说"我是女人"，里面的意味就不少。一个亚洲人说"我是太阳""我是月亮""我是沙子"，也很有意味，但说"我是亚洲人"，意味就少了。大家可以到很多诗选里，找到很多诗句都是按"A是B"的模式写的。过去年代的诗人，比较青睐使用"像""如""似""属于"等，来表达A与B两个事物的对比，认为它们的属性有诸多相似。比如，女人像花，就是通过"像"，挖出花和女人相似的属性：美丽、引人心动、娇贵等。现在，诗人们并没有完全舍弃这些比较词，还在使用，但使用频率大不如前，因为他们找到了新的比较词"是"。当我们说"A 是 B"，乍看"是"与上述比较词一样，还是对比 A 与 B，但对比方式已大相径庭。"像"代表的那些比较词，重点放在 A 与 B 显而易见的共性或相似上，"是"就不管 A 与 B 是否有显而易见的共性或相似，直接粗暴地宣布 A 等同于 B。

比如，当古巴诗人亚瑟夫的诗写道，"高粱是一位预言家"[1]，普通读者一般会蒙，因为他们实在看不出两者有什么共同处，甚至也看不出有显而易见的相似。但诗人用"是"迫使读者接受高粱与预言家是相同的，会导致有经验的读者深思两者为什么相同？这时读者就会放弃比较两者的表面特征，会试着把预言家的所有属性加到高粱身上，看会有什么结果？对那些修辞立诚的好诗人，这种尝试一定会产生成果。比如，当你往深处想，就会发现高粱作为粮食，确实可以预言很多东西，比如，预言是否有饥馑，农民是否有钱，社会是否稳定，人们是否健康，生态是否平衡，等等。"是"可以迫使读者先接受 A 与 B 等同，再去挖掘为什么，这样使得诗人对比两个事物时，可以变得肆无忌惮，不必再如"像"那样，必须拘泥于显而易见的相似。你看，预言家与高粱本不是一码事，彼此不沾边，但硬放到一起，再朝预言的方向去深思高粱，是不是就觉得既有道理，又有诗意？

"夜晚是烧尽的烟头"[2]，是穆旦《蛇的诱惑》中的一句诗，夜

---

[1] 亚瑟夫·阿南达:《五月中的四月》，选自《五月中的四月：亚瑟夫·阿南达诗选》，赵振江译，江苏凤凰文艺出版社 2018 年版。
[2] 穆旦:《蛇的诱惑》，选自《穆旦自选诗集》，天津人民出版社 2010 年版。

晚与烟头本没有关系，可是放到一起，不仅有诗意也很形象，你可以想象燃烧的烟头是白昼，烧尽的烟头是黑灰的灰烬，用来表达黑夜很贴切。我有一句诗"蝴蝶是秋天不肯落地的落叶"[1]，蝴蝶跟落叶本没有关系，说"蝴蝶是落叶"，首先因新奇会产生诗意，如果读者还能想到，蝴蝶不肯落地的愿望，恰恰也是落叶的愿望，诗意中还掺杂了触人的情感。欧阳江河写过一句诗，"昨夜的雨是你多年前晒过的阳光"[2]，人们虽然偶尔也见过雨中出太阳，但日常经验赋予人们的顽固印象还是，雨跟阳光是对立的，把对立的双方扯到一起，就会因新奇产生诗意。至于诗句里饱含的深情，也是后面我要讲的文学道德，即古人说的修辞立诚，这里先不赘述。

再看柏桦的诗句，"而冬天也可能正是春天／而鲁迅也可能正是林语堂"，冬天和春天的对立已先于柏桦的诗句，成为我们脑中的印象，柏桦的诗句却逼迫我们，重新认识两者的关系，逼迫我们寻找它们的共性，结果还真找得出来。比如，对一个能感到生活无常，或虚无的人，春天的繁盛无不含着危机，甚至寒意，冬天的严酷又无不含着转机，所谓物极必反的转机。正是靠了柏桦诗句的焊接，冬天和春天的日常内涵，被彻底更新和深化。鲁迅当然不可能是林语堂，但诗人一旦说出"也可能正是"，好读者就不会只满足说法的新奇和有趣，还会到经验、体悟中去寻找，

---

[1] 黄梵:《蝴蝶》，选自《月亮已失眠》，江苏凤凰文艺出版社2018年版。
[2] 欧阳江河:《我们的睡眠，我们的饥饿》，选自《长诗集》，江苏凤凰文艺出版社2017年版。

到底是什么促使诗人这么说呢？和刚才一样，还真找得出来。比如，林语堂的幽默，鲁迅没有吗？鲁迅对中国的透视，林语堂没有吗？还有因人而异的一种可能，就像大家常说的：彼之蜜糖，吾之砒霜。鲁迅对你，可能是常要缅怀的温情，对他人，可能就是冷酷无情的刀子。你看，用"是"这么简单的比较词，竟可以造成这么丰富的内涵，难怪当代诗人们对它爱不释手。

习题五：
写"A 是 B"的句子，A 与 B 尽量不搭界。

学生练习：
信鸽是风的使者。
渔船是身体里的一颗痣。
舌头是粉红的朝阳。
蒙骗招摇的纸钱，是索马里的一叶布帆。
镜子是凝固的时间。
影子是害羞的，灵魂不愿露面。
路是水彩笔的尽头。

下面给大家讲第三种写诗的模式，这种模式的实质是用事物 B 重新解释事物 A。还是要求事物 A 与事物 B 不太搭界。我把这种方法归纳为"诗句模式③"，也戏称为"B 解释 A"。

诗句模式③（或叫 B 解释 A）：用事物 B 重新解释事物 A（A 与 B 不太搭界）。

若 A 是一事物，B 是另一事物，且 A 与 B 不太搭界，用 B 重新解释 A，就会产生诗意。讲到现在，大家发现什么叫诗歌了吧？诗歌就是要你脑洞大开，得习惯把彼此不沾边的事物，扯到一起。有这种"扯到一起"的能力，才叫写诗。这就是拉康在《宗教的凯旋》中说的，"所有新的意义只能从一个能指对另一个能指的替换中产生，这是隐喻的维度，由此现实承载诗歌。"[1] 把 A 与 B 两个事物"扯到一起"，就是我们熟悉的对比，就是拉康说的能指替换或隐喻，容我后面再谈隐喻，等到后面大家会发现，所有主观意象本质上都是隐喻。

我来举 B 解释 A 的例子。特朗斯特罗姆写过诗句"群鸟掠过大海竖起的毛发"[2]。"竖起的毛发"指的是什么？当然是指海浪。诗人为了避开对海浪的庸常描述，别出心裁，用"竖起的毛发"重新解释了海浪跃起的样子，这样一解释，新奇和诗意就喷薄而出。再看阿多尼斯的诗句"我曾倾听/海贝里面沉睡的摇铃"[3]。海贝里有什么？要么是海贝的肉体，要么是沙子或珍珠。关键是，怎么描述海贝里的东西才真正有诗意呢？直接说肉体或沙子或珍

---

[1] 雅克·拉康：《宗教的凯旋》，严和来等译，商务印书馆 2019 年版。
[2] 特朗斯特罗姆：《礼赞》，选自《特朗斯特罗姆诗歌全集》，李笠译，四川文艺出版社 2012 年版。
[3] 阿多尼斯：《我对你们说过》，选自《我的孤独是一座花园：阿多尼斯诗选》，薛庆国译，译林出版社 2009 年版。

珠,都平淡无奇,哪怕诗句似乎暗示,诗人想描述的是珍珠,但直接说海贝里有珍珠,也无济于事。诗人索性转变思维,用不相干的事物"沉睡的摇铃",重新解释正在酝酿中的珍珠,马上就有了诗意。你一旦理解了产生诗意的原因,马上就可以写出不少类似的描述,比如,"海贝里沉睡的舌头",舌头容易让人想到海贝里的肉;"海贝里沉睡的耳朵",耳朵会让人想到,一旦海贝里的躯体惊醒,就会像耳朵一样聆听八方。

再来看台湾诗人李敏勇写的两行诗,"飞越国界的候鸟群/不必持有护照"[1],他表达出了对鸟自由穿越国界的羡慕。大家只要准备出国,就能体会到办签证的麻烦。对鸟群来说,全世界的天空都可以自由飞翔,它们并不知道也不会遵守,民族国家划分出的什么领空。面对鸟群能自由飞越国界这个事实,如何让它产生诗意呢?说起来也简单,只需对这个事实重新解释,但不可用"鸟群可以在世界范围迁徙"之类的正常解释,要把这个事实解释成鸟群不会有的行为,比如"不必持有护照",仿佛鸟群也像人类一样,受限于护照签证等,只是它们暂时得到赦免。用这个只存于想象中的赦免,来重新解释鸟群飞越国界这个事实,就使之染上了诗意。再比如,鸟群没有开会的行为,只有无忧无虑地觅食生活,但如果用"鸟群不必开会",来重新解释它们无忧无虑的生活,诗意就会产生。你还可以重新解释,"鸟群不必像我们一样天天坐在教室上课",这样说也有诗意。

---

[1] 李敏勇:《季节的触感》,选自《九十年代台湾诗选》,春风文艺出版社1998年版。

罗马尼亚诗人斯特内斯库有诗写道:"在空气看来,／太阳是充满鸟雀的气体"[①]。不知大家看出没有,前面讲过的诗句模式②,也可以看作诗句模式③的特例,就是说,A 是 B 本质上也是用 B 解释 A。比如,"太阳是充满鸟雀的气体",实际上是用"充满鸟雀的气体",重新解释什么是太阳。太阳是气体,几乎人人皆知,但除了写下此诗句的诗人,无人敢设想气体里还有鸟雀。诗人等于用自造的"事实"向所有人宣称,太阳是由充满鸟雀的气体构成的。这样的解释,放到生活中荒诞不经,但写进诗里,就是你愿意竖起大拇指夸赞的诗意。我有一首诗《筷子》,重新解释了筷子在餐桌上的夹菜过程,"它是我餐桌上的伶人／绷直修长的腿,踮起脚尖跳芭蕾——"[②]用"餐桌上的伶人"重新解释筷子的角色,用"绷直修长的腿"重新解释筷子的笔直,用"踮起脚尖跳芭蕾"重新解释筷子夹菜的行为,可以看出,正是重新解释与事实的大不相符,迥然有别,即把筷子夹菜,重新解释为舞者的艺术行为,才导致产生了诗意。重新解释,等于为大家看待世界,打开了一双崭新的眼睛。要想把眼前的现实风物,变得不那么现实,就要通过你的解释,让读者暂时离开现实,暂时忘掉事物的现实属性,让读者相信,你的解释才是事物的"真相"。这是让平常、凡俗,产生不凡、神奇的法门之一。

用一个事物解释另外一个事物,方法很简单,你先想一个事

---

① 尼基塔·斯特内斯库:《人类的颂歌》,选自《斯特内斯库诗选》,高兴译,上海文艺出版社 2018 年版。

② 黄梵:《筷子》,选自《月亮已失眠》,江苏凤凰文艺出版社 2018 年版。

物,再去想另一个隔得远的事物,当你能找到两者有一点关联,你的解释就会合理起来。但是刚开始的时候,我不要求大家做到这一步,只要求大家让两个事物隔得远一点,哪怕你的解释很牵强,也没关系。比方说,你首先想到了书店,接着想到另一个不搭界的事物珍珠,你打算用珍珠重新解释书店里的书,你可以说,书店的书架上布满了珍珠。你只说到这一步,也不错。如果还能想到珍珠与书的关联,比如,想到可以把珍珠看作思想的珍珠,书是思想的载体,你就可以解释得更合理一些,说"书店嵌满了思想的珍珠"。这样是不是更好?如果你教几岁的孩子,会发现他能马上说一大堆,因为他还没有固定的成见,不觉得东西甲非得和东西乙在一起不可,他会大胆尝试各种组合。我们成人会说,水和电脑不应该放在一起,不然太荒诞了,对小孩来讲,水和电脑当然可以在一起,他可以想象,电脑是水做的。没有成见或抛弃成见,是写诗的关键。

习题六:

请用不太搭界的事物,解释下列事物(择其一):烟囱、森林、瀑布、汤勺、头发、书店。如果一时写不出来,可套用"A不必是B"这种模式写。比如,"我们不必成天觅食""我们不必像动物一样成天打斗"等等。

学生练习:

森林是情人耳畔的呼唤。

书店是充满生机的庭院。

头发是飘飞的裙摆。

烟囱是孤独的卫士。

一排排灵魂，安静地睡在书店。

森林是大自然表演的舞台。

烟头是魔鬼的使者。

森林是大地的孩子，经常忘记了回家。头发是森林小路，迷了路又找回家了。

头发像玩具一样说出了女人的心声。

汤勺是翩翩起舞的女士。唐朝是舌头的美人。

点评：

很有想象力！我也写过汤勺，说汤勺是盲诗人的空眼窝，"它宁愿空着眼窝，也不要汤水给它眼睛"[①]，就是用空眼窝，重新解释凹进去的汤勺勺形，盲诗人指的是荷马。唐朝的诗篇肯定与舌头的吟诵有关，用舌头的美人，来表示舌头灵动表达时的美姿，让你仿佛能看到舌头的灵动之美，以此解释唐朝是一个善表达的王朝，极富诗意。这样写下去，我对大家很有信心了！

由于现实天天在训练我们的眼睛，叫它懂得什么叫正常、正确，时间一长，我们的思维就变得跟眼睛一致了，变得循规蹈矩，

---

① 黄梵：《汤勺》，选自《月亮已失眠》，江苏凤凰文艺出版社2018年版。

不敢越雷池一步，总去想这样做是对的，那样做是不对的，对或不对都是以眼睛看见的现实为准绳。我要说，写作中的对与错，与现实中的对与错，根本不是一码事。比如在诗中，两个事物搭配在一起，只要能产生诗意，它们的搭配就是对的，不管与现实相去多远。若某人说人类可以登日，大家会觉得这是没有用的妄想，但把这种想象置于文学中，尤其诗歌中，就是宝贝。比如，中国古人就想象，太阳中央有三足金乌，一种神鸟。很多文学"发现"，就是需要挣脱生活的束缚，你越是能没心没肺地胡想、错搭，就越是能打开一个诗意的世界。写诗也可以理解为纠错：把一扇扇被生活锈死的门，重新打开。比如，有个罗马尼亚诗人叫科尔布，他写的《梦想者》中有几句有趣的诗，"当他出租露珠"，问题是，出租露珠的事在现实中并不存在，人们只能出租房子，但他偏要这么去做，宁愿"浪费"时间去做人做不到的事，这种乍看徒劳的执拗，成就了停留在文字中的大胆想象，让人觉得极富诗意。再比如，他说"用自己的火焰点燃日出"[①]，太阳当然不可能被谁点燃，这是不可能成功的臆想，与前面有人说要去登日一样，正因为它不可能完成，才让人听到这句话时，觉得想象神奇、有诗意。人对自己够不着或做不到的壮举都有崇敬之心，这是产生诗意的法门之一，也是我下面要讲的第四种方法。

让一个人或某个事物，去做他（它）做不到的事，诗意就会诞生。"做不到"是指在现实中做不到，但我们可以让他在文字

---

① 达尼埃尔·科尔布：《梦想者》，选自《罗马尼亚当代抒情诗选》，高兴编译，花城出版社2012年版。

中做到。比如他无法在现实中点燃日出，但在诗句中他无所不能，完全可以"点燃日出"。诗意出自现实与诗句的落差，即现实的低能和诗句的高能。我来举顾城的诗为例。他有首很短的诗叫《一代人》："黑夜给了我黑色的眼睛/我却用它寻找光明。"大家想想看，"黑夜给了我黑色的眼睛"，这是黑夜能做到的事吗？做不到！做不到它就有诗意。你不妨列出黑夜能做到的事，比如"黑夜带来黑暗""黑夜让人看不清道路""黑夜让人昏昏欲睡"之类，有诗意吗？没有！由于"黑夜"在顾城的诗中，同时又是象征（容我后面再讲象征），象征不正常的环境，这样诗意和象征双管齐下，就使《一代人》拥有了准确又有诗意的罕见魅力。

我把上面这种写诗句的方法，总结为"诗句模式④"。

诗句模式④：让 A 做 A 做不到的事。

具体步骤如下：
1. 写下事物 A；
2. 列出 A 做不到的事；
3. 硬让 A 去做。

如果你太现实了，一想到山就是山，你就不容易写出诗来。要能想到山不是山，水不是水，你就进入了诗的思维。比如，音乐厅里一般只会响起音乐，当特朗斯特罗姆说"音乐厅里响起一个国家"，等于是让音乐厅做了它做不到的事：响起一个国家。

接着，特朗斯特罗姆又说，"那里，石头比露珠还轻"，石头当然不可能比露珠轻，但诗人硬让石头比露珠轻，你还不知为何如此时，新奇感已经产生。当然，如果非要打破砂锅问到底，你大概可以解释，因为演奏的音乐，暗示或象征一个国家，任何属于这个国家的石头，甚至大山，此时都变成了音乐厅的乐曲声，声音当然轻于露珠。

> 音乐厅里响起一个国家
> 那里，石头比露珠还轻。[①]

再看洛尔卡的诗，当他说"猫头鹰扇动翅膀"，这是猫头鹰再平常不过的动作，这样描述并无什么诗意，但接下来洛尔卡说，猫头鹰"继续苦思冥想"，诗意才真正诞生。为什么？说起来也简单，洛尔卡采用上述手法，让猫头鹰做了它做不到的事，苦思冥想本是人类才做得到的事，但洛尔卡硬让猫头鹰去做，硬把人的能力赋予猫头鹰。这正是文学中一切拟人手法的实质，即把高能赋予低能事物。

> 猫头鹰扇动翅膀

[①] 特朗斯特罗姆：《巴拉基列夫的梦》，选自《特朗斯特罗姆诗歌全集》，李笠译，四川文艺出版社2012年版。

并继续苦思冥想[1]

　　西渡的诗《靠近大海的午夜小径……》中,有这样两行:

　　银河在解冻。像一只
　　纸扎的筏子,月亮在渡河。[2]

　　正常的星月之夜,通过诗人的描述,改变了银河、月亮的能力,令诗意陡增。银河能解冻吗?不能!但诗人为了描述银河散落夜空的景象,偏说是银河解冻造成的,让银河做了它做不到的事:先结成整块冰,再解冻成细碎晶亮的星星冰粒。月亮能像一只白纸筏渡河吗?不能!况且真正的纸筏还得认命,因为纸无法让纸筏完成渡河。但为了描述映在河中的月亮,诗人偏说它像纸筏在渡河,让月亮去做它做不到的事,即让河中月的镜像,成为一只纸筏。诗人改变事物能力的这种"蛮力",就打破了日常逻辑、视角、成见,更新了我们看事物的眼睛。

　　讲到这里,也就能理解雪莱说过的一句话:"诗人是世界未公认的立法者。"[3]为什么?你看诗人会受语言规则的束缚吗?他做

---

[1] 加西亚·洛尔卡:《凝滞》,选自《洛尔卡诗选》,赵振江译,漓江出版社1999年版。
[2] 西渡:《靠近大海的午夜小径……》,选自西渡著《天使之箭》,上海教育出版社2020年版。
[3] 雪莱:《为诗辩护》,缪灵珠译,选自《古典文艺理论译丛(卷二)》,中国社会科学文学研究所编,知识产权出版社2010年版。

的一切事情，就是试图超越语言的规定，比如，通过意象传递语言之外的诸多意味，甚至一些诗句会通过对格律、语法的出轨，确立语言表达的新规矩。让语言去做超越字典含义的事，等于是为打开的那个新世界立法。常人只能为常人的现实世界立法，面对飘忽不定的语义世界，立法的工具只能是诗歌，立法者只能是诗人。

习题七：

用诗句模式④，即"让A做A做不到的事"，写出一两句诗句。

学生练习：

我握着母亲的眼泪，奋力向前穿越冰封的荒原，找到我那颗冰冷的心。

书籍经常被秦王用来侍候它的仰慕者的汗水，考验那些意志薄弱的人。

灵魂会贪玩而忘记回家的路，生活却一直都是魔法师，让你明知一切都是假的，还傻乎乎地坐等奇迹。

快乐将我背上了天空，我想回到大地，只有再悲伤一次。

失眠人轻轻打开了梦。学生在考场歌唱。共享单车在电线上横冲直撞。夏天接来了秋天的麦先生。

你的脚是银河系的一部分。

他撞开了夜，把秘密塞进妻子口袋。

天空电闪雷鸣,一个个巫婆张牙舞爪,扑向大地而来。

鱼缸张大嘴,吸着空气,企图把自己的肚皮撑破,那样它就自由了。

他用小巷,为回音涂上忧伤。

点评:

非常好!"你的脚是银河系的一部分。"这个写法很像雪莱,不可能却很有气势,雪莱在《西风颂》里写过:举起我吧,当我是水波、树叶、浮云!如同说,当我是银河系吧!太不可能了,就有诗意了。

六、用意象写诗的好处

我前面强调诗歌应该主要使用意象,不是在坚持陈腐的传统,它在诗歌中的永存,是由它自身的优势造就的。下面我就来说明,意象被古今诗歌选中,不是因为命好,是它与抽象表达竞争的结果。我举个例子,先来看直截了当地表达"你害了我"。这种直述表达的目的,就是为了减少偏误,令它无法解释成别的意思,这是维系日常生活沟通的必须。所以,日常生活的表达一般是远离文学的,人们害怕文学表达的歧义,会造成他人误解,乃至人际矛盾。这种直述表达非常类似政治表达。政治表达为了适应政治的需要,即把政治主张普及全民的需要,它的含义就必须简单明了，意思不能充满歧义，变动不居。政治表达为了抵制多重解释，注定要使用有严格定义的概念，注定要远离形象，主要依赖概念的抽象表达。抽象表达是用最少的概念，去概括最多的事物，有概括上的便利，它不像形象化的具象表达，为了甄别细节的差异，不得不牺牲概括力，牺牲含义的简单明了，去接受歧义、含混、朦胧等。不百分之百仰仗字典的含义，对含义采取适度的放任，恰恰是珍贵的文学表达。文学表达的灵魂就在曲折行事，谁都会含义明确地说话，但让含义通过形象去长途跋涉，抵达意味无穷的世界，并非人人天生就能做到。

"你害了我"就不是文学表达，是使用概念的抽象表达，"害"是抽象概念。如果要用文学表达传递类似的意思，可以用意象来表达："因为你，我成了一只老鼠。"就字面含义来讲，它与"你害了我"意思相近，但循着"我成了一只老鼠"这个意象去深究，就会发现，此意象含有的意思或意味，比"你害了我"多得多。可能因为个体经验的差异，有人不认为老鼠是可憎的；或因为人们对黑鼠和小白鼠的态度有别，读到这个意象时，有人可能会想到小白鼠扒绣球的可爱憨态，甚至同情小白鼠被用作医学实验；不同文化使人们看待老鼠的态度，也截然不同。比如，印度人把老鼠视为圣物。就算是那些不喜欢老鼠的人，对"我成了一只老鼠"的理解，也千差万别，是"我像过街老鼠，人人喊打"，是"我像老鼠，肮脏，遭人嫌弃"，是"我像老鼠，贼眉鼠眼，显得龌龊"，是"我像老鼠，有偷食习惯，被人看作小偷"，是"我像老鼠，会传播疾病"……上述这些经验、文化、理解的差异，就使得"因为你,我成了一只老鼠"这个意象,远离了单一含义,不同于"你害了我"这种直述的政治表达。充满歧义,意思或意味难以穷尽,正是意象比直抒胸臆高明的地方,它使表达有了许多层面的含义,千人有千种解释。这也是意象得到诗歌青睐的真正原因。

再看直述例句:我站在台北大街上,感到闷热难耐。当你读到这样的直抒胸臆,你只是了解到很闷热,但无法透过"闷热"这个抽象的概括词,拥有更多层次和更丰富的感受。如果换成意象的说法,比如"当八月中旬我初次站在热气腾腾的街道,像个快熟的肉包子"[①]。2011年酷夏,她与我等受邀一同赴台,为了让读者感受台北的酷热,她放弃概念,转用意象。如果你想象自己是锅里的肉包,热到快要蒸熟了,是不是把闷热的感受推到了极限?除了表达出热到极限,你还会产生各种联想,比如想象自己在蒸笼里,想象像生煎包那样在油锅里焖……由于围绕肉包子,你可以联想到很多情景,每种情景都对应一些感受,单单这一个意象,就令你的感受极其丰富。

继续看直述例句:你自由了,处境却并没变好。这个含义非常确定、单一,你无法再做别的解释。为了让它的含义丰富起来,我改用意象表达:你自由了,却不如一颗豌豆。不如一颗豌豆意味着什么?意味你自由的天地依旧狭小,视野只有巴掌大的地方,豌豆除非有他物推动,自己并不能自由行动,不能自由选择;

---

① 周晓枫:《河山》,广西师范大学出版社2019年版。

可能也意味你像豌豆那样，命运依旧掌握在他人手中；由于豌豆微小，可能还意味，就算自由了，你仍然渺小，微不足道……只要你愿意，可以继续诠释这个意象，由于它的含义不像直述例句那么确定，含义来自你的诠释，含义的多寡，完全取决于你诠释的能力。意象可以表达很多你无法表达的东西，甚至潜意识里的东西，真正做到言尽意无穷。

当然，直述表达也不是毫无价值，要想让直述表达像意象一样，能让读者多多停留，细细揣摩其深意，它只能采取悖论式的表述，比如"起点就是终点""恨就是爱""痛并快乐着"，或博尔赫斯《我的一生》中的诗句："我总在接近欢乐，也接近友好的痛苦。"[1] 直述表达为了解决含义单一的问题，只能引入悖论，引起理解上的歧义。由于直述表达再没有别的方式，能达到类似效果，不像意象有气象万千的情景，千变万化的样貌，所以，悖论式的表述，很快就成为被人用烂的表述模式，不懂意象表达的人，又想弄出多重意味，就只好统统挤上这座独木桥……

博尔赫斯一直景仰东方文化，曾用《东方诗人》表达景仰之情，"一百个秋天我望着／你岛屿之上的弯钩"[2]，诗人没有直述景仰之情，不直接说什么我向往或热爱东方之类，反倒绕弯子用了意象表达。"弯钩"会令人想起弯月和波斯弯刀，可以视为东方

---

[1] 博尔赫斯：《我的一生》，西川译，选自王家新等编《当代欧美诗选》，春风文艺出版社1989年版。
[2] 博尔赫斯：《东方诗人》，王央乐译，选自王家新等编《当代欧美诗选》，春风文艺出版社1989年版。

的象征。就算王永年把它译成"长虹",长虹和岛屿组成的意象,仍代表吸引诗人的东方。这"弯钩"或"长虹"吸引诗人,让他愿意用一百个秋天,痴迷地望着它。博尔赫斯这么智慧、谦虚的人,当然不会自大到认为自己能活一百个秋天,一百个秋天不过是愿望,是为了用时间的漫长,令读者去感受"望"中的深厚情感。一个人对东方要爱到多深,才愿意把一百个秋天都用来仰望东方?如此深情,通过意象表达时,对情感不着一字,却能令人持久地品味和遐想,甚至由于人们对意象的感受和理解有差异,这一意象还能刺激读者做出不同的诠释,这些诠释不是对主题的亵渎,恰恰是对"东方诗人"这个主题的延伸和拓展,因为诠释不是作品的身外之物,是可以不断添加进作品的"内容"。大家一定要理解,文学的实质就是绕着弯子说话,是迂回的艺术,所谓的"曲线救国"。意象就是一种百读不厌的迂回表达。

我再举个例子,爱伦·坡是西方象征派诗歌的先驱,《安娜贝·李》是他怀念妻子的悼亡诗,这首诗由于有了我后面要讲的整体象征,它的内涵开始有了魔力。只是他作为象征派的过渡性人物,诗歌中仍有直抒胸臆的部分,或许他的诗拥有的格律利器,能拯救局部的"直抒胸臆",使之有诗意,一旦格律利器被翻译收缴,比如译成中文,"直抒胸臆"就被打回原形,内涵和诗意就荡然无存。可是回荡在诗中的整体象征,仍能透过翻译之墙,让我们感到它的寓意。以下是爱伦·坡用在局部的直抒胸臆。

有个姑娘你可能知道,

名字叫安娜贝·李。
　　她不怀有别的心思，
　　　除了和我相爱相昵。①

　　这是经过翻译，脱掉了格律外衣的直抒胸臆，对汉语读者来说索然寡味。我来附上多多一节同样深情的诗，他没有用"直抒胸臆"浪费时间，高明地使用了意象，且都是诗意强烈的主观意象。

　　是两把锤子　轮流击打
　　来自同一个梦中的火光
　　是月亮　重如一粒子弹
　　把我们坐过的船　压沉
　　是睫毛膏 永恒贴住
　　　我爱你
　　　我永不收回去②

　　对比爱伦·坡的汉译与多多的诗就能发现，谁都能轻易够到、摸到爱伦·坡诗的底，浅浅的，一点不深，无非说妻子一心一意爱他。但你试试就知道，你不容易够到、摸到多多诗的底，

---

① 埃特加·爱伦·坡：《安娜贝·李》，吴兴禄译，选自孙梁编选《英美名诗一百首》，商务印书馆香港分馆1987年版。
② 多多：《是》，选自《多多诗选》，花城出版社2005年版。

很深邃。比如什么是"是月亮重如一粒子弹／把我们坐过的船压沉"？谁都知道月亮太重，子弹很轻，人们都愿意让轻的去攀附重的，以彰显轻的重要性，比如说成"子弹重如月亮"之类，但多多颠覆了这种日常逻辑，偏说"月亮重如子弹"，还说月亮把船压沉，这样就促使读者深思，为什么诗人会说废话？这时，不同的诠释就出现了。有人认为"月亮"指月光，也指爱情，同时"子弹"也不指静止的子弹，而是射出的子弹，犹如丘比特的箭，携带着巨大冲击力。那么说月光下的爱情，重如子弹的冲击力，就是很自然又有诗意的说法。看得见摸不着的月光，因爱情的激荡重过一切，当然能压沉两人坐过的船，这让人能感受到爱情里的伤痛。有人可以把"月亮"理解为，看上去平和安详的生活，把"子弹"理解为爱情，爱情再伟大也无法战胜生活，爱情之船最终会被生活压沉。不管是哪种理解，都让"我爱你／我永不收回去"，有了撕心裂肺的力量。正是前面那串意象在意思上的含混，才让最后两行的直抒胸臆，有了点睛之效，点出"我"的永不后悔。你如果继续诠释，还能找到更多的意味，比如把"月亮"理解为噩梦，意象的含义一下全变了。

再来看北岛《回答》里的诗句，"卑鄙是卑鄙者的通行证／高尚是高尚者的墓志铭"，诗人无非想表达，你只要卑鄙就通行无阻，只要高尚就死路一条。可是，意象拥有的实际意味，比我提炼出的含义要多。比如，光通行证就有各式各样的通行证，内部通行证，外宾通行证，人人通用的通行证，特定人群用的通行证。月票、门票、校徽、校园卡、旅游卡等，皆可视为通行证。说卑鄙是通行证，就等于给卑鄙分了类，分成大小轻重不一的各种卑鄙，这样一来，你关于卑鄙可以在社会上得利的感受，就因情景很多，变得纷繁多样，似乎没有尽头，有了无数层次。第二句里的墓志铭本身，代表着一种命运，是高尚者通行不畅，四处碰壁导致的命运，同样，由于墓碑的石料、形状、铭刻的碑文内容等，千差万别，等于也给命运分了类，即大大小小的高尚，会造成形形色色的命运，皆为悲剧。

特朗斯特罗姆写过："电缆哼着没有祖国的民歌。/阴影在码头上格斗。"[1] 大家看出没有，是刚才学的哪种模式？是的，既可以看作"B解释A"的模式，也可以看作"A做A做不到的事"的模式。比如，电缆会发出嘶嘶的声音，诗人就用"哼着没有祖国的民歌"，来重新解释这种声音；你也可以说，诗人在强迫电缆做它做不到的事，电缆不会唱民歌，但诗人偏让电缆"哼着没有祖国的民歌"。再比如，阳光或灯光给码头造成很多阴影，彼此紧挨着，你既可以用"在码头上格斗"，重新解释那些紧挨着的阴影，也可以让阴影做它做不到的事，阴影本无法格斗，你偏说"阴影在码头上格斗"，说完，诗意的大门就敞开了。

阿多尼斯有一句诗："当日子解去纽扣入睡/我唤醒水和镜子。"[2] 这是哪种模式？只能是"A做A做不到的事"的模式，因

---

[1] 特朗斯特罗姆：《黑色明信片》，选自《特朗斯特罗姆诗歌全集》，李笠译，四川文艺出版社2012年版。
[2] 阿多尼斯：《昼与夜之树》，选自《我的孤独是一座花园》，薛庆国译，译林出版社2009年版。

为日子不可能穿衣服且解去纽扣入睡。水和镜子没有生命,故"我"哪怕再有本事,也无法唤醒它们。"日子"和"我",都做了自己做不到的事。

再来看中国诗人洛夫写的《子夜读信》。

子夜的灯
是一条未穿衣裳的
小河

你的信像一尾鱼游来
读水的温暖
读你额上动人的鳞片
读江河如读一面镜
读镜中你的笑
如读泡沫[①]

诗中的主观意象,用了哪几种模式?有"A是B"模式,有"B解释A"模式,也有"A做A做不到的事"模式,对吧?比如,"子夜的灯/是一条未穿衣裳的/小河""你的信像一尾鱼游来",就可以视为"A是B"模式。当然,"你的信像一尾鱼游来",也可以看作是对信走邮路的重新解释。诗中"读"字起头的四行诗

---

① 洛夫:《子夜读信》,选自《洛夫诗全集》,江苏凤凰文艺出版社2013年版。

句，可以看作是对读信的重新解释，甚至把"鳞片"看作是对皱纹的解释。小河本来就不可能穿着衣裳，偏说它未穿衣裳，等于设定它能穿衣裳，诗人也不可能读温暖，因为温暖是不可见的，"你"额上也不可能长鳞片，这些都可视为"A做A做不到的事"模式。读了洛夫的诗，你可以看出，诗人需要的是别出心裁重新看待现实的眼睛，和不合常规谈论的勇气。我的《新诗50条》中有一条：诗意不来自世界，而来自诗人的注视。说的就是这个道理。

现在，我确信大家已领会诗歌的实质，或说已意识到什么是诗歌，那我们就回头看看，讲新诗之前我出的那道判断题。以下两节诗，我曾让大家判断是否写得好，哪个写得更好，记得大家当时都不知所措，判断不出好坏。现在，不管大家消化了多少前面的内容，我确信大家已能判断哪节写得好了。

①
当我们把语言还给彼此
彼此就消亡了
还是换一种形式存在
而答案又是另一种语言

②
男人在各人的叮嘱和教化声中
渐渐变成鱼

他萎缩在饭桌上
　　比三年前大鱼被他杀时还要怕得发抖

　　对，第二节更好！大家的眼光不再模棱两可，一眼就看出了门道，确实第一节写得不好，第二节写得好！第一节是伪装成诗歌的哲学，本质是哲学，哲学妨害了诗歌的表达，或说诗人屈就用哲学思维写诗。"语言""存在"这些概念，连哲学家都没能完全说透，诗人就欣然让抽象概念入诗，读者会有感觉吗？不会有的。什么叫"把语言还给彼此／彼此就消亡"？里面玩味的是哲学感觉，不是诗歌感觉。维柯在《新科学》中，早就阐释过诗性思维与哲学思维的不同，认为"诗人们可以说就是人类的感官，哲学家们就是人类的理智"[①]。大家之所以觉得第二节写得好，也因为能折磨感官的只能是意象，第二节的意象表达让读者在感官层面，就能充分感受诗中"男人"的尴尬处境。诗人用的是诗性思维，用意象触及了诗歌的根本表达方式。据说作者写第二节时，只比写第一节晚一年。作者是南京新冒出的诗人王宣淇，只一年，就由擅长哲学思维，到掌握诗性思维，悟性惊人。我们凭第二节就可以看出，真正的诗歌之门已对她敞开。

　　再看下面两节，哪一节不是真正意义上的诗？

---

① 维柯：《新科学》，朱光潜译，人民文学出版社1986年版。

①
你只能依靠过去认知未来
我只能凭借未来爱上过去
既然未来只存在于过去之中
或许是我们在不停地往前走
而时间太贪婪了

②
乌云——
黄昏的假睫毛

桥梁伸懒腰时
眼泪开始跳河

一对恋人
在我们种下的路灯旁接吻

我们的爱情
是被汽车撞烂了的水果摊

是的，第一节不是！真正意义上的诗，会用形象表达思想、情感等。第二节用的是意象表达，显然更高明，它直接让诗句先触及你的感官，再让理智去寻找深意。与亚里士多德说的顺序一致:"凡是不先进入感官的就不能进入理智"。不过,上面两节是同一个人写的,他叫赵汗青。他写第一节时,完全是新诗的门外汉,刚入我开办的第一期写作班,他写第二节时,已上完两期写作班,开始大量发表诗作并成为江苏诗坛的新秀,距他写第一节只有两年半。赵汗青能如此迅速掌握新诗写作,主要得益于懂了新诗审美,应该围绕什么打转转。你从第二节可以看出,他放弃了第一节的抽象表达、哲学表达,找到了形象生动的意象表达。维柯在《新科学》中已提示:"最初的诗人们给事物命名,就必须用最具体的感性意象,这种感性意象就是替换和转喻的来源。"

习题:

每天用下列四种模式,营造含有主观意象的诗句(每个模式不超过两行)。

模式①某场景中用错搭模式替换某物
模式② A 是 B
模式③用 B 解释 A
模式④让 A 去做 A 做不到的事

第三堂课　新诗写作的核心

一、如何使主观意象的表达更准确？

前面让大家构造主观意象时，暂且没有顾及情感、经验等与它的关系，只强调把它作为"基本舞步"，先在语言层面掌握它，哪怕把它当作好玩的语言游戏。这种无关"文学道德"的语言训练，当然不是最终目标。现在，很多学员已掌握"基本舞步"，接下来就该解决下一个问题：如何使主观意象的表达更准确？我不打算探讨"准确"的科学定义，我只关心写成的主观意象，如何能让读者产生共鸣乃至有准确之感。

说实话，你去找教科书或著作，没有任何书会告诉你产生准确的方法，它们只是告诉你应该准确。我把自己的写作心得，总结为产生准确的方法，你可以把它看作是直觉导致的某种洞察。大家还记得前面讲过的四种模式吧？把四种模式放在一起观察，你会发现主观意象的核心，关涉到两个不太搭界的事物，即事物A与事物B。前面我们要求A与B，尽量没有关联，认为这是产生诗意的保障。但从现在起，我们强调A与B不搭界的同时，再增加一个要求，即还要找到两者的一点关联。这话听起来很矛盾。大家一定觉得怎么会这么奇怪？既要求没有关联又要求有一点关联，那到底是有关联还是没关联呢？我想说的是，人就是一个携带着辩证法的动物，我们的身体对辩证法有着本能的迷恋。

我们既迷恋对立中的差异，又迷恋差异中的统一，这一激动人心的法宝，当然来自人类原始期的生活，并成为照拂我们现在的人之本性。

比方说，人在城里待久了，身处闹市，就渴望去乡村，感受宁静；老待在熟悉的环境，就巴望去旅行，接触陌生的人与事；生活太安逸，就想寻找刺激，干点冒险的事；过久了富贵的生活，就想尝试朴素，托尔斯泰晚年就是如此；人太幸福，就巴望吃点苦，人太富有，就想体验贫穷。冯小刚的电影《甲方乙方》，不就写了这么一个城里的富人？他主动去山村受苦，时间一长又受不了，偷光了全村的鸡，天天盼着有人来把他接回城里。很难解释，人为什么会有这么奇怪的诉求？人为什么喜欢悖论？当然是原始期的生存需要，造就了人性中的悖论。比如人既追求安全，又喜欢冒险，两者一同帮助人类生存下来，这样人身上天然就携带着辩证法，并把这种倾向铭刻在人的生活和文化中。就连人类孜孜以求的民主与自由，两者也相互矛盾。完全放任自由，就不会有真正的民主，因为自由会产生等级。比如，人一旦通过自由竞争获胜，就会让其他物种沦为低等，被奴役。经济中的反垄断法，就是为了防范自由竞争产生垄断。反之，放任民主，又会扼杀能产生竞争优势的自由，民粹主义即是一例。问题是，人类好像两个都想要，对吧？所以，我不认为辩证法仅仅是观念，它已是深植在人性深处的本能。懂得这一点，对理解文学和写作方法极其重要。

辩证法的悖论性格（对立又统一），一旦体现在文学中，就会令人着迷。它在诗歌和小说中的形式体现，有所不同。它为诗歌提供的方法是并置，将两个差异较大的旧事物，所谓不太搭界的事物，通过并置产生新的意味，令读者仿佛换了一双眼睛，能把旧事物看成新事物。比如，山谷和铁锅分别都是旧事物，单独看并无新意，可是一旦把它们并置，写成"山谷的铁锅"，你再看待山谷或铁锅的眼光，就会焕然一新，山谷不再是山谷，铁锅不再是铁锅。通过把旧事物并置来产生诗意，也揭示了诗歌中的时间观念，即没有时间，或说不受时间束缚，因为并置意味着没有过渡，不需要彼此较量，可以把不同时空的事物直接焊接在一起，类似电影中的蒙太奇手法。比如，当沃尔科特说"阳光如一只猫"或"平底锅下的火环，被他拧为日落"[①]时，"阳光""落日"这些永恒的事物，就与"猫""平底锅下的火环"这些暂时的事物，通过并置合二为一，不需要较量和中间过程，就体现出合为一体的诗意和谐。

同样的，人性的辩证法也会塑形小说，只是形式略有不同，小说是通过让两个旧事物对立，产生出新的情景，来考察人性表现，毕竟人性千百年来并无不同，小说关注的是形形色色的人性表现。对立就意味着有彼此的较量，必然涉及过程，揭示出小说是有时间的，不得不受时间束缚。这些容我讲小说时再谈。

你不会料到两个本不搭界的事物，一旦找到一点关联，准确之感就会在读者心中"炮制"出来，读者既会觉得陌生、新鲜，

[①] 德里克·沃尔科特：《奥麦罗斯》，杨铁军译，广西人民出版社2018年版。

又会觉得及物、准确。关联事物 A 与事物 B 的方式有两种，我先讲最简单的第一种。

第一种：单凭事物 A 与事物 B 彼此的特征或状态，就能一目了然，或往深处多想一步，就能意识到彼此的关联。

比如，顾城写的名句"黑夜给了我黑色的眼睛"，黑夜与眼睛本不搭界，如果只想通过不搭界达成诗意，那么你还可以提出别的说法，比如"黑夜给了我蓝色的眼睛"等，但它不符合准确的要求，准确要求"黑夜"与"眼睛"还要有关联。顾城的诗有一个表面特征的关联，"黑夜"与"黑色的眼睛"，有共同的特征关联：黑色。"黑夜"与"蓝色的眼睛"哪怕照搬顾城的句子，也产生不了关联，读者就不会觉得准确。除非你说"蓝天给了我蓝色的眼睛"，由于"蓝色"这个共同特征，解决了"蓝天"与"蓝色的眼睛"的关联，就会在读者心里产生准确感。当然，这句诗只适合北欧，放到东亚只会产生诗意，但无准确之感。能让中国人感到准确的诗句，仍是顾城的"黑夜给了我黑色的眼睛"。

特朗斯特罗姆曾写过一句诗："我迈向这里的脚步是地里的爆炸"[①]，"脚步"与"爆炸"当然不搭界，乍看似乎也无任何关联，可是只需深想一步，想到脚步踏在干燥的土路上，会扬起尘土，一个人快步或用力走路，身后会掀起一股扬尘，"脚步"与

---

① 特朗斯特罗姆：《沿着半径》，选自《特朗斯特罗姆诗歌全集》，李笠译，四川文艺出版社 2012 年版。

"爆炸"就会因扬尘有了相近的特征，彼此就关联起来了。"爆炸"还赋予"脚步"做不到的幻想场景，即十分夸张的扬尘效果。读者一旦能想到这一层，立马会觉得句子既有诗意又准确生动。再比如，蓝蓝写过："我是你，亲爱的——你的干旱 暴雨"[①]，"我"指爱情，与具体的"干旱""暴雨"当然不搭界，乍看也难关联，可是一旦深思爱情的种种表现，就发现没有比"干旱""暴雨"更贴切的了，爱情的精髓恐怕就在于它的大起大落，渴求时，如旱地等着雨水滋润，澎湃时，激情又如暴雨成灾。这样爱情跌宕起伏的性质，就与"干旱""暴雨"有了关联。

如果事物 A 与事物 B 不搭界，又无法从特征或性质上把两者关联起来，这时该怎么办呢？一开始确实有点难。我有个解决此难题的心得，就是一开始不必考虑 A 与 B 的关联，先大胆设想出 B，如果发现实在没有关联，就通过创造情景产生关联。因为情景在文学中的一大用处，就是设法把不同事物置于情景中，关联起来，为描述或叙事服务。任何两个找不到关联的事物，都可以通过设想出一个共同情景，建立起关联。这种事一定做得到，情景一定设想得出来。下面就是我要讲的，把他们关联起来的第二种方法。

第二种：设法创造一个情景或情景说明，使事物 A 与事物 B 产生关联。

[①] 蓝蓝：《危险》，选自《唱吧，悲伤》，江苏凤凰文艺出版社 2017 年版。

我用自己的诗来说明。举自己的诗为例，不是因为写得好，是我经历的体验，能帮助更好说明心得，这类直接经验也许对大家更有启发。以下是《中年》一诗的最后三行：

> 年轻时喜欢说月亮是一把镰刀
> 但现在，它是好脾气的宝石
> 面对任何人的询问，它只闪闪发光……①

诗中用了象征手法来谈论"月亮"，"月亮"成了不同年龄的我。上面第一行中的"月亮"是指年轻的我，"年轻的我"与"镰刀"的关联，一般读者都能觉察到，都有尖锐、锋利的特点，可以说一目了然。但到了第二行，"它"即"月亮"，是指"中年的我"，说它"是好脾气的宝石"，这时如果不加提醒或说明，读者很难觉察到"中年的我"与"宝石"之间的关联，诗句就落入了有诗意却晦涩的俗套。所以，最后一行的情景说明很关键，它讲述了宝石给予人的印象，描述了此情景中，宝石只发光不说话的状态，这个状态就与"中年的我"或中年人的状态有诸多相似。中年人因内心开阔，做事变得从容，面容和善，懂得做最有价值的事，不再喧闹、浮躁、咄咄逼人……你看，借助描述和说明这个情景，就把"好脾气的宝石"与中年关联了起来。

---

① 黄梵：《中年》，选自黄梵著《月亮已失眠》，江苏凤凰文艺出版社2018年版。

再比如，为了给"夕阳"找到既不搭界又有关联的事物B，我先忘掉关联这件事，只去畅想甚至鲁莽地设想事物B，比方说我此刻想到了"椅子"，接下来怎么也找不到"夕阳"与"椅子"的关联，这时就强行虚构一个包含两者的情景，来使之关联。比如，我可以设想这样的情景："夕阳是遗忘在西边的一把椅子，苦苦等着人们坐上去。"由于"夕阳"与"椅子"处于同一情景，关联就在情景之内产生。读者一旦进入这一特定情景，就不再觉得"夕阳"与"椅子"无甚关联。情景把泾渭分明的两个事物，铸成一个整体，仿佛原本就是一体两面。本不搭界的两个事物，这么一关联（靠情景虚构出来），准确之感就会在大家心中产生。

我有个美国学生叫徐琳玉，写过这样一句诗：海上落日是溺水的头颅。给人准确之感，究其原因，就是前面讲的道理。"落日"与"头颅"本不搭界，因作者加了形容词"溺水的"，造出了头颅在水里的情景，与海上落日的情景相似起来，使得"海上落日"与"溺水的头颅"有了关联。你有没有发现，"海上落日是溺水的头颅"中的"头颅"，可以用任何东西替换掉，皆会给人准确之感。比如，把"头颅"换成"人"，"海上落日是溺水的人"，是不是一样给人准确之感？如果只说"海上落日是人"，只能给人诗意的感觉，并无准确感。所以，产生准确的关键是，"溺水的"造出了一个水上情景，与海上落日的情景相似，两者就有了同在水上的特征关联，或者也可以理解为，"溺水的"将头颅，与海上落日置于同一情景。

我曾写过多重关联的诗句："太阳张开红润的嘴／等着飞机伸

进银色的压舌板"①,"太阳"与"嘴","飞机"与"压舌板",显然是截然不同的事物,可是一旦把"嘴"处理成"红润的嘴",把"压舌板"处理成"银色的压舌板",首先在特征上,"红润的嘴"与早晨的红"太阳","银色的压舌板"与银色的"飞机",就有了颜色、外形上的关联。当然,这还只是表面特征上的关联,真正的关联诞生于一个想象的情景,即银色的飞机飞过红太阳时,宛如银色的压舌板伸进张开的红润嘴巴。大概多重关联让人有准确的畅快感,王鼎钧先生曾来信告诉我,美国有个诗人读到此诗句,忍不住说:"这样的句子,猜想在作者下笔时,稿纸都会兴奋到簌簌直响。"多重关联对我来讲其实也是难事,不是总能做得到,所以,大家动笔写诗,能做到一种关联就该满足。

习题一:

用模式"A 是 B"写一句诗,且 A 与 B 要有一点关联。

学生练习:

爸爸是女儿的神话。

故事是燕子的聚宝盆。

母亲是他的翅膀和牢笼。

奶奶是他的麦克风。

---

① 黄梵:《写作生涯》,选自《月亮已失眠》,江苏凤凰文艺出版社 2018 年版。

点评：

都很棒！最后一句最准确，本来麦克风跟奶奶没有关联，但深想一步，就能挖出两者的关联，老年妇人不断絮叨的形象，是生活中随处可见的，"奶奶"也不能幸免，这样就与麦克风有了持续发声上的关联。

若把前面 A、B 两个事物中的一个，换成抽象的思想或情感，问题也就变成：如何用主观意象准确表达思想或情感？这就是大家关心的文学道德问题，即修辞立诚的问题。我反倒认为，这个问题的难度，比前面问题的难度要低。因为思想或情感与一个具象事物，天然就不搭界，比如"孤独"与"蝙蝠"天然就不搭界，当你说"孤独是蝙蝠"，立刻就会产生诗意。不像前面，为了产生诗意，必须给"夕阳"搭配一个不搭界的事物，比如"椅子"等，至少为了两个事物隔得远点，不搭界，你还得苦思冥想。现在，你只需要把思想或情感，直接与一个具象事物搭配起来，比如像北岛那样，把"卑鄙"与"通行证"搭配起来即可。当然啦，用主观意象准确表达思想或情感的难度，主要在接下来的部分，即思想或情感与具象事物的关联在哪里？我发现关联的奥秘在于，不要让关于思想或情感的俗见，把思想或情感的含义冻结了，要让真相推动你去拓开思想或情感的内涵，这样就容易找到与一个具象事物的关联。

比如，你如果坚持认为是非善恶的理想，无论何时都是社会的主流，你就不会认为"卑鄙"与"通行证"有关联，只有你能退回到真相本身,放弃只用正面眼光看社会,才能发现"卑鄙"与"通行证"的关联,意识到在一个不正常的社会里,"卑鄙是卑鄙者的通行证/高尚是高尚者的墓志铭"的准确。假设我们是"忠于"生活的愚笨之人,就一定会对"卑鄙是通行证""高尚是墓志铭"的说法,提出质疑,因为乍看这种联系太牵强,是现实中做不到的事。"卑鄙""高尚"是概念,"通行证""墓志铭"是物质化的事物,似乎彼此不搭,隔得很远。可是一旦意识到卑鄙是不正常社会的成功之道,高尚是不正常社会的升迁障碍,卑鄙与通行证的性质,高尚与墓志铭的性质,就相似起来,彼此就有了关联。一句话,卑鄙与通行证,高尚与墓志铭,乍看时的隔绝错搭,纠正了过于熟稔事物的搭配,提供了诗意和新鲜感,而再次打量之下的彼此关联,又给人足够的会心,就会让读者有准确之感。

我有一首所谓的代表作《中年》,第一句是"青春是被仇恨啃过的,布满牙印的骨头"。[1]乍看青春怎么能是骨头呢?也是青春做不到的事,但它符合产生诗意的错搭原则,如果我们再也找不出"青春"与"骨头"的关联,上述诗句就是享有诗意的晦涩句子,与准确无缘。诗句能否摆脱晦涩,这时就要看"青春"与"骨头"能否有关联?现在,我们就来看积聚在"青春"身上的特性。想到青春,我们自然就会想到它的尖锐,爱憎分明,不通融,骨头般的硬气,爱来如山倒,有恨心如割。再看诗句对骨头

---

[1] 黄梵:《中年》,选自《月亮已失眠》,江苏凤凰文艺出版社2018年版。

的描绘,"被仇恨啃过的,布满牙印的骨头",无疑与青春的特性吻合,着重突出了青春的恨和硬气,如此造成的性质关联,再加上前述的错搭感觉,就让读者觉得既有诗意又准确。

郑愁予书写离别时,为了表达离别留下的伤痛,他选择"刀"来与离别搭配,这样读者可以由"刀"推断出"刀伤",这样就在离别的伤痛与刀之间建立了关联,为了强化离别与刀的关联,诗人还把"刀"限定为"水手刀"。"水手"一词自然会让人想到码头和大海,那是古往今来最让人感伤的离别之所,当然就会加重读者对离别伤痛的感受:"一把古老的水手刀/被离别磨亮。"①正是"水手刀"与"离别"的两个关联,即都会引起的伤痛,都处于相同的码头情景,才赋予了读者准确之感。郑愁予在代表作《错误》中写道:"我达达的马蹄是美丽的错误/我不是归人,是个过客……"乍看"错误"与"马蹄"除了有诗意,并无关联。但诗人并未让两者真的彼此孤立,他用之前的诗句营造了一个情景,即女子听到"我"的马蹄声,以为是丈夫归来。这样"错误"就与"马蹄"有了关联,是"我"的马蹄声造成了女子的错觉。诗人为了强化关联,进一步做出说明:"我不是归人,是个过客……"此说明不只加强了"错误"与"马蹄"的关联,也让"错误"真的"美丽"起来:女子固然没有见到丈夫,但听到马蹄声时的那番激动,与真正听闻丈夫归来的激动并无二致,这让诗人的错误真正变得美丽。我在《中年》里写过这样两行诗:"我

---

① 郑愁予:《水手刀》,选自《郑愁予的诗》,江苏凤凰文艺出版社2016年版。

拥抱的幸福，也陈旧得像一位烈妇，/我一直被她揪着走……"①乍看"幸福"是增益的，"烈妇"是减益的，两者似乎彼此排斥，要想关联颇为困难。可是一旦把中年的"幸福"也理解为减益的，关联的困惑就迎刃而解。要把追求得到的"幸福"理解为减益的，对一个满是伤痕的中年男人，并不难。追求幸福的过程，更像是被幸福裹挟，如同被"烈妇""揪着走"。"被她揪着走"这一情景体现的状态，与中年的伪幸福状态酷似。即使所谓的幸福到手，也成了陈旧的"幸福"，已失去"我"接近它之前的光芒，隐约可见败絮其内。这样的中年"幸福"，与"烈妇"的内在关联，就通过"中年""陈旧""揪着走"等关键描述，揭示了出来。当然，这种幸福中隐含的尴尬和无奈，只适合中年人，无法用到年轻人身上，或者说，一旦把此诗句用来描绘年轻人的幸福，由于与年轻人的幸福属性不符，诗句就立刻失去准确之感。总之，寻求诗意的时候，你既要大胆想象，寻求关联时，又要小心求证！

习题二：

请选择下列一种情感或情绪，用主观意象准确表达：孤独、无聊、爱情、乡愁、绝望、幸福、激动等。

---

① 黄梵：《中年》，选自《月亮已失眠》，江苏凤凰文艺出版社2018年版。

学生练习 1：
绝望是黑夜山谷中的呐喊，回响只有自己听到。

点评：
我建议把"山谷中"改为"山谷"，说山谷中，会让人认为，这呐喊来自某个人，他站在山谷呐喊，只有他独自听着回音。这样的表达诗化不够，因为人的绝望与人的呐喊，比较接近，隔得不远。改成山谷，情况就大变。绝望是黑夜山谷的呐喊，回响只有自己听到。是山谷在呐喊，与人的绝望就隔得较远，诗意更浓。你可以想象，山谷在无声地呐喊，只有它听着那无声的回响，比人站在山谷呐喊，更能传递出绝望的深度。你还可以把"呐喊"换成动物，比如"猫头鹰"，这样与人的绝望既隔得远，也让绝望具象化，变得可感。大家以后写诗，特别要注意这点，尽量避免用抽象去表达抽象。

学生练习 2：
你和我的爱情如流星，划过了我一生的轨迹。

点评：
非常形象，用流星是为了说明爱情短暂，仍影响了你一生。可能把"轨迹"改成"天空"更好。

学生练习 3：
孤独是寒夜里的一盏灯，牵引我向你慢慢走来。

点评：
乍看"孤独"很难与"灯"有关联，当你想到孤独的正面作用，比如能让人安静、反省，促成对他人的理解，看出"你"的好，看清世界等，就会觉得说孤独是寒夜里的灯，让我想接近你，很准确！

学生练习 4：
无聊的我与苍蝇心意相通，让我嗡嗡两声撞到墙也好。

点评：
她用苍蝇表达无聊，很别致，也准确。无头苍蝇到处乱转，像极了无聊的我。如果改成"无聊的我是苍蝇，让我嗡嗡两声撞到墙也好。"会更好。

二、主观意象的两种趣味和两个可为之处

我鼓励大家把主观意象写准确的同时，也必须客观地提醒，不是所有诗人都会追求主观意象的准确，也有一些诗人会用一生，着力发掘主观意象的多义。追求准确与追求多义，是营造主

观意象的两种不同趣味。一般来说，趣味之争并无高下，都有那么去做的经验和理论依据，却有难易之别。你在上节了解到准确是怎么回事，可以如何把它创造出来，你也就知道，如果只是追求或营造多义的主观意象，就不要求错搭的两个事物再有什么关联。这样对主观意象的要求，就比追求准确的主观意象要少，没那么严苛，写作难度也降低不少。当然，如果你不想让多义的主观意象给读者晦涩的感觉，就要盘算如何赋予它说服力，而不是写出意象就弃之不顾，这时你可以用说明或营造特定语境，为读者试图理解多义的意象，打开一个缺口。解决这个困扰要花的工夫，大概不会比追求准确要少。这样就不难理解，为何写到相当水准的年轻诗人，多数会围着多义的主观意象打转，并无兴趣或耐心解决晦涩问题。对他们来讲，写出多义的主观意象，已是激动人心之事，年轻人特有的急切，会令不少人在一首诗中，"收集"尽可能多的意象，并不在乎过密的意象，会令读者失去整体感或理解。毕竟让想象力丰富的年轻人，把不搭界的事物扯到一起，并不难，但要找到不搭界事物之间的关联，或给出有说服力的说明或语境，尚是一大挑战。

我认为维特根斯坦的前后期哲学，恰好揭示了准确与多义两种趣味的实质。他前期认为，每种生活只有唯一的表述方式，与之对应；后期认为，每种生活可以有多种表述方式，与之对应。我们不必介入他前期对还是后期对这样的哲学是非，只需在他的提示下，去展开我们的诗歌思考即可。我认为他的前期哲学，恰好道出了追求准确的实质，后期哲学道出了追求多义的实质。如

果每种生活,只有唯一的表述与之对应,那么在诗歌中,是如何找到那个"唯一"的呢?我们来看胡弦《窗前》中的三行诗:

苍穹和群山拱起的脊背
像一个个问号:过于巨大的答案,
一直无法落进我们的生活中。①

这里诗人是把"拱起的脊背"与"问号"对应。要知道,诗人也可以把"拱起的脊背"与其他事物,比如与书、燕子、芦苇等对应,但诗人没有做那样的选择,他心中似乎有个筛子,帮他筛掉其他事物,借此找到唯一的表述:"拱起的脊背/像一个个问号。"这个筛子就是我前面讲过的关联方式之一,即通过找出相似的特征或属性来关联。"拱起的脊背"与"问号"有相似的拱形。问号的拱形一眼可见,但脊背的形状有多种,笔直的、前凸的、左右弯曲的等等,诗人通过限定词"拱起的",来找出、选出唯一与问号形状最接近的脊背。主观意象"……脊背像一个个问号"的准确,是视觉上的准确,美感上的准确,尚未涉足生活。诗人接下来的表述,"过于巨大的答案,/一直无法落进我们的生活中。"也是一个主观意象,是说答案无法落进生活。要判断这个主观意象是否准确,光用美感已经无能为力,因为说答案无法落进生活,或说答案已经落进生活,美感上无甚差别,这时就要

---

① 胡弦:《窗前》,选自《空楼梯》,中国青年出版社 2017 年版。

靠维特根斯坦说的生活来选择、检验。没有经历生活沙场的青少年,很难做出选择,但对中年的胡弦,人生活在无穷尽的问题中,靠人自身无法找到解答,早已是生活真相,所以,中年生活会帮诗人做出选择——答案无法落进生活。前后两个主观意象,是如何前后一贯、合二为一的呢?诗人巧妙留了伏笔,前一意象中的问号,与后一意象中的答案,是常见的对子,有问号必会想到答案,有答案必会想到问号,同时"过于巨大的答案",也会令人想起问号的巨大(苍穹、群山),这样就把前一个意象中的巨大体量,传递给了后一个意象,使两个意象的关联更为紧密。胡弦的诗例说明,追求准确的主观意象,选择不只来自美感,还来自生活(说到底是来自人性),用生活来检验意象是否准确,就是我前面讲过的,大家也特别关心的,所谓的文学道德。这对阅历尚浅的人,当然是不小的挑战。意味你的意象含有的体悟,可以被他人的类似体悟验证,无数个他人就成了你意象的裁判,有能力判定意象含有的体悟是否真实,是否与生活经验一致。这类可以被他人验证的体悟,不再是不可交流的私密体悟,它是由个人发掘出的普适体悟,可以与他人共鸣。再比如,代薇在《光线》中用如下几行诗,写了一个主观意象:

> 起身的时候
> 可以清楚听见那些光线
> 在我体内

折断的声音[1]

乍看年轻人也写得出这样的诗句,但年轻人很难靠生活写出,阅历不够会导致写意象时,修辞的诱惑远大于生活感悟,偶尔的修辞碰撞,也会让他们碰撞出类似的意象,但不明其意是常态。更多时候,修辞碰撞会令他们撞出很多不合人性体悟的意象,他们也无法用自己尚浅的阅历和生活经验去验证。光线在体内折断的意象,如果只停留在语言游戏层面,你似乎可以写出一堆,比如,夜色在体内折断的声音,树枝在体内折断的声音,桥梁在体内折断的声音,等等,但这些都是迷失在修辞中的意象,与诗人要写出的中年体悟无关。"光线"既是屋里的实际景观,也是幸福、纯洁、理想等美好事物的象征,由于中年生活会令精神变异、变迁,对美好事物的感受,很难再有年轻时的纯度,中年生活的杂质,定会折断美好事物的"光线"。可以看出,支撑这个主观意象的,不是修辞游戏,是阅历累积出的中年体悟,这是此意象的准确之源。听见光线在体内折断的声音,乍看意象漫不经心,却巧妙用到我后面会讲的通感手法,即让光线折断时(视觉),居然有声音(听觉),造成视觉与听觉的转换、贯通。

要将主观意象准确写到位,并不容易,常看到一些成熟诗人写出的主观意象,也不够圆满,留下未完成的遗憾。相反,一些新进诗人,倒不时能写出几近完美的准确意象。比如,傅元峰

---

[1] 代薇:《光线》,选自《随手写下》,中国文联出版社2006年版。

在《安全颂》中写道:(鲫鱼)还可以偷看/秋天的镰刀和即将生锈的大地。诗句里就有前面讲过的错搭模式,分别是"秋天的镰刀""生锈的大地"。秋天与镰刀,大地与生锈,乍看彼此不搭界,因此有读者期盼的新鲜诗意,同时又为彼此关联留下了伏笔:秋天是收获的季节,收获离不开镰刀,置身收获的情景中,秋天与镰刀就有了关联;大地会出现庄稼、果实等成熟的黄色,与铁器生锈会有颜色上的相似,因此大地与生锈也关联起来。按照前面讲过的结论,两个事物既不搭界又能关联,必会给读者既有诗意又准确的感觉,即诗人的体悟与读者的体悟,一旦有了共通处,对读者就极具说服力。傅元峰还说,鲫鱼可以偷看"秋天的镰刀""生锈的大地",诗人利用鱼真的可以看到镰刀、大地,但看不到概括之物"秋天的镰刀""生锈的大地",就给诗句进一步添加了陌生感,令诗意增加。这是第二堂讲过的产生诗意的方法之一,诗句模式④:让A做A做不到的事。

追求多义的主观意象,可以造成意象的神奇,需要诗人脑洞大开。支撑这类意象的体悟,往往比较私密,就像有密码的防盗门,找不到开锁的密码,读者就难入其门,诗人的体悟就成为需要评论家揣测的私密经验。我写的《词汇表》中,有两行诗特别适合用来做对比:

云,有关于这个世界的所有说法

城，囤积着这个世界的所有麻烦[1]

这两个主观意象截然不同。第二行主观意象对应的体悟，毫不私密，是谁都能进入的公共体悟：都市生活的兴起，令人性碰撞出你能想到的所有纠葛、倾轧、麻烦，与过去较为简单的农耕生活形成对照。不用强调，一般人对此都有体悟。相反，第一行主观意象对应的体悟，就非常私密，说"云……有所有说法"，不是大家共同经历过的体悟，是作者自己的"臆想"或独特体悟，读者（人数稀少）要么能找到通道，得其门而入，要么读者（多数人）不得其门，索性臆想，令意象产生多义、歧义。《词汇表》最后一行的体悟，也十分私密，"方言，从诗人脑海里飘过的不生育的云"。这句诗的难解，可能会吓着不少读者，如果读者的日常用语是方言，就很难与作者感同身受：小时操持方言，成年后在异乡说普通话，方言在体内只种下了根，从未开花结果，如同飘过的云，不会在体内传宗接代。通向这个私密体悟的门太隐秘，一般读者难觅其门，只能各显神通，靠自己发挥，读出形形色色的含义。

多义的主观意象，迄今已进化出两种，第一种，哪怕意象对应的体悟十分私密，诗人也不在乎读者能否领会；第二种，诗人通过说明或给意象提供特定的语境，提高意象的说服力，令读者可以接近私密体悟。第一种由于不受体悟之累，诗人一般把重点

---

[1] 黄梵：《词汇表》，选自《月亮已失眠》，江苏凤凰文艺出版社2018年版。

放在语言的美感、意象的神奇上,竭力发挥想象力,创造语言的可能。比如,车前子有一首三行诗《挽歌》:

> 砸烂一只公鸡,砸烂到每块碎片,
> 还叫!因为又是子夜——
> 我的眼睛里有两个人打着白灯笼出门。[①]

你如果问诗人这首诗的意思,他大概也会说不知道,但他知道这首诗的精髓,在意象的多义和语言的美感。比如,意象"眼睛里有两个人打着白灯笼出门",歧义颇多,是诗人看见有两个人打着白灯笼出门?还是诗人的思绪在眼睛里,幻化成超现实的景象?还是诗人对两只眼睛进行的意象描述:瞳仁像人,眼白像白灯笼,两个人打着白灯笼走出眼眶之门?再比如,"砸烂一只公鸡,砸烂到每块碎片/还叫!"诗人用此主观意象,似乎是为了夸大公鸡叫的特征,可以理解为公鸡死了,叫声还在耳畔回荡,但这个含义不是答案,只是揣测之一。你还可以揣测出别的含义:记忆中的公鸡是砸不死的,因为记忆不朽。揣测的练习还可以继续做下去,你可以认为,公鸡已死,所谓碎片的叫,不过是人的幻觉,怔忪者会把砸的响动,听成叫声。车前子的这两个意象,不会有确切含义,会以多义、歧义,一直激发读者。

再比如,蔡天新在《梦想活在世上》中写道:

[①] 车前子:《挽歌》,选自车前子著《新骑手与马:车前子诗选集》,江苏凤凰文艺出版社,2017年版。

树枝从云层中长出

飞鸟向往我的眼睛①

这两行分别是两个主观意象。说树枝从云层长出来，也可以从云的形状去理解，不排除有的云真可能像树枝，这让诗句为走出私密体悟，朝公共体悟迈了一步。但说飞鸟向往我的眼睛，就是比前一行私密得多的体悟，是很多人的经验中没有的体悟，这会激发读者"胡思乱想"，令意象产生多义、歧义。

胡桑的《赋形者》中，有这样三行诗：

鞋跟上不规则的梦境，也许有毒，

那些忧伤比泥土还要密集，但是你醒在

一个清晨，专心穿一只鞋子，②

诗中有两个主观意象，"鞋跟上不规则的梦境，也许有毒""那些忧伤比泥土还要密集"。第一个意象对应的体悟，比较私密，我不得不揣测，"鞋"可能指肉身的我，有毒的"不规则的梦境"可能指不乐观的现实，正所谓"日有所思，夜有所梦"，肉身的我，会被有毒的梦挟持，诱惑。当然，它还可以有别的意

---

① 蔡天新：《梦想活在世上》，选自《梦想活在世上》，大百科全书出版社1993年版。
② 胡桑：《赋形者》，选自《赋形者》，长江文艺出版社2014年版。

味:"鞋"代表跋涉,"梦境"代表理想或希冀,所有理想或希冀,正因为单纯,所以也危险,"也许有毒",如此跋涉的命运,可想而知。不同的人打开这个主观意象的门扉,得到的意味可能会迥异。比如,我还可以揣测,"鞋"代表现实之路,"不规则的梦境"代表冒险之路,彼此都是对方的毒。第二个意象的准确,与第一个意象的多义、歧义,形成对照。"那些忧伤比泥土还要密集",乍看"忧伤"与"泥土"似无关联,但通过诗人对忧伤的说明,说它"比……还密集",忧伤就与泥土有了密集的共性,因为泥土颗粒的密集,早已是人脑中的印象,这样造成准确感觉的条件已具备:"忧伤"与"泥土"既不搭界,又有密集的共性。胡桑在上述三行诗的最后,加了一个客观意象:你醒在一个清晨,专心穿一只鞋子。此意象给我的印象,是对第一个主观意象的补充,说明人从梦中醒来,还得回到现实,认真做合乎现实之事,此意象并不试图为第一个意象解码,使之从多义转为准确。

育邦的《中年》中有两行诗,同样属于多义主观意象中的第一种。

我把剑挂在虚无的天空中
因为它已疲惫[①]

我揣测诗人的本意,大概指已把现实中的剑(年轻时的锋

[①] 育邦:《中年》,选自《伐桐》,北岳文艺出版社2019年版。

芒），藏于内心的虚无，因为中年的我已疲惫，无心与现实对抗。不过我的解释更像个人批注，会因人而异。只要不操之过急，就可以找出更多含义。比如，还可以把剑理解为，虚无含有的锋芒，年轻时追求真理的锋芒，虽已疲惫，却没有消失，成为看破红尘虚无中的骨头。当然还可以理解为，中年令锋芒鸣锣收兵，已把锋芒化为虚无、无形，"挂"字体现出已退出江湖。你看，即使诗人附加了说明"因为它已疲惫"，我们仍可以读出多义，倘若去掉说明，只剩"我把剑挂在虚无的天空中"，那它令读者揣测出的含义、意味，一定会更多。育邦为多义的主观意象提供说明的做法，恰恰是我要讲的第二种，即如何通过说明或提供特定语境，来提高多义主观意象的说服力。

王敖有一首《绝句》，可以作为第二种的诗例：

我坐在摇椅上赞美酒精
它们深埋于空中的某处
我就像空瓶呼吸着

我所知道的地下水，我希望时光迅速矿化，
重现往日的葡萄[①]

第二、三、四行，都是主观意象。第三、四行的主观意象

[①] 王敖：《绝句》，选自《王道士的孤独之心俱乐部》，南京大学出版社2013年版。

"我就像空瓶呼吸着 // 我所知道的地下水"，是人的共同体悟，不会令读者迷惑，因为人体对氧气的需要，与空瓶对地下水的需要类似，人人可以理解。但第二行的主观意象"它们（指酒精）深埋于空中的某处"是私密体悟，普通人不觉得酒精可以"埋于空中"，他们不熟悉诗人故意用的陌生说法，只会过于实在，认为空中只能有酒精味。如果诗人不再为这个意象操心，就此罢手，第二行的意象，就成为前面讲过的第一种多义主观意象。王敖没有停下，继续对这个意象投入了热情，用第四、五行做出说明："我希望时光迅速矿化，/ 重现往日的葡萄"。时光矿化是指时光固化，停住，这样诗人就可以像翻看物品那样，翻看时光，翻出过去令人陶醉的日子。"葡萄"有美好之意，与前述的酒精结成对子，似乎暗示埋在空中的酒精，是由过去的美好日子酿成，这样就可以驱散读者的迷惑。原来是空气中某处的酒精味，引发了诗人对美好过去的回忆，他想象酒精是由过去的美好酿成，就连比喻"我就像空瓶呼吸着 // 我所知道的地下水"也有了深意，让人想到是"地下水"滋养了"葡萄"……所有这些联想都由诗尾的说明触发。不管诗人的说明，能使读者对意象体悟多少，这样的说明无疑为意象的说服力，提供了依据、筹码，也为第二行的主观意象，注入了洞察深度。

　　再比如，格风《在江心洲喝茶》中有个意象，也属于多义主观意象的第二种，如下：

很多年前说起过的靶场

人迹罕至的爱情

....

遥远记忆中的

一声枪响

头像上的半边脸

正从淮安赶来

最后两行"头像上的半边脸／正从淮安赶来",无疑是多义的主观意象,这里我就不提供多种揣测,任何人只要不看这两行之前的语境,理解就会因人而异,不只感到多义,甚至还感到晦涩。好在格风为意象的出现,提前设置了有说服力的语境。他让诗的第一行"很多年前说起过的靶场",提示诗中说的江心洲过去做过靶场;第二行"人迹罕至的爱情",提示在那里发生过爱情;倒数第三、四行"遥远记忆中的／一声枪响",说的是诗人记得靶场枪毙过死囚。有了靶场、爱情、死囚铺垫,读者对最后两行意象的揣测,不再无的放矢:由在江心洲喝茶,想到它曾是靶场,在那里发生过爱情,随着浮现于脑海的往事增多,突然,靶场枪毙死囚的一声枪响,打开了对头像上某人的记忆之门。"头像上的半边脸"是指侧像,"正从淮安赶来"大致是说,那人已在淮安,借助记忆中的一声枪响,诗人想起了有过的爱情,如同那人正在赶来见他的路上。当然,也可以有另一残酷的理解:死囚是淮安人,当年被押到南京枪毙,诗人在江心洲喝茶唤起的记忆,令死囚仿佛复活,正从淮安赶来赴死。相比之下,第一种理解，令语境与主观意象融合得更全面，更深入。

潘洗尘有一首诗《辩护》，把对多义主观意象的说明和拓展置于意象之后，这样对操之过急的读者来说，诗首出现的多义主观意象，就会像悬念一样牵着他们，直到在诗中遇到说明，方才释然。诗首的多义主观意象如下：

> 童年的乡野　广袤的夜空与
> 无遮拦的大地
> 要为云辩护为风辩护
> 面对无时不在的饥饿
> 还要为贫困
> 辩护[①]

潘洗尘营造主观意象的方法，就是前面讲过的诗句模式④：让 A 做 A 做不到的事。即诗人让"乡野""夜空""大地"，为云、风、贫困辩护。这种意象的诗意自不待言，若没有进一步的说明或提供特定语境，"乡野"等"面对无时不在的饥饿 / 还要为贫困 / 辩护"，就成为不易理解的多义主观意象。对"乡野"等为云或风辩护，读者尚能理出一些头绪，云和风是"夜空"等的一部分，犹如自然之人的器官，自然为自己的器官辩护，也在情理之中。当然，即使这样的意象，交给不同的读者理解，含义也多

---

① 潘洗尘:《辩护》，选自《深情可以续命》，中国青年出版社 2019 年版。

种多样,更遑论面对"乡野为贫困辩护"这种意象。诗人没有忘记用后续的诗句,铺陈出一个特定的语境,"偶尔有恨袭扰心头/要为爱辩护""屡挫屡战/必须学会为可怜的自尊/辩护",对着"欺世盗名的黑"要为"破釜沉舟的白/辩护",等等。用这些排比诗句,诗人提供了一个观点:因为有更不堪的事物存在,就必须为稍好一些的事物辩护。这时读者再折回诗首,就容易理解诗人为何会说:"面对无时不在的饥饿/还要为贫困/辩护"。无时不在的饥饿是生命灾难,贫困是经济灾难,离饥饿尚有一步之遥,所谓"两害相权取其轻",让人先贫困地活下来,当然比饥饿更值得辩护。读者固然还能读出别的含义,但诗中的排比铺陈语境,不只大大提高了诗首意象的说服力,也让诗中的意象可以相互说明。

可以看出,要让多义的主观意象,具有良好的说服力,诗人要付出的努力,不比写出准确的主观意象少。让主观意象准确到位,或让多义的主观意象具有说服力,是主观意象留给诗人的两个可为之处。不管你因趣味选择哪个,都不要排斥另一个。事实上,更多诗人的诗作,都兼有两种趣味,两个可为,会像中医写处方那样,只是在两者的配比上增增减减。

习题三:

先写一个多义的主观意象,再设法用说明或将意象置于特殊语境,使多义的主观意象对读者更有说服力(与不说明或没有为意象搭配语境相比)。

三、如何平衡主观意象与客观意象？

主观意象为新诗提供了浓稠的诗意，借助它，可以让一切单薄的诗行起死回生。它就像味精，用量得当，能让清汤寡水也变得美味。可是一旦用量无束，过于浓稠的鲜味会给人刻意、人工之感，失去自然、真实的灵性。主观意象固然可以产生浓烈的诗意，但也不适合整首诗全部用主观意象来写，仍需要客观意象来调节。所以，我把主观意象称为新诗诗意的浓稠剂，不可冒失直接拿浓稠剂做汤，能用来稀释浓稠剂的清汤寡水，就是客观意象。客观意象与主观意象的关系，如同清汤与味精的关系。懂得并铭记这条"规律"的人，并不多，因为大师们解决这个问题时，还无人向他们展示主观意象与客观意象的区别，他们完全靠天赋的照拂，或艰辛努力，完全凭直觉，自发解决两者的搭配或平衡问题。鬼知道他们花费了多少时间和精力，五年？十年？二十年？鬼知道还有多少没有成功的爱好者，死死被这条"规律"挡住？不是说离开了这条"规律"，就无法写诗，而是说，如果你愿意遵循它，就更容易写出触动人心的诗作，少走弯路，因为真正好的新诗里，都隐藏着主观意象与客观意象的恰当平衡。我们来看蓝蓝《多久没有看夜空了》中的一节诗：

> 那时，你在灯下写：
> 满天的星光……
> 你脸红。你说谎话。

它在夜风中等你。

静静唱着灿烂的歌。①

　　前三行无疑都是客观意象，诗意并不浓，但给诗歌定下了基调，为稍后出现的诗行做铺垫。记不记得我前面说过，一个好的诗人，会懂得在诗中曲折行事，一般不会让诗意不浓的客观意象，孤身行进超过四行，这时诗人光凭直觉就知道，该写下诗意更浓的诗行（所谓的主观意象），以弥补前面诗意的不足。我们看到，蓝蓝接下来，果真提供了一个主观意象，说星星在"等你""唱着灿烂的歌"。尤其星星"唱着灿烂的歌"，是用我后面会讲的通感手法，来营造的主观意象，诗意比"它在夜风中等你"还要浓烈。郑愁予在《北峰上》中的做法，与蓝蓝如出一辙。

归家的路上，野百合站着

谷间，虹搁着

风吹动

一枝枝的野百合便走上软软的虹桥

便跟着我，闪着她们好看的腰②

---

① 蓝蓝：《多久没有看夜空了》，选自《唱吧，悲伤》，江苏凤凰文艺出版社2017年版。
② 郑愁予：《北峰上》，选自《郑愁予的诗》，江苏凤凰文艺出版社2016年版。

前三行也是客观意象，写完，郑愁予似乎意识到诗意还不够，接下来就让主观意象出场了，他让野百合"走上软软的虹桥""闪着她们好看的腰"，诗意一下浓得让前面的诗句顿时逊色。你看，经过最后两行主观意象的弥补，整节诗的诗意骤然就够了。"够了"是指，读者在阅读整节五行诗时，不会觉得诗意稀薄或诗句单薄。

当然，强调主观意象与客观意象的平衡，不等于说无人全部用客观意象，或全部用主观意象写诗，当然有！只是与两者的平衡相比，单纯用客观意象或主观意象，不只难以达到相同的效果，一旦力所不逮，弊端也很显著。波兰诗人安娜的《在一块草地上》，就全部采用了客观意象：

一朵白色雏菊
和我紧闭的双眼
它们为我们抵御这个世界[①]

还记得我前面讲"客观意象"时，说的"染色"之道吗？前两行是中性的客观意象，无任何倾向，光据此无法成就诗句的任何意义，诗人本能地"知道"，必须给它们"染色"。第三行就是通过解释或说明，来给前两行染上意义之色。因为有了第三行的说明句，"它们为我们抵御这个世界"，导致原本无倾向的第二行

[①] 安娜·斯维兹希恩斯卡:《在一块草地上》，选自卓文选编《和孩子一起读诗》，新世界出版社2017年版。

"我紧闭的双眼",立刻就有了拒看浊世的意味,第一行"一朵白色雏菊",也成为远离浊世的纯洁象征。顾城的名诗《远和近》,也是完全用客观意象写成的:

你
一会看我
一会看云

我觉得
你看我时很远
你看云时很近[①]

第一节全部是客观意象,根据前面所讲,诗人必须给它搭配染色的诗句,诗作才能"创造"出意义。顾城用整个第二节的说明,来给第一节染上意义之色。只是这样的意义并非唯一,不同的人挖出的意义,甚至大相径庭。比如,如果你把"云"看作自然,把"你""我"都看作社会人,第二节染上的意义,可能就是人投入自然时,彼此心心相印;人彼此靠拢时,却各怀鬼胎。或者,若把"我"对应为爱情,诗作"创造"的意义又变为:你投入自然时,你我心心相印;你我相恋时,却心存隔膜。当年还有更魔幻的解读,说这首诗体现了阶级斗争的最新动向。用说明

---

① 顾城:《远与近》,选自阎月君等编《朦胧诗选》,春风文艺出版社1985年版。

的诗句来挖出客观意象的意义，对说明诗句的分寸感要求很高，如果不是技高一筹，诗作容易陷入要么过于浅薄，要么过于晦涩的境地。顾城这首诗的大众缘，之所以不如《一代人》，原因就是说明诗句提供的意义密码，不容易被大众掌握。当然，大众缘的好坏与诗作水平的高低，不一定成正比。

多多的《歌声》，显示出诗人几乎全部用主观意象写诗的强力。如前所述，主观意象的诗意过于浓稠，如果诗人放弃用客观意象来稀释，那么诗人只剩唯一的"补救"之策，以免遭到晦涩难懂的惩罚，此策就是放弃在诗中描绘许多截然不同的事物，只专心营造和挖掘同一个事物（单一意象）。多多瞄准的事物是歌声。《歌声》全诗如下：

> 歌声，是歌声伐光了白桦林
> 寂静就像大雪急下
> 每一棵白桦树记得我的歌声
> 我听到了使世界安息的歌声
> 是我要求它安息
> 全身披满大雪的奇装
> 是我站在寂静的中心
> 就像大雪停住一样寂静
> 就连这只梨内也是一片寂静
> 是我的歌声曾使满天的星星无光

我也再不会是树林上空的一片星光[1]

　　我们能在诗中找到的客观意象只有一行："就像大雪停住一样寂静。"多多用"白桦林""大雪""寂静""梨""星光"来挖掘歌声，它们被置于同一个情景中，由于情景造成的关联，没有脱开生活经验，比如"梨内"确实"也是一片寂静"，这样整首诗就有了可能被一般人理解的通道。当然，我并不主张初学者这样写诗，一旦力所不逮，必定晦涩难懂。诗歌创意的无畏，不在对语言沟通的漠视，因为沟通一样是诗歌的本性，只是诗歌的沟通，未必会让读者找到什么唯一的意义，也许沟通会把读者引向诗人自己也不知道的别处，但好的诗人都懂得，沟通之路万万不可封闭起来。讲到这里，我想起有个美国女诗人，写过一首很疯狂的月亮之诗，她完全漠视沟通，用自创的语言（只有她自己懂），描写了月亮的背面。她的做法其实隐藏着对人类语言的仇恨，已经背离诗的初衷——美感源自人类对大大小小共同体安危的关注，一旦完全无法沟通，这种关注就失去价值和意义。

　　我再来举一个美国青年诗人的例子，她叫罗玛丽，是美国诗坛新秀。爱荷华大学的创意写作坊，曾给予她诗歌训练。美国的创意写作当然不会像我这样，把意象分成主客观两种，再以此编织诗歌。但诗中共通的意象布局，还是会不约而同地出现，真所谓"条条大道通罗马"。罗玛丽的《袜子》全诗如下：

---

[1] 多多：《歌声》，选自《多多四十年诗选》，江苏凤凰文艺出版社2013年版。

袜子来自五双一包
最无聊的主题可能是
什么？<u>半透明蓝色</u>
<u>上的小洞，缀成</u>
<u>环绕脚踝的一颗星</u>
我带着它们去过道
如同我需要它们。我用手指触摸
漆器和橡胶头的
木槌，水晶饰品
缝制的内衣。
无论你去哪里，都会缓解。
麻木的一小时。一直以来
我本可以触碰你却没有
或心不在焉地，上床
或起床，或<u>试图找到</u>
<u>你背后的什么玩意儿</u>。
我什么都不需要
我可以买。我买了袜子
买了从没用过的板条勺子。
<u>蓝色被星星皮肤的生活场景</u>
<u>打断</u>。我在你
曾经放手的

桌子上找了

好久。我害怕

触碰它。<u>爱，那些我</u>

<u>曾有过的，都是些密不透风</u>

<u>不透明的玩意儿。</u>[①]

  这首诗并不难懂，以购买的蓝色袜子为触发点，来触发对已逝爱情的体悟，结尾把诗人经历的爱总结为：密不透风、不透明的玩意儿。给人既隐秘又闷气的感觉。整首诗共有四个主观意象（画线部分），其他皆为客观意象。诗中主观与客观意象的搭配，会让人想到我前面讲的原则，即好的诗人不会只用客观意象写诗，会不时用主观意象增强诗意。鉴于罗玛丽会把一句话分成三四行，《袜子》一诗的句数远远少于行数，用四个主观意象，诗意已足够。即使诗中展开的客观意象，诗人也会本能地给它们"染色"，染上情绪或情感之色。比如，对第一、二个主观意象之间的客观意象，诗人用"麻木的一小时""无论你去哪里，都会缓解"来染色，使之带上受挫的麻木感。对第二、三个主观意象之间的客观意象，用"我什么都不需要"来染色，传递出说这种硬气话背后的情感需要。对第三、四个主观意象之间的客观意象，用"我害怕/触碰它"染色，传递出那是一个爱的伤口，想碰又不敢碰。这首是来自美国新一代诗人的诗，仍如我们设想的那

[①] 罗玛丽：《袜子》，选自《分时度假》，美国全知出版社2015年版。

样，同样巧合般维持着主客观意象的恰当平衡，虽然美国诗人这么做时，完全是出于写作本能。

四、最小诗意单元

  我不打算给出"最小诗意单元"的精确定义，只打算通过一些说明，来让大家领会、体悟。就如同大家都知道什么是爱情，但如果我问你什么是爱情，你试图回答时可能自己都不知道什么是爱情了，因为实际发生的爱情，会轻易越出你对爱情的精确定义，让你的任何定义失效。诗意也是这样，本来我明明知道什么是诗意，不然我就不会写出诗歌，可是你非要追问什么是诗意，我似乎也就不知道了。我借用了博尔赫斯的说法，它能让我们从概念和定义中清醒过来，回到写作经验的实践源头。

  所谓的最小诗意单元，大约指的是，包含一个完整诗意时最小的诗歌单元。换句话说，如果你想写出一个完整的诗意，你最少需要用几行诗写出？一行？两行？三行？四行？所谓一个完整的诗意，大致是说，你用主、客观意象表达的情感或思想，是一个相对完整的整体。如果你能用一行就写得出来，非常了不起！如果需要两行或三行，也了不起！需要四行才写得出，也不错！如果非要五行或五行以上才行，语言效率就有点低了。根据我的经验，写到五行还没写出像样的诗意，就可以改变写法，就要用一个主观意象，来拯救稀薄的诗意。就是说，如果四行内还没有写出像样的诗意，说明你一直是用诗意含量低的客观意象写诗，这时，你该用一个主观意象来改变，来提升诗意浓度，使得该诗歌单元的诗意，不再让人觉得不够。下面是蓝蓝《钉子》中的第四、九节：

四
生活，有多少次我被驱赶进一个句号！

九
还能走到哪里？
我的字一步一步拖着我的床和我的碗。①

第四节用一行就写出了诗意。这是一个主观意象，诗意浓烈，意思也完整，是说诗人很多次被迫中止某段生活，或某些事。蓝蓝是河南诗人，后来久居北京。迁徙，不断搬家，对需要稳定写作环境的诗人，意味着不断中止生活或要做的事，重新开始。再看第九节，第一行写完，还没出现真正的诗意，第二行是一个主观意象，"拖"出了真正的诗意。她说"我的字""拖着我的床"和"碗"，是说诗人的生活，被写作一步步牵着走，哪里需要我的写作，我的床和碗就被拖到哪里，这是作家的宿命。两行一同协作，表达出了一个完整的诗意。

---

① 蓝蓝：《钉子》，选自《唱吧，悲伤》，江苏凤凰文艺出版社2017年版。

我的《生日》中有一节，花了三行来写出一个完整的诗意：

  一旦日子成了飞驰的卡车
  生日就是一条救命的斑马线
  能让卡车带着羞愧，慢下来[①]

  乍看前两行，似乎诗意够浓了，因为这两行都是主观意象，如果诗就此停下来，不写第三行，你会觉得表达的意思不够完整。你会想为什么日子是卡车？为什么生日是斑马线？还记不记得前面讲过的"准确"之道？为了不让读者困惑，或说为了准确起见，第三行的解释非常必要，它会让读者对日子与卡车、生日与斑马线的关联，更有感触，从而认同飞逝的日子如同飞驰的卡车，生日如同斑马线，能让人停下来，回想过去的日子。一旦关联有效，读者就会觉得准确和意思完整。再看洛夫《烟囱》中的一节：

  独立于淡淡的斜阳里
  风撩起黑发，而瘦长的投影静止
  那城墙下便有点冷，有点凄凉
  我是一只想飞的烟囱[②]

[①] 黄梵:《生日》，选自《月亮已失眠》，江苏凤凰文艺出版社2018年版。
[②] 洛夫:《烟囱》，选自《洛夫诗全集》，江苏凤凰文艺出版社2013年版。

前三行，只是对城边烟囱的一种描绘，"风撩起黑发"是指烟囱冒黑烟，有主观意象产生的有趣诗意，"瘦长的投影"是指烟囱的投影。如果洛夫只写前三行，诗意因有"风撩起黑发"一句，不算太单薄，但表达的意思不够完整。读者会想，诗人描绘烟囱究竟要表达什么？第四行一出来，一切就迎刃而解。第四行是一个主观意象，诗意浓烈，读者一下就明白诗人为什么要描绘烟囱，原来烟囱是诗人的自况，烟囱不甘立在那里，犹如诗人不甘被生活囚住，他想飞啊。你看，有了第四行，诗意才真正完整。至于大家写诗时，到底要用几行写出诗意，既取决于你的能力，也取决于诗的内容需要。有的人可能一行就写出来了，我也写过很多一行出诗意的诗，有时又需要好几行，诗意才写得完整。所以，大家要根据自己的能力和诗的需要，来决定需要几行。不过，四行是我心目中的一个界限，即写出完整诗意的效率界限，一旦超出四行，效率就偏低。

我举杨键的诗《古别离》为例，全诗如下：

什么都在来临啊，什么都在离去，
人做善事都要脸红的世纪。
我踏着尘土，这年老的妻子
延续着一座塔，一副健康的喉咙。

什么都在来临啊，什么都在离去，
我们因为求索而发红的眼睛，

必须爱上消亡,学会月亮照耀
心灵的清风改变山河的气息。

什么都在来临啊,什么都在离去,
我知道一个人情欲消尽的时候
该是多么蔚蓝的苍穹!
在透明中起伏,在静观中理解了力量。

什么都在来临啊,什么都在离去,
从清风中,我观看着你们,
我累了,群山也不能让我感动,
而念出落日的人,他是否就是落日?[①]

你很容易观察到,每节至少有一个主观意象。每节开头,都是对现状的哲理概述,每节第二、三行,要么将忧心具体化,要么用愿望来自省,但诗人本能地知道,光平铺直叙,会造成诗意过淡(客观意象的缺陷),他必须提供诗意更浓的诗句。诗人当然做到了,他为每节诗营造了一个主观意象,第一节是"我踏着尘土,这年老的妻子/延续着一座塔,一副健康的喉咙"。第二节是"(眼睛)必须爱上消亡,学会月亮照耀/心灵的清风改变山河的气息"。第三节是"一个人情欲消尽的时候/该是多么蔚

---

① 杨键:《古别离》,选自《暮晚》,河北教育出版社2003年版。

蓝的苍穹"！第四节是"而念出落日的人，他是否就是落日"。诗人凭本能，就"莫名其妙"摸索到了我们讲的规律，即四行之内必须写出浓度足够的诗意——四行之内，只有出现至少一个主观意象，诗意浓度才能令人满意。"令人满意"是指，人性对陌生和熟悉的悖论式需要，历朝历代的人，包括当下的我们，都摆脱不了人性的这种需要，唯有狂妄无知者，会认为自己可以摆脱人性的束缚。

习题：

写一节不超过四行的诗，至少含一个主观意象，要求诗意相对完整。

学生练习1：

你是栖息在路旁的一棵银杏／我从四季走过。

点评：

如果"你"是指人，那第一行就是主观意象。我从四季走过，也是主观意象，因为四季不可能被你用脚踩过。

学生练习2：

命运是你走在山谷里的强风／不知何时向你袭来？

学生练习 3：

我把一颗糖藏在枕头底下／夜里长出一片甘蔗林／早晨醒来／有人吵嚷着要买。

点评：

这个练习做得比较标准，第二行是主观意象，因为你得想象糖如何从枕头下长出一片甘蔗林，其余三行都是客观意象，很有诗意也完整。估计你做过这样的梦吧？！

五、新诗的形式

经常有人贬损新诗，说它不过是分行的散文。说这话的人，眼睛固然睁着，但眼里有遮挡新诗的白内障，使他完全看不见新诗的形式。第一堂课时，我讲过一个吓你们一跳的看法，我们的感觉什么时候对世界打开，什么时候对世界关闭，很大程度取决于观念。比如，只拥有旧诗观念的人，根本感觉不到新诗的形式。没关系，既然是观念导致一些人看新诗的眼力不够，那我们就从观念入手，来改变他们的感觉。

所谓外行看热闹，内行看门道。新诗的形式说起来蛮多的，今天就来了解新诗形式的众多门道。就诗的本质来讲，如果它没有令人信服的形式，就不会成为诗。很多人可能会觉得"诗歌必须有形式"，是不够通融的强制要求，由此以为，"诗歌形式"只是人类的一时之选，尤其是古代之选，是古代精英为维护自身文化地位，刻意设置的一道语言技术门槛，尤其到了平民化的今天，写诗者仿佛有了可乘之机——要求一切平民化。一旦有了平民化这一护身符，似乎就可以要求写诗者，取消语言技术门槛，使诗歌普惠众人。这给一些功夫下得不够的人，提供了懒惰的理由。胡适当年提出用口语写诗，所谓的写诗"不避俗字俗语"，本意是想通过更换语言，由文言文换至现代白话，打开用诗表达现代意识的门扉。他事先设想的新诗，不是没有形式的，只不过胡适《尝试集》提供的新诗形式，仍嫌陈旧，容易让人想到仍是旧诗形式的白话翻版。我认为，《尝试集》的失败，不等于说胡适的初衷有什么问题。胡适没有为白话诗找到合适的形式，不等于说白话诗就可以不要形式，《尝试集》恰恰为白话诗指明了方向：白话诗也要像旧诗一样，找到属于自己的诗歌形式。

当今有一些极端的口语实验者，以为平民时代的到来，就是要求松开一切诗歌形式的约束，甚至走向欧洲达达曾提出的"反诗歌"，即反对过去诗歌已拥有的一切形式。这样的诗歌"解放令"，真能奏效吗？如果我们对诗歌形式的领会，只停留在技术层面，以为形式只是诗歌呈现的方式而已，那么换一种方式呈现，似乎并无不妥。问题是，我们在观察诗歌形式不断改变的命运时，还应该看清命运背后，有一个永恒的操纵者——人性的需要。毕竟观察和依靠人性反应，是文学行事的根本依据，真正的作家，不会把读者设定为没有人性的造物，比如设定为机械或石头。只要人性隐在形式背后，就暗示，形式的样貌定会受到人性法则的支配。

就广义的古今中外诗歌而言，我把诗歌形式背后的人性需要，总结为一句话：熟悉中的陌生。我认为，这就是诗歌形式的本质。这是什么意思呢？熟悉是指当人对他人或他物，一旦知道得很清楚，就会本能地"以过去度未来"，理所当然地认为，他可以"预见"他人或他物的行为。这里说的"预见"，不代表他知道他人或他物未来的具体行为，是说不管他人或他物未来的具体行为如何，都不会超出他对他人或他物已有的理解范围。他人或他物行为的可以预见，对人之所以重要，是因为这些熟悉的人或物，会给他带来安全感，所有行为都不会超出预料。比如，你走在路上，与一只家养的狗不期而遇，常会听见养狗的人说，"我家的狗不咬人！"他凭什么认定，自己可以预见这只狗的行为呢？当然是凭他对这只狗过去的熟悉，以这只狗过去从没咬过人，来度它的未来行为，理所当然认为它未来也不会咬人。再比如，我回老家拜访乡下亲戚时，发现同村的人，都不重视锁门这件事，每到一家，哪怕家里没人，门都大敞着。他们不锁门的依据是什么？依据其实挺简单，还是——熟悉！同村人熟悉彼此的习性和行为，以过去从未发生彼此偷盗的行为，来度村里人的未来行为，同样认定未来不会发生彼此偷盗的行为。

当然，熟悉为人提供安全保障的同时，也摆脱不掉另一个弊端，即人待在熟悉的环境过久，就把日子过成了"太阳底下无新事"，眼前的所有事物，因不会超出预料，就不会令他感到新鲜、刺激或激动，甚至会成为他眼里早已僵死的事物。这时，人性中的另一本能冒险，就会为人摆脱这种困境，提供一条出路——寻求陌生。比如，20世纪80年代，我有不少大学教师友人，毅然辞职经商，甚至不惜出国端盘子，不完全是为了钱，我了解到更真切的动因是，他们厌倦了过于平静的校园生活。如果像上一辈老师那样继续待在校园，年纪轻轻就能看清一辈子会怎么生活，这种能把悠悠未来一眼看到底的熟悉，令他们无法忍受，宁愿吃苦受罪，也要把自己抛入陌生的未来。陌生就意味一切皆有可能，这样就摆脱了校园生活的限制，梦想也因为未来的不确定，变得蓬盛起来，精神也焕然一新。再比如，人为什么喜欢旅行？无非是太熟悉居住地的一切了，旅行可以帮助人摆脱居住地的熟悉风物，去遇见异地的陌生风物。包括人喜欢购买新品，穿新衣服，品尝新的美食，都是人竭力超越熟悉事物的努力，设法让自己好像第一次来到世界那样，遭遇陌生的未知事物。

你看，人是不是被上述两种相左的本能，来回牵扯、摆布？一则，人倾向信赖熟悉的事物，与之相处才感到泰然、安心，这种心理惯性来自人类早期的生存经验。早期严苛的生存环境，要求人把安全放在第一位，唯有熟悉才能预见危险，安全方有保障。二则，严苛的环境又导致，食物的取得并非容易，若只恪守安全原则，比如待在山洞不出，或只在狭小的范围觅食，人就难以生存。这时，人又得克服对危险的恐惧，毅然去陌生的环境冒险，猎取或寻觅食物。久而久之，人性中又会积淀下来对陌生的渴望。你看，是不是又出现了充满悖论的辩证法？人说到底就是携带着辩证法的动物，人性中始终交织着寻求安全和冒险的两种冲动，两者延伸到文明人的生活中，就分别体现为人对熟悉和陌生的双重追求。以人性为根基的文学，自然会体现人的这种双重追求，诗歌形式的本质，即熟悉中的陌生，就是这种双重追求的诗歌样貌。这句话还可以继续推广，用来概括所有文学作品的形式本质。我举刘禹锡的《乌衣巷》来说明。

①
朱雀桥边野草花，乌衣巷口夕阳斜。
（<u>平</u>仄平平仄仄平，平平仄仄<u>平</u>平平）
旧时王谢堂前燕，飞入寻常百姓家。
（<u>仄</u>平<u>平</u>仄平平仄，<u>平</u>仄平平仄仄平）

②
仄仄平平仄仄平（韵），平平仄仄仄平平（韵）
平平仄仄平平仄，仄仄平平仄仄平（韵）

这首七言绝句，本应遵守②呈现的格律规范。"本应遵守"的意思是说，②提供的声音规则已经成熟，你只要采纳这套声音规则，就能得到几乎最佳的音效，读书人通常都会欣然采纳，无须自己从零起步，去探索和创建新的声音规则。无数读书人通过前辈经典和他人诗作，早已熟悉了这套声音规则，他们之所以都会采纳此规则，道理也简单，一旦照此规则做，音效就可以预见，达成的音效成功率是百分之百，比自己从头探索和创建规则，又不一定成功，音效无法预见，要保险得多。推动大家遵守这套规则的动力，就来自人追求安全的本能。大家可以看出，①中的诗虽然有数处拗字（画线部分），大体与②显示的格律标准是一致的，也就是说，刘禹锡为声音谋篇布局时，首先遵循的是熟悉的规则，这样出来的音效比较保险。但作为好的诗人，一则他不愿因音害意，二则也不愿让诗作音效毫无个性。数处拗字体现出，诗人对熟稔规则的小小背叛，使得诗作的音效，既大体令读者熟悉，又透着些许陌生。

唐代的大历诗人，大概是最遵守熟悉规则的诗人，杜甫在他们眼里也变得漫不经心，他们对律诗规则的过度倚重，导致作品的个性受损。李白又在另一端，比如他用七言歌行写《蜀道难》时，他遵守七言格式的比例，大概刚刚过半，其他部分皆"漫不经心"，采用了三言、四言、五言，甚至散文句子，他对熟悉规则的"大为不敬"，说明他惯于在熟悉规则中冒险，倚重陌生，使得诗作的个性浪漫不羁，他人无从效仿。

就算在熟悉的格律规则之内，仍然隐着对陌生的安排。比如，格律要求平声或仄声均不能连续超过三个。为什么？古人给出的理由，当然是连续超过三个，声音就不悦耳，不好听。我不满足这感官层面的答案，想继续问，为什么平声或仄声连续超过三个就不悦耳？答案恐怕还在人性的根处。如果人连续接受平声或仄声的刺激达到三个，就已充分熟悉平声或仄声，继续让他熟悉（超过三个），会令他对持续的平声或仄声，不感到意外（没有起伏变化），"过多"熟悉的平声或仄声，会激起人渴望陌生的本能。耳朵感觉不悦耳，甚至单调，正是这种渴望陌生的体现。也就是说，人对熟悉的耐受力是有限度的，一旦超过限度，人就渴望陌生，这是摆脱不掉的人性法则。不管是文学，文化，还是人的日常生活，都能透过表象，找到背后的这条人性法则。至于人什么时候会觉得太过熟悉，开始需要陌生，则因事或物而异。很多人惧怕开会的根本原因，就在会议内容的单调，缺少变化带来的新鲜、陌生。旧诗词已告诉我们，用文言文写诗时，熟悉的限度是，平声或仄声不能连续超过三个，不然人就会嫌弃熟悉"过多"，会引起听觉反感。我们同样也会在新诗形式的背后，找到这条人性法则。

六、新诗的陌生化

鉴于新诗的很多形式，来自人不断寻找陌生的本能，我先来讲新诗的"陌生化"。"陌生化"是俄国人什克洛夫斯基提出的，他领导的俄国形式主义彼得堡小组有个发现，他们称之为"自动化现象"，即日常生活中的某件事只要多做几遍，你对它就不怎么关注，或视而不见了。比如，我天天看见门房老头抽烟，第一天因为我厌恶烟，所以特别留意他抽烟，可是一星期下来，我对他抽烟就视而不见了，他抽得再凶，我也没什么感觉了。如果换成文学的例子，你可以想象，第一个说"寒风刺骨"的人，他的想象力不只好，他这么说也会引起别人的极大关注和赞叹，因为皮肤不会给风留下可乘之机，真让它钻进肉里，刺到骨头。发明"寒风刺骨"的人，一定厌倦了形容寒风的俗套说法，什么"在寒风中瑟瑟发抖""被寒风吹得脸疼"之类。回想一下，原本新颖的"寒风刺骨"，多少年来一直被无数的人使用，用到了陈腔滥调的地步，如果你写作，还要继续用它，读者就会视而不见，没什么感觉，那你的写作就太失败。我一直讲，写作一定要避开套词套语，原因就是"自动化现象"，只要人们经常看到或用到的东西，他们就会视而不见，这些东西对他们也就不起作用。

问题是，文学写作不可能避开日常熟悉的事物，可是过分熟悉又没有人关注，那写作者该怎么办呢？什克洛夫斯基提出的解决之道，就是"陌生化"，即设法让熟悉的事物变得有些陌生。如何才能做到这一点呢？我先举个例子。比如，大家看到一个孩子的脸，他长相平常普通，又没有化妆，所以不容易引起大家的注意；如果给他的脸画上脸谱，让他置身人群，你一定一眼就能看见他，格外注意他，因为他的脸在人群中不再常见、普通，人人都会觉得他的脸有些陌生。这便是把熟悉事物陌生化的一种方法。陌生化的本质，是增加人感受事物的难度，延长感受事物的时间。由于脸谱在普通人群中很罕见，你骤然看见，必定会花更多时间去辨认，脸谱也增加了你对一张普通之脸的辨认难度。即使各位已经熟悉我这张脸，如果下次我涂着满脸蓝色来上课，大家一定会觉得，这张已经熟悉的脸变得有些陌生了，你们至少会盯着我多看一会儿，比平时看我的时间要长，因为辨认我的难度和所需时间，都有所增加。

陌生化的方法有很多，比如，张艺谋惯于用大场面来陌生化，他拍《满城尽带黄金甲》时，真的会动用万人"打仗"，动用百人在药房"捣药"，由于这些人数众多的大场面，是观众生活中不常见的，观众至多见过数人捣药，看过数百上千人打仗的电影，一旦目睹人数暴增的大场面，就会留下陌生的难忘印象。美国画家安迪·沃霍尔为了创新，曾花费一年，以花样百出的方式，尝试画坎贝尔汤罐头，什么单个的，数个的，成百个的，甚至撕开的，等等。他决定以观者的感受为依据，来抉择他最终该用哪种画法。他请朋友来看画，他们几乎无一例外都认为，成百个罐头的画法最引人注目。为什么？因为大肆增加罐头数量，可以给人造成陌生感，张艺谋电影用的就是此法。人对陌生化的需要，不会只封闭在精英文化中，它像人性一样，同样弥散在日常生活的各个角落。比如，你当然不愿意和他人穿相同款式的衣服，"买衣服"就是寻求陌生化的行为。一则你希望新衣服，能带来旧衣服没有的陌生感，毕竟旧衣服已令你过于熟悉；二则你希望新衣服，能引起亲友、同事的注意，旧衣服的款式因众人熟悉已久，再难引人注目，这也是服装会不断推陈出新的原因。再比如，家具、手机、书封的样式，都会随时间而变化，哪怕旧款完好无损，人们仍抵不住换新款的诱惑，"换新款"的实质，就是把"熟悉"换成"陌生"。

下面就来看如何把陌生化的方法，应用到新诗中。后面讲小说时，同样会涉及小说的陌生化问题，使用的诸多手法，都衍生自上述的陌生化方法。我们先来看西班牙诗人洛尔卡的诗句：

>　　在整个天空
>　　只有一颗男性的星。①

　　如果洛尔卡只是这样写：在整个天空/只有一颗星。这样描述的夜空，与你常见的夜空差异不大，面对这句描述"熟悉景象"的诗，你几乎感受不到难度，感受时间会非常短，大概会一掠而过。可是一旦诗人说"只有一颗男性的星"，"男性"就让常见的星星陌生起来，你的思绪就开始围绕着"男性的星"打转，因为感受"男性的星"比感受"星"难度大，你会诧异星星怎么会有性别？你就需要更长的时间去感受，不再会一掠而过。读者甚至可以如法炮制，说天空有"女性的星""双性的星""中性的星"，这些说法都会令我们已经熟稔的星星，骤然陌生起来。继续看洛尔卡的诗句：

>　　从三月我就看到了
>　　一月洁白的前额！②

　　如果这样写：从三月我就看到了/一月。无非是说我有预见，

---

① 加西亚·洛尔卡：《美少年》，选自《洛尔卡诗选》，赵振江译，漓江出版社1999年版。
② 加西亚·洛尔卡：《三月的果园》，选自《洛尔卡诗选》，赵振江译，漓江出版社1999年版。

能在春天预见冬天,这样的说法之所以不陌生,是因为雪莱的诗句我们早已烂熟于心:如果冬天来了,春天还会远吗?一旦在"一月"后面加上"前额","一月的前额"就比"一月"要陌生,把"前额"再换成"洁白的前额",就更加陌生,因为一般额头不会是白色的,"一月洁白的前额"会让人联想到,一月被大雪覆盖的大地。这样就让诗句"从三月我就看到了 / 一月"起死回生,诗句"从三月我就看到了 / 一月洁白的前额"不只陌生,也做到了准确(符合前述的准确原则)。

随手可以引述的例子很多。比如穆旦的《春》:"你如果是醒了,推开窗子,/ 看这满园的欲望是多么美丽。"[1]此处最正常的写法,应该是"看这满园的花朵是多么美丽",但这样写的话,不过是重复大家已经说烂的话,因为太日常,就毫无陌生感。一旦把"花朵"改成"欲望","满园的欲望"就有了熟悉中的陌生感,倘若读者想到花朵是植物的生殖器,还会感到这样写非常准确。

再看阿多尼斯《短章集锦》里的诗句,"女人:/ 能降下泪水的云"。[2]女人降下泪水并不奇怪,说女人成天哭泣也不奇怪,说女人是云,已经有了产生诗意的陌生,倘若再进一步,把"云"说成是"能降下泪水的云",就与"女人"有了关联,即都有相似的属性"泪水",满足典型的准确要求,这样读者在赞叹诗句

---

[1] 穆旦:《春》,选自《穆旦自选诗集》,天津人民出版社 2010 年版。
[2] 阿多尼斯:《短章集锦》,选自《我的孤独是一座花园:阿多尼斯诗选》,译林出版社 2017 年版。

的陌生诗意之外,还会有准确之感。多多有一首诗,我只举诗题为例,《什么时候我知道铃声是绿色的》。说铃声是响亮的之类,不会增加什么新意,很常见,但说铃声是绿色的,你会一下愣住,感受难度和时间都会增加,自然就有陌生和新鲜感。我的《词汇表》里有一句诗:"灰尘,只要不停搅动,没准就会有好运。"灰尘被搅动时,很难让人对它有什么期许,这是常态。一旦说经过搅动,"没准就会有好运",诗句就有了陌生感,因为谁也不会料想,好运竟会来自搅动的灰尘。当然,从语气上说,诗人是与这种认知保持距离的,带有反讽意味。

　　大家回想一下前面学过的主观意象,是不是就是一种陌生化的手法?主观意象无非是探究如何搭配两个不太搭界的事物,由于此种组合并不常见,必然会产生陌生感,这就是主观意象诗意的来源。客观意象要么是现实场景的再现,要么是可能存在的现实场景,人们在日常生活中,有很多机会见识它们,或设想它们,就不容易对它们感到陌生,这也是客观意象诗意不浓的原因。陌生化甚至可以说,是整个现代文学的看家本领,如果你一时难以把握其精髓,可以采用一种笨办法,来让作品拥有一些陌生感。就是让你的心里,始终绷着一根弦:规避常识。我把它称为"泛陌生化"的意识。既然你一时难以直接构造陌生的意象,那你索性采取排除法,写作时,排除一切你熟悉或知道的说法。比如当你描写落日景象,凡是你熟悉的或学过的那些描述,残霞如血之类,一概排除,这样把常见描述清零之后,你若还能描写落日景象,大概就会有一些陌生感了。当然,你能把常识清零到何种程度，还取决于你知道多少常识，如果你书读得太少，即便你排除了所有你知道的常识，可能有些常识在你心里还完好无损，你一描写，它们就会把描写拉入那些常识套路，陌生感仍难以真正挖掘出来。所以，阅读对写作的帮助，还可以理解为，是为了知道或排除尽可能多的常识。

习题：

用泛陌生化的意识写咖啡馆，无须写成诗句。

学生练习：

夜晚摇着香扇，跟着我匆匆的脚步，想让我买下它的香，却不知心已经永驻最优雅的乳房。

楠木建筑的蜂巢很极致，四海的蜜蜂来酿出浓郁扑鼻的蜜。

点评：

很有陌生感，用身体感官、香扇的香、乳房来写咖啡馆。把咖啡馆看作一个蜂巢、蜜蜂，也就是每个人，带着自己的心情、心事，来这里酿出蜜。够陌生的！这两个练习做得都不错，都打破了对咖啡馆的常规描述。

七、停顿：转行、空行、空格、标点的作用

很多写作者正由于对陌生化认识不足，不管他写什么，小说也好，散文也好，诗歌也好，作品总给人单薄感，究其形式上的原因，是对熟悉的事物缺乏警惕。人性中的喜新厌旧，是人对形式变化充满期待的原动力。下面大家会看到，新诗并不像普通人想象的那样，会完全放任形式自由，它在诗歌本性的驱动下，被迫也好，主动也好，会借助转行、空行、空格、标点等手段，恰如其分为新诗建立外在形式（同时也是声音形式）。转行、空行、空格、标点的本质，是一次停顿。就算不改变内容的难度，停顿仍会使读者的感受时间被延长，这实际上就是陌生化。我举例来说明。比如，有这样一句散文："我在大街上打车，为了找到最近的汽车站。"这句话再普通不过，不是诗，我们阅读它时速度很快，毫无难度，这样也就觉得它太熟稔。现在我们来冒险，用转行、空行、空格、标点，把这句散文分割成如下形式：

我在大街上
打

车
为了——
找到
最近的 汽车站

你看第一行"我在大街上"，句子没有写完，就停下转行了，句子缺少的动词部分，既造成悬念，让读者着急，也迫使读者的阅读停顿一下。到了第二行，"打"后面的空格，不只造成停顿，也让能与"打"组词的其他字，在读者脑海里瞬间涌动，是"打人"？是"打车"？是"打球"？接下来的空行，让"打"的对象继续成为悬念，直到看见"车"才尘埃落定。来到第二节的第二行，"为了"后面不只缺句子成分，还有延长停顿的破折号，好像一个人说话大喘气，半天才吐出两个字，真会急死听众。再往下遇见"找到"，但找到了什么呢？此行没有交代又被迫停下转行了。读到最后一行"最近的"，阅读速度又被空格绊了一下，到"汽车站"出现时，十分曲折的悬念才最终解决。读者可以对比分割前后，上述句子的阅读速度，会发现分割后的散文句，一定比分割前的散文句要慢不少。这说明，分割后的散文句，获得了一定的陌生感（感受、视觉、声音的陌生感），这是未分割的散文句所没有的。这就是新诗的外在形式，它的本质是造成一定的陌生感。

当然光凭这点外在的陌生感，产生的诗意会比较微弱，不足以撑起一首诗，但它可以起到对内容诗意的辅助作用，通过纯形式的操作，来提高一首诗的诗意。当然也有诗人愿意信任这微弱的诗意，试图单凭这种外在形式，去征服散文——试图直接把散文改造成诗歌。我要举的例子，就是赵丽华的"梨花体"。请看散文句子："我坚决不能容忍那些在公共场所的卫生间大便后不冲刷便池的人。"赵丽华的《傻瓜灯——我坚决不能容忍》用我前述的外在形式，把上述散文句子分割成了如下形式：

> 我坚决不能容忍
> 那些
> 在公共场所
> 的卫生间
> 大便后
> 不冲刷
> 便池
> 的人

赵丽华为散文句子找到的外在形式，是问心无愧的，它真带给散文句子一定的形式陌生感，但散文句子内容的无诗意，不是单凭形式陌生感就可以扭转或拯救的，这也是赵丽华的诗歌冒险，不被很多人接受的原因。我们可以对比看洛夫的诗《和你和我和蜡烛》：

> 用我的钥匙
> 开你的房门
> 用你的火
> 点燃我的蜡烛
> 蜡烛，搂着夜喂奶

夜胖了
而蜡烛在瘦下去
再瘦,也没有我自你房中退出
那么瘦[1]

　　这首诗的内容本身,已有足够的诗意,诗人用了"用你的火/点燃我的蜡烛/蜡烛,搂着夜喂奶/夜胖了"等诗意浓烈的主观意象,同时诗人也没有忽视外在形式的陌生化作用,他通过转行、标点造成的一系列停顿,把外在形式的陌生感,又赋予诗意颇浓的内容,可谓锦上添花。对比两首诗就可以看出差异在哪里,赵丽华的诗只有外在形式的陌生感,洛夫的诗兼有内容和外在形式的陌生感。我再举两个诗句为例。

　　　　故事
　来自讲故事

的十只
多事的喉咙。
　　　(节选自多多《死了。死了十头》)

　两点

---

[1] 洛夫:《和你和我和蜡烛》,选自《洛夫诗全集》,江苏凤凰文艺出版社2013年版。

一个，两个，醉鬼

被月亮的银斧

劈倒

(节选自黄梵《南京夜曲》)

可以发现，多多的诗句为了寻求更强烈的形式陌生感，在"故事"前面用了一串空格，这样可以造成比单个空格更长的停顿。此外，上述两个诗句的内在诗意，也是无可置疑的。为了让大家有直观的感觉，我去掉附在赵丽华、多多和我诗句上的外在形式，即把它们都写成散文句子：

我坚决不能容忍那些在公共场所的卫生间大便后不冲刷便池的人

故事来自讲故事的十只多事的喉咙

一个两个醉鬼被月亮的银斧劈倒

原来看起来都有一定陌生感的诗句，就显现出内容的原形。谁都可以感到，后面两个散文句子仍然保有诗意，但第一个句子，因失去转行形式的支撑，诗意已荡然无存，说明第一个句子的诗意，是依附在转行等外在形式上的。一旦有了这种认识，以后大家就容易辨认，哪些诗的外在形式陌生感强，哪些诗的内在诗意浓，或哪些诗两者兼有。我认为，若以更恒定的人性为出发点，两者兼有当然是最佳的，最经久的。下面再以克里利的诗

《眼睛》为例：

> 月亮
> 和云层，我们
> 能不能
>
> 飘上去，
> 比我们看见的
> 还要高
>
> 月亮的眼睛
> 也是心灵的
> 眼睛[①]

"月亮的眼睛"这个主观意象，是该诗立足的诗眼，也是前述最简单的错搭模式。若没有这个主观意象，单靠前两节的客观描述来支撑诗意，就十分困难，毕竟前两节的描述近似散文描述。克里利当然知道，即使第三节诗意浓烈，他仍需要提高前两节散文描述的陌生感，他采取了不在一行内把话说完的转行和分节手法，并把"我们能不能飘上去"这句话切断，中间还空上一行。这样通过叠用转行、分行、标点等形式陌生化手法，提高了

[①] 克里利:《眼睛》，选自赵毅衡编译《美国现代诗选》，外国文学出版社1985年版。

前两节散文描述的诗感。但成熟的诗人不会止步于形式的陌生化，他会把表达引向诗意更浓的诗眼，就是前面"最小诗意单元"中谈到的：诗意淡，主观意象来补。即使台湾诗人纪小样几乎全部用主观意象，来写《香水瓶及其他》，也没有因为诗意浓烈，就忽视形式上的陌生化，他照样重视转行、空行、空格、标点等提供的停顿和陌生感，尤其第二节，为了大大延长感受时间，他用了一串空格、省略号、破折号。

　　琥珀的笑声
　　——无端逸出
　　花的骨灰坛子

　　朝晨醒来，你是
　　一朵凋萎的玫瑰——
　　惊惶的眼神里流出
　　　　一整座花园的
　　　　叹息……

　　吮着泪，你想起
　　一千只膜拜的蝴蝶
　　曾经在瓶盖上留的

指纹。①

　　他是写香水瓶,说它是"花的骨灰坛子",因为香水就是用无数花的尸体制成的。早晨你打开瓶子,闻到香味,早已置身其中的玫瑰,它"惊恐的眼神里流出/一整座花园的/叹息……",它呛着泪,想起"一千只膜拜的蝴蝶/曾经在瓶盖上留的/指纹"。这里说的蝴蝶,指的应该是曾经膜拜花朵的翩翩蝴蝶,或膜拜香水,在瓶盖上留下指纹的人。

　　威廉斯的名诗《红色手推车》,用汉语呈现时,乍看有点幼稚,普通的汉语读者甚至会难以理解,它为何在美国新诗史上那么有名。

　　如此的多要
　　靠

　　红色的手推
　　车

　　被雨淋了闪闪发
　　光

---

① 纪小样:《香水瓶及其它》,选自沈奇编《九十年代台湾诗选》,春风文艺出版社 1998 年版。

在一群白鸡
旁①

    这首诗完全用客观意象写成，与马致远《天净沙》中的手法别无二致。我在"客观意象"那一节讲过，客观意象本身没有倾向，用客观意象写诗的所谓秘诀，就是给客观意象染上情感、情绪或思想之色，使之不再无倾向。乍看《红色手推车》的客观意象，似乎无倾向，其实染色手法已隐匿其中。威廉斯是用对比来表述他的感受，"如此的多"传递出他感到的过多重负，"红色的手推车"是小轮子的婴儿车，并不适合承载那么多的东西。从第一、二节的语气，能感到诗人因车上过多的重负，十分怜悯车子的小。前面讲客观意象时已讲过，大小或强弱对比时，损害的是读者对大或强的看法，由于人都会推己及人，或推人及己，害怕自己有一天也落到那步田地，无人在乎，人就会本能地同情弱小。所以，这首诗里的真实面目是，威廉斯用多与小的对比，悄然给这首诗染上了同情之色，为重物的迟钝，为小车的隐忍暗暗担忧。雨水淋着车身，犹如淋着一个人，加重了读者的同情。旁边的白鸡似乎无动于衷，犹如旁观时冷漠的人，使得车上的重负，还多了心理分量。此诗翻成汉语以后，由于读者离开了英语语境，对"so much depends upon"（那么多的东西都依靠）和"red wheel barrow"（红色手推车）等的对比感受，就不如英语强

---

① 威廉斯：《红色手推车》，张子清译，选自张子清著《二十世纪美国诗歌史》，吉林教育出版社 1995 年版。

烈，毕竟读者不知道红色手推车到底有多大，不知道它是一辆婴儿车。为了制造声音和感受上的陌生感，威廉斯并不让读者顺利读完句子，他用转行、空行、标点，甚至切断词组的手法，比如，他用转行分别切断了词组"depends upon"（依靠），"red wheel barrow"（红色手推车），"rain water"（雨水），"white chickens"（白鸡），这样才造成了外在形式的显著陌生感，汉译似乎很难悉数呈现英语切断词组的陌生感觉。比如，威廉斯把"red wheel barrow"切成"red wheel"和转到下一行的"barrow"，你没看到下一行的"barrow"之前，不会想到婴儿车，因为"red wheel"（红轮）给人的联想，反倒比较大。这首诗也有客观意象仰赖的音乐形式，即威廉斯寻找的音乐性旋律，这是后面要讲的内容，先不赘述。

狄金森是美国19世纪的大诗人，她就很善用破折号来造成外在形式的陌生感。

给他讲——夜已完——我们还未完——
那只老钟不断地嘶叫着"白天"！
而你——变得昏昏欲睡——于是乞求结束——
再说，它这样可以把什么——阻拦？[①]

破折号造成的停顿时间，比单个空格要长，是诗人手中的停

---

① 艾米莉·狄金森:《狄金森诗选》，浦隆译，上海译文出版社2010年版。

顿利器。我有一首诗,也用了比较多的破折号。

　　人生短——而山里的黑夜长
　　没有流尽的月光——多神秘
　　一个人的感慨——多陈旧
　　就算愤怒——也像土里
　　那踢也踢不动的树根
　　是——隆重的埋葬！[①]

　　善用破折号的诗人例子很多,比如,俄国诗人茨维塔耶娃就善用破折号的停顿,来造成节奏、阅读上的新鲜感。

　　——五年——整个世界——
　　我们的梦一直如此！
　　你们的——只是五年之梦,
　　我的——却是五个世纪之梦。

　　——跟着岁月的脚步走吧！
　　——岁月在旁边流逝。
　　——跟着我们的脚步走吧。
　　——瞎子们在前面带路。

[①] 黄梵:《又见北方的山》,选自《月亮已失眠》,江苏凤凰文艺出版社2018年版。

而在罗西，是否
还有诗歌存在——
去问流水吧，
去问子孙们吧。[①]

习题：

请用转行、分行、标点、空格等形式技巧，让句子"春天把雪线卷得很高而绝白仍隐在雪线之上只有春风偷吻得到"获得一首诗的外在形式。

学生练习：

春天 / 把雪线 / 卷得很 / 高，而绝白 / 仍隐在雪线之上 / 只有春风偷吻得到。

春天 /——把雪线卷得很高 / 而 / 绝白仍隐在雪线之上 / 只有 /——春风偷吻 / 得到。

点评：

分得有陌生感。可以看到，通过调整诗的外形，就可以产生不同的感觉。这个句子其实来自我的朋友，台湾诗人白灵的一首诗，他写的是迷你裙，写得非常棒！原诗如下：

---

① 茨维塔耶娃：《你的诗歌毫无用处》，选自《茨维塔耶娃诗文集·诗歌》，汪剑钊译，东方出版社2003年版。

春天把雪线

卷得很高

而绝白

仍隐在雪线之上

只有春风偷吻得到 ①

诗人是写女人穿的超短裙,他用雪山这个意象来写超短裙,想象裙摆的边缘就是雪线,因为春天的雪开始融化,所以雪线往山顶上跑,卷得很高,相当于裙摆往上变得更短。裙摆虽然往上了,但腿的绝白仍隐在雪线之上,没晒到太阳的腿当然更白,这部分的绝白在短裙里,自然只有春风偷吻得到。写得生动,迷人,准确,对吧?!白灵的分行有他自己的道理。分行因人而异,与性格和对语言的审美感觉有关。

课后习题:

每天写一个不超过四行的诗节,至少包含一个主观意象。用一周写一首不超过八行的小诗,每四行至少包含一个主观意象。

---

① 白灵:《迷你裙》。

第四堂课　写出整首诗的若干方法

一、产生整体感的音乐性方法

前面我们用两堂课，解决了诗歌局部的写作问题，这样我们就有底气来接近最终的目标：如何去构造一首诗？今天这堂课，准备给大家讲若干构造诗歌整体的方法。记不记得我说过"诗歌局部难，整体易"？大家会发现，下面要讲的整体性方法，真的不难，你一旦知道，几乎立刻就会用，尤其是音乐性的方法。过去大家读旧诗时，会发现旧诗大量使用客观意象，客观意象的描述对诗意增益不多，这一不足，旧诗是通过增强音乐性来克服的，格律等提供的音乐性，增益了诗感。一般来说，当音乐性很强时，你就可以问心无愧大量使用客观意象，音乐性不强时，诗感就得靠主观意象来提升，甚至支撑。

新诗出现以来，音乐性虽然被胡适、闻一多等先驱实践过、思考过，但始终没有像旧诗那样，成为构建诗感的主体。我们至今难忘旧诗的乐感、音效，其音乐性当然压倒了新诗，但幸好，新诗也有神灵相助，这位神灵就是主观意象。新诗并不因为有了此神灵，就可以罔顾或放弃音乐性，如果说唐诗、宋词、元曲负载的音乐性过于严格，甚至让词语备受"虐待"，新诗还无法接受类似的音乐安排、形式折磨，那么我们首先会想到音乐性也不严格的《诗经》，倒是新诗可以借鉴的对象。《诗经》的音乐机制，是旧诗在草创期提供的音乐性方案,对同样处于草创期的新诗,极具启示。《诗经》解决音乐性的方法极简单,就是大量使用叠句,我以《桃夭》为例来说明。

> 桃之夭夭,灼灼其华。
> 之子于归,宜其室家。
> 桃之夭夭,有蕡其实。
> 之子于归,宜其家室。
> 桃之夭夭,其叶蓁蓁。
> 之子于归,宜其家人。

请看第一行"桃之夭夭"这一句,它分别又出现于第三、五行,这种完全重复的句子,叫重章叠句。"之子于归"也是重章叠句。《桃夭》里还有一些句子是部分重复,如重复"其"字,再如"宜其家室"与"宜其家人",是重复前三个字,这种部分重复的句子,叫重词叠句。你可以看到,《桃夭》靠上述两种叠句,为诗歌创造出了反复吟唱的音效。我们不也想为新诗创造出音乐性吗?那也简单,同样可以善用重章或重词叠句。叠句之所以能说服我们的耳朵,本质上它是广义或变相的押韵,即相当于整句押韵,或句中的部分字押韵。人听到前面听过的相似音或相同音出现时,为什么会产生审美快感呢?我的推断是,无论《诗经》里的叠句,还是旧诗词中的押韵,皆利用了人会美化记忆的心理。大家可以回想一下自己的过去,一段早已过去的经历,哪怕曾经非常艰难或痛苦，当你回忆时，皆已变得美好，甚至还会令你怀念。押韵无非就是重复前面的声音（包括相似音），当我们再次听到曾听过的声音，就相当我们"回忆"前面的音，回忆的心理机制会被触发、唤醒，美好之感就会弥漫内心，与我们回忆往事或重唱旧歌，效果是一样的。大家一定有过这样的体验：一首极无聊的旧歌，由于占据过你的童年，某天意外再次听到，你竟会激动得无以复加。你看，押韵就相当追忆，只不过叠句的"押韵"更老实、更笨拙，不是追求相似音，是追求完全相同的音。

《诗经》中的大量诗歌，都是靠叠句来构建整体的。通过不时使用叠句，不只可以产生回音似的音效，还提供了支撑整首诗的结构，即一种楼层似的结构。叠句相当于楼板，叠句之间的内容，相当于每层楼板承载的东西。整首诗由一层层"楼板"和"楼板"承载的内容，一层一层搭建起来。这项构造整首诗的工程，工序极为简单。《桃夭》的作者归根到底，不过写了一些客观意象，如"桃之夭夭，灼灼其华"之类，为了使客观意象有倾向，产生必要的意义，作者又用"宜其室家"之类，对诗中的客观意象，加以说明或解释，就是前面讲过的"染色"工序——通过染上情感或思想之色，来解决客观意象无倾向的困扰。"桃之夭夭"和"之子于归"，就是搭建《桃夭》整首诗的楼板。如果各位已能写出局部的诗行，比如几行主观意象或客观意象等，那你就可以用叠句来构造出整首诗。下面来看北岛的《睡吧，山谷》节选：

睡吧，山谷
快用蓝色的云雾蒙住天空
蒙住野百合苍白的眼睛

睡吧，山谷
快用雨的脚步去追逐风
追逐布谷鸟不安的啼鸣

睡吧，山谷
我们躲在这里
仿佛躲进一个千年的梦中[1]

每节的第一行"睡吧，山谷"是重章叠句，也是这首诗的基本结构。北岛在第一、二节，还采用了一定的对仗，比如，第一节第二行"蓝色的云雾蒙住天空"，对仗第二节第二行"雨的脚步去追逐风"；第一节第三行"蒙住野百合苍白的眼睛"，对仗第二节第三行"追逐布谷鸟不安的啼鸣"。你有没有发现，诗人没有止步于重章叠句，还重复用了一些词，如"快用""蒙住""追逐""躲"，这些都可视为重词叠句，再加上"睛"与"鸣"的押韵，整首诗就有了特别的音效。《诗经》是使用叠句的典范，可以看出北岛没有止步于袭用叠句，每节诗中都有一个主观意象，

---

[1] 北岛：《睡吧，山谷》，选自阎月君等编选《朦胧诗选》，春风文艺出版社 1987 年版。

如"野百合苍白的眼睛""雨的脚步""躲进一个千年的梦中"。我觉得，这恰恰是新诗与《诗经》的区别，主观意象的大量使用，令新诗对音乐性的依赖，不如诗经那么大。当然，北岛并不知道"主观意象"这一概念，这是我为了让大家快速学会营造意象，自创的概念之一。北岛作为诗人完全凭直觉，就知道该如何增强诗意，做法与我前面讲的"诗意淡，主观意象来补"，如出一辙。

我们再来看德国诗人策兰的代表作《死亡赋格曲》，下面只列出前三节：

清晨的黑色牛奶我们在傍晚喝它
我们在正午喝在早上喝我们在夜里喝
我们喝呀我们喝
我们在空中掘一个墓那里不拥挤
住在那屋里的男人他玩着蛇他书写
他写着当黄昏降临到德国你的金色头发呀
　　玛格丽特
他写着步出门外而群星照耀他
他打着呼哨就唤出他的狼狗
他打着呼哨唤出他的犹太人在地上让他们掘个坟墓
他命令我们开始表演跳舞

清晨的黑色牛奶我们在夜里喝
我们在早上喝在正午喝我们在傍晚喝

我们喝呀我们喝

住在屋子里的男人他玩着蟒蛇他书写

他写着当黄昏降临到德国你的金色头发呀

　　　玛格丽特

你的灰色头发呀苏拉米斯我们在风中

　　掘个坟那里不拥挤

他叫道朝地里更深地挖你们这些人你们另一些

　　现在喝呀表演呀

他去抓腰带上的枪他挥舞着它他的眼睛

　　是蓝色的

更深地挖呀你们这些人用你们的铁锹你们另一些

　　继续给我跳舞[1]

　　策兰是犹太人，集中营的幸存者，苦难对他成了伴随一生的器官，这苦难在他内心不可避免，会延续到"二战"以后。纳粹在集中营对犹太人的屠杀，对他这样的亲历者，该如何表达才最为有力呢？你看，他选择了轻松调侃的吟唱方式，用类似歌谣的吟唱，来描写悲惨至极的屠杀。从列出的三节可以看出，他使用的音乐性方法，就是重章和重词叠句。他通过大量的部分重复，把重词叠句发挥到极富魅力的地步，这首诗堪称使用重词叠句的

---

[1] 保罗·策兰：《保罗策兰诗文选》，王家新译，河北教育出版社 2002 年版。

典范。第一节的前三行:"清晨的黑色牛奶我们在傍晚喝它 / 我们在正午喝在早上喝我们在夜里喝 / 我们喝呀我们喝",略做改变,又成为以下各节的前三行。比如第二节的前三行:"清晨的黑色牛奶我们在夜里喝 / 我们在早上喝在正午喝我们在傍晚喝 / 我们喝呀我们喝",其中"我们喝呀我们喝"还是重章叠句。"我们在空中掘一个墓那里不拥挤",这句调侃之言,格外辛酸,因为犹太人被毒气毒死后,纳粹会把尸体焚烧,这些人就随烟囱升天,等于在空中掘了坟墓,天空辽阔,哪怕升天的犹太人再多,也不会觉得拥挤。这句调侃之言,显得漫不经心,却作为重章叠句,被各节重复强调,是诗的诗眼。说到悲惨的事,人们通常会庄重、严肃地去说,不会调侃,不会幽默。策兰却让喜剧气氛弥漫在诗中,不是用悲表达悲,是用喜剧的调侃表达悲,让人更真切感受到世界的荒诞、荒谬至极。策兰的罗马尼亚身份,令他的诗有一定的东欧色彩,即以喜剧之眼观看人间惨剧,令荒谬更加突兀,更深入骨髓。诗中的"他"指纳粹,在屠杀犹太人的傍晚,"他"满怀激情给"玛格丽特"写信,他的爱情与杀人的无情,他眼中犹太人奏乐的喜感,与犹太人给自己掘墓的悲惨,两者对比的巨大落差,令纳粹的冷漠、残酷,寒彻整首诗。第二、三节基本是对第一节的重复,可以看作是第一节的重词叠句。整首诗的大部分是叠句,产生了能让我们记住的音乐旋律,就算是汉译,仍能听出叠句的音效。叠句创造出调侃似的吟唱,把悲剧用调侃的"歌谣"唱出来,也使无数人表达过的人间惨剧,有了陌生感。我前面讲过,当诗的音乐性很强时,就可以大量使用客观意象,策兰正是这样做的。诗中的主观意象并不多，前三节只有一个主观意象："我们在空中掘一个墓那里不拥挤"。就算在整首诗滔滔不绝的调侃中，主观意象只添了寥寥两个："更甜蜜地跟死亡玩吧""死亡是从德国来的大师"。

策兰的叠句告诉我们，叠句的使用可以十分自由，只要觉得音乐性不够，对策就是多重复几次叠句，这也为你无拘无束使用客观意象，打开了方便之门。前面课程训练时，大家已有体会，写出客观意象，大概不比弯腰系鞋带更难。这样就可以理解，为何《诗经》会青睐叠句和客观意象，要解决草创期旧诗的诗意问题，使用叠句和客观意象，对草创期的诗人最为便捷。叠句是比较原始的方法，到了南北朝以后，通过永明诗人的努力，更加严格的格律才成为诗创造音乐性的主体。当代新诗尚处在它的"诗经时代"，借鉴《诗经》的音乐手段，当然简单又有效。

当代中国诗人已把叠句视为，既产生整体结构又产生音效的神奇手段。我举田原的诗《湖》来说明：

  只要不把它想成一片死水
  湖面的波纹就会温柔地漾动
  风会穿过密林吹弯湖底的水草
  只要不把它想成一座陷阱
  山的形象就会在湖中挺拔起来
  树叶会在水中越长越青

只要不把它想成残忍
溺水的孩子就会浮出水面
撒开的鱼网就不会扑空
只要不把它想成一片厚冰
滑翔的梦想就不会跌倒
鹭鸶的长喙也不会啄破房屋的倒影

只要不把它想成一面铜镜
月亮上再多的垃圾也会被浣洗干净
沉船会在湖底变成鱼儿们的帐篷
只要不把它想成一只盲瞳
再黑的夜它都是明亮的眼睛
再丑陋的面孔也会被它看清

湖，只不过是一片水罢了
何必赋予它那么多的假定！①

你可以看出，从第一行开始，前三节每隔两行就出现一行叠句"只要不把它想成……"，诗人写下一行叠句时，只改变了"想成"后面的部分，整首诗用的都是重词叠句。每隔两行产生的声音重复，把整首诗分割成一个个的三行诗单元，这一手段的

---

① 田原：《梦蛇：田原诗选》，东方出版社 2015 年版。

高明之处，是把构建整首诗的问题，转化为构建一系列的三行诗单元，诗的整体问题被成功转化为局部问题。我前面讲过，诗的整体问题比局部问题容易解决，田原展示了将一首二十行的诗，化为一系列三行诗的写作技巧，即只要诗人能解决局部问题，整体问题的解决只需举手之劳。当然，如何把这些三行诗汇成一个整体，诗人还会考虑三行诗之间的递进关系，比如，第一个三行诗是客观意象，写湖水，第六个三行诗，已是写黑夜的主观意象，暗示的意味已大大扩展。这种主观意象的介入，开始于第四个三行诗，前三个三行诗都是客观意象，后三个三行诗全是主观意象，既是递进的需要，也通过对比来深化主题。诗人还用最后两行"湖，只不过是一片水罢了／何必赋予它那么多的假定！"给定一个主题，来引导、总结前面所有三行诗的意象，增强它们的整体感。把此诗与北岛的《睡吧，山谷》对比可看出，使用重词叠句比使用重章叠句，更能使诗作产生复杂的意象肌理，比较适合写稍长的短诗。如策兰的《死亡赋格曲》，就是用重词叠句，来产生渐次变化的意象肌理和变奏调性。

习题一：

写一段有叠句或叠字的句子，形成一定的音乐性。

学生练习：

风筝牵着树枝，树枝牵着泥巴，泥巴牵着脚步，脚步牵着小路，小路静静地伸开手臂，牵着风筝，牵着牵着牵着爱。

点评：

通过反复使用叠词"牵着"，音乐性出现了，甚至还有节奏感，是吧？可以看到这种方法，让新诗有了一种音乐形式，并不像大家原来想的，新诗没有音乐形式。

习题二：

先随便写两行客观意象，作为第一节，然后把第一行重复一遍，再改写第二行，作为第二节。以此类推，看四分钟之内能写几节。完成后，大声朗读全诗，听一听音乐效果。

二、新诗的节奏

关于新诗的节奏问题，新月派诗人和不少语言学家，都曾借鉴西方格律诗，或借助汉语音韵学成果，做过不少有益探索。对新诗来说，节奏问题的诗人实践与节奏问题的学者研究，两者并不完全一致。学外语的人都知道，重音是决定自由诗节奏的关键。法语由于重音少，对写自由诗并不友好，这样就不奇怪，为何散文诗会率先出现在法语中。现代汉语的重音该如何确定，诗人与学者的看法不太一致。比如，北大语言学家王力认为，每个汉字都可以通过重读来获得重音，他称之为绝对重音。显然，诗的节奏不能靠绝对重音来解决，毕竟如何读诗因人而异，对如何写诗几乎没有参照价值，如果每个字都可以读成重音，那等于没有重音，所以，我不关心这种能读成重音的绝对重音，只关心常规阅读或朗诵时，字与字的声音轻重差异，即不依赖特殊读法的轻重音，也就是王力说的相对轻重音。为了说明相对轻重音，王力举"吃饭"为例，认为"吃"的音比"饭"要重。[①]根据我写诗三十多年的经验，也就是斟词酌句、追踪语感的种种经验，我认为现代汉语的相对重音在第四声，第四声比其他声都要重。"饭"是第四声，"吃"是第一声，常规阅读时，"饭"的音应该比"吃"重。王力又举"国家"为例，认为"国"比"家"重。这个轻重次序，我非常认同。20世纪80年代，我尝试用白话译古诗时，凭经验发现，古人的平仄之分与现代汉语的四声，大致有这样的对应关系：一二声对应平，三四声对应仄（语言学家早有此看法）。我认为近似古时仄声的三四声，比近似古时平声的一二声要重。同是平声的二声，又比一声重；同是仄声的四声，又比三声重。"国"与"家"固然同属平声，但"国"是二声，还是比一声重。至于特殊场合的特殊说话或朗读，不在相对轻重音的考虑之列。我举例来提供佐证。比如，"妇好枭尊"与"贾湖骨笛"，是两件文物的名字，你不管字义，光凭名字的音效，你会偏好或选择哪一个的音效？对！一般人都会选"妇好枭尊"，因为"妇"是第四声，起到了相对重音的作用，令读音有大的跌宕，四字中仄声和平声各占一半，又符合古人总结的音效经验：连续的平声

[①] 王力：《现代诗律学》，中国人民大学出版社2004年版。

或仄声不过三。"贾湖骨笛"乍看也符合古人的平仄经验，音效似乎不该不如前者，但四字中没有第四声，无法靠重音制造出更鲜明的跌宕，这是其音效难以与"妇好枭尊"比肩的真正原因。

以上经验，再加上闻一多创造的音尺概念和实践，大概已够新诗之用，足以让一个有音效野心的诗人，创造出悦耳动听的新诗旋律。下面我举戴望舒和北岛的诗为例。

> 撑着油纸伞，独自
> 彷徨在悠长、悠长
> 又寂寥的雨巷
> 我希望逢着
> 一个丁香一样的
> 结着愁怨的姑娘
>
> 她是有
> 丁香一样的颜色
> 丁香一样的芬芳
> 丁香一样的忧愁
> 在雨中哀怨
> 哀怨又彷徨
>
> 她彷徨在这寂寥的雨巷
> 撑着油纸伞

像我一样

像我一样地

默默彳亍着

寒漠、凄清,又惆怅

(节选自戴望舒《雨巷》)

一切都是命运

一切都是烟云

一切都是没有结局的开始

一切都是稍纵即逝的追寻

一切欢乐都没有微笑

一切苦难都没有泪痕

一切语言都是重复

一切交往都是初逢

一切爱情都在心里

一切往事都在梦中

一切希望都带着注释

一切信仰都带着呻吟

一切爆发都有片刻的宁静

一切死亡都有冗长的回声[1]

---

[1] 北岛:《一切》,选自北岛著《北岛诗歌集》,南海出版公司2003年版。

我把诗中的所有第四声,即相对重音全部用画线标了出来。你会发现,北岛的每行诗和戴望舒的多数诗行,都是重词叠句,一定程度上消除了自由诗的音效瑕疵。北岛的诗读起来,之所以比戴望舒的诗更铿锵有力,我认为,是北岛诗中的第四声字比较多,即相对重音多。重音会促使音调陡变,形成音调上的节奏感。重音多,加上重音之间的间隔短,音调的陡变就又多又快,节奏就变得比较急促、铿锵。大家听音乐一定有这样的经验,音乐节奏越快,听者的情绪就越激动,反之,节奏越慢,听者也越平静。人的心跳快慢与音乐节奏的快慢,对人情绪的影响是一样的,这正是诗人通过诗歌节奏,传递或暗示情绪的基础。一般人朗诵时,展示的节奏与情绪的关系,同样如此,朗诵得快,情绪急促、激动,朗诵得慢,情绪平静、舒缓。读戴望舒的《雨巷》,会感到它的节奏绵长又舒缓,很适合传递惆怅,淡淡的忧伤。你看戴望舒的诗中,不只相对重音(第四声)少,第四声之间的间隔也长,这是节奏绵长舒缓的真正原因。

美国黑山派诗人还提出一种新的节奏观念。黑山派诗人奥尔森认为,节奏与诗人的呼吸相关,写自由诗时,可以根据呼吸的节奏,来建立诗歌的节奏。因为人情绪激动时,呼吸也急促,情绪平缓时,呼吸也舒缓,反之也一样。写诗时,你可以想象自我沉浸在什么情绪里,这种情绪会对应什么样的呼吸节奏,接下来你就可以用呼吸节奏,来安排诗句的长短。奥尔森写过一首诗《翠鸟》,我摘录一段如下:

我想起了石头上的 E 字形，和毛的讲话
　　　曙光
　　　　　但是翠鸟
　　<u>就在</u>
　　　　　但是翠鸟向西飞
　　<u>前头</u>！
　　　　　他胸脯上的色彩
　　　　　染上了热烈的夕阳！①

　　诗人想表现两种声音的交锋。"曙光就在前头！"是毛泽东说的话，"但是翠鸟向西飞，他胸脯上的色彩染上了热烈的夕阳"，是一个意象。诗人希望毛泽东说的话，与世人描绘的意象交叉行进，产生复调的含义和音效。两条线索一旦混在一起，就产生了辩论似的对抗。诗人通过转行和空格，来安排长短句，达到控制节奏的目的。你顺着诗行往下阅读时，对抗的声音会令你的呼吸急促，从而产生急促辩论的节奏。当然，作为黑山派的领袖，奥尔森比黑山派的其他诗人，比如邓肯等要极端，奥尔森完全凭耳朵的即兴感觉，来确定节奏，邓肯们则追求声音和节奏的"合适"。②说实话，中国当代很多诗人包括我自己，早已接受了黑山

---

① 查尔斯·奥尔森：《翠鸟》，张子清译，节选自《二十世纪美国诗歌史》，吉林教育出版社 1995 年版。
② 张子清：《二十世纪美国诗歌史》，吉林教育出版社 1995 年版。

派的呼吸理念，安排长短句时，确实会"部分考虑"呼吸的要素。

我的心得是，诗作一般会对应一种情绪，再根据此情绪产生的呼吸需要，来确定长短句。当然，此方法要运用一段时间，才能得心应手。刚开始，如果不知如何下手，就根据诗歌内容，直接用前面讲的整体性音乐手段，通过它呈现的音乐性，来传递你的某种情绪。音乐与情绪的对应关系，即使盲目听音乐的人也有体会。比如，你听贝多芬与听肖邦，音乐搅动的情绪是不一样的。音乐吸引听众不是靠理性，是靠越过理性的器官耳朵，从音乐作用于感官，到产生情绪，理性是来不及介入的。这大约就是用音乐治疗抑郁症的基础。

下面我以席慕蓉的《晓镜》为例，说明情绪与诗歌音乐性的关系：

我以为
我已把你藏好了
藏在
那样深　那样冷的
昔日的心底

我以为
只要绝口不提
只要让日子继续地过去
你就终于

终于会变成一个
　　古老的秘密

　　可是不眠的夜
　　仍然太长　而
　　早生的白发　又泄露了
　　我的悲伤①

　　诗人写内心深藏的爱情，以为把他藏得很深，以为只要绝口不提，爱情就"石沉大海"，如同一个古老的秘密。哪料想"不眠的夜""早生的白发"，无意间泄露了内心的秘密。诗人是一种什么样的情绪呢？她想藏又藏不住，这种心境造成了欲言又止，吞吞吐吐表达的情愫。诗人不急于说出岁月造成的最后结果，最合适的诗中音乐，应该有拖延的特性。诗人找到的方法是，通过部分重复的重词叠句，让诗行的声音首尾相衔，比如，"我已把你藏好了"与"藏在……"相衔，或把整句断开，用重词叠句，或空格和转行延沓之，比如，"你就终于"与"终于会变成一个"，"藏在"与"那样深　那样冷的""昔日的心底""仍然太长　而"，以及"只要绝口不提只要让日子继续地过去"中的"只要"。这些乍看是无意义的啰唆，恰恰与拖沓、吞吞吐吐的音乐要求暗合。重词叠句"我以为……"，不只是两个长句的部分重复，造成循

---

① 席慕蓉：《晓镜》，选自古继堂编《台湾女诗人三十家》，湖南文艺出版社 1987年版。

环，回到原地的音效，契合欲言又止的心境，还与所有"我"开头的诗行一起，为整首诗提供了基本结构。

戴望舒的《雨巷》里，弥漫着一种纠缠不清的情绪，孤寂又期盼，哀怨又犹疑等，纠缠不清的情绪如何通过音乐性来揭示呢？诗人采取的方法是，不厌其烦制造部分重复，有的声音是首尾相衔，有的声音是多数重复，有的是把句子断开再重复，造成声音的延沓，这样就产生了反反复复，纠缠又绵长的音效，契合诗人在雨巷徘徊时对应的复杂心绪。戴望舒的诗，声音上可谓曲折行事，有缥缈的梦境之音。有《雨巷》作为音乐暗示情绪的示范已足够，他的其他诗不必多读。他的诗在声音上的与众不同，显出与法国魏尔伦的亲缘关系，单凭译诗，我就记住了魏尔伦诗歌的延沓、往复、纠缠。我列出魏尔伦的诗《夕阳》，大家便可看出：

　　衰微了的晨曦
　　洒在田野上，
　　那忧郁的
　　沉落的夕阳。
　　忧郁，甜蜜地
　　高吟低唱，
　　我的心，忘记
　　忘记了夕阳。
　　而沙滩上面

沉落的夕阳

奇异的梦一般；

幽灵，映着红光

不断地闪现，

闪现，好像

那沙滩上面

巨大的夕阳。①

多多爱情诗里的情绪就很不一样，刚烈甚至激烈，大概是北方汉子的缘故吧。《是》以"是"开头的重词叠句，和重章叠句"我爱你／永不收回去"，勾勒出整首诗的基本结构，同时"是"又引出密集的意象。这些意象多是主观意象，诗意浓烈，比如"是 黎明在天边糟蹋的／一块多好的料子""是 炉子倾斜／太阳崩溃在山脊"等等，与北方汉子的激荡激情十分契合。为了强化主观意象与爱情的关联，不让读者光沉浸在主观意象的奇特想象中，诗人的解决之道，是直接在每节诗的结尾，重复大白话"我爱你／永不收回去"，这样读者就明白，哪怕主观意象再奇特，谈的仍是爱情，从而把情绪引入主观意象。当你连续读了七八行神奇的主观意象，正在浓烈的诗意中打转，突然遭遇两行直抒胸臆的诗行，你真有久旱逢甘露之感，有被点穴的惊喜，节尾的两行直白抒情，可谓道出了这首诗的情绪焦点，或说方寸。叠句也造

---

① 魏尔伦：《这无穷尽的平原的沉寂：魏尔伦诗选》，罗洛译，人民文学出版社2016年版。

成了这首诗的良好音乐性,由于结构分明,这首诗很适合大家用来学习构建整首诗,当你只会写一些意象的句子,无法构造整首诗时,你就可以像多多这样,想尽办法用叠句,通过多种多样的重复,既为整首诗提供基本结构,也驱使诗行产生良好的音效。

习题:
用叠句写一段音乐性很强的话,体会一下是否具有强音乐性带来的诗意。

学生练习:
你是清晨的日出,
你的阳光总会将我吸引,
我要用多久才能将你忘记?

你是午后狂欢的知了,
清脆的嗓音总会将我惊醒,
我要用多久才能将你忘记?

你是傍晚的日落,
一丝晚霞总会将我遥想,
我要用多久才能将你忘记?

你是夜晚的月光,

一丝月光总会让我去睡,
我要用多久才能将你忘记?

点评:

音乐性很不错,对不对?除了用了叠句"我要用多久才能将你忘记?",每个段落都采用了相同的句式使得每个段落都有相同的节奏,加强了音乐感。你们看,用叠句很容易产生往复回荡的音乐旋律。

三、如何用象征产生整体感?

我想强调,建立诗歌整体的方法,同样也适用于诗歌局部。由于前面大量探讨过局部问题,下面介绍整体性方法时,就不再示范如何用于局部。

我要介绍的象征手法,是一个古老得已不朽的方法,至少"象征"一词大家并不陌生,这个词大家说起来畅快,但是否真了解它的意味,就另当别论了。我先不教条地给出象征的定义,先了解散落在生活中的一些象征。你结婚时,如果有人送你石榴,石榴就不再只是石榴,它此时有一个约定俗成的含义——多子多孙。再比如,中国人看到牡丹花,一般会想到大富大贵;桃子会让人想到长寿;一对鸳鸯,会让人想到伉俪之爱;竹子会让人想到气节、清高、虚怀若谷。有一种电影套路,大家也熟悉,只要电影中雷鸣电闪，刮风下雨，一般就大事不好，暗示电影人物将落入困境，如果雨过天晴，人物又会步入顺境。显然，困境和顺境的含义，已分别通过下雨和天晴来暗示。再比如，黑泽明的电影《罗生门》中，当樵夫上山砍柴，穿行在密林中，即将发现尸体时，导演用了越来越急促的鼓声，令观众产生恐惧感。把鼓声与恐惧对应的做法，首先出自美国戏剧家奥尼尔的戏剧《琼斯皇》。隐藏在声音中的意味，一般不需要约定俗成，声音会直接作用于感官，立刻产生恐惧、害怕或喜悦的感觉。观看《罗生门》时，听到越来越急促的鼓声，你会本能地感到紧张、害怕，这鼓声就代表着恐惧。这时我们就可以说，这鼓声就象征着恐惧。象征是指通过一个具体事物，表达一个抽象事物（情感、观念等）。比如《诗经》中的鱼，就有性的含义，即我们就说鱼是性的象征，或说鱼象征着性。

　　古希腊人说的象征，原意是指把一块陶片或木制物一分为二，两人各执一片，重逢时，再拼成整块，以见证两人的情谊或契约。随着时间推移，两片中的一片已演变成抽象含义，成为观念事物的代表，另一片仍保留着形象，代表着具体事物。象征说白了就是指东道西，比如我说杯子的时候，我要说的不是杯子本身，是想暗示隐藏在杯子背后的某个含义。实际上，我们写新诗用到象征时，已不会傻到让读者看见某物，立刻就知道它的含义，新诗已不这样使用象征。古人使用象征时，之所以通过约定俗成，让某物与含义一一对应，大概是为了适应文盲环境（古时识字人口一般不超过百分之五），为了让不识字的人也能掌握文化象征,约定俗成是必不可少的。比如,任何一个文盲见到桃子,都知道它有长寿的含义。中国人试图用生肖,西方人试图用星座,来把握人的性格、命运,都是想为生肖或星座,注入一些象征含义。比如,如果你属于金牛座,那么老黄牛老实干活的特点,就赋予了你,成了金牛座人的象征之一。新诗中用到的象征,叫现代象征,即某物与含义的关系,不再是旧时的一一对应,已变成一对多的关系,即某物的含义不再只有一个。这样就导致,诗中出现的现代象征,读者得用头脑去猜,猜测结果的差异,就导致现代象征充满歧义,是多义的。

美国诗人爱伦·坡写过一首《安娜贝·李》,来怀念二十五岁就病故的妻子,他用了一个象征"从云端刮起一阵风,/冷彻美丽的安娜贝·李"[1]。我们可以感到诗中的"风",不再只是风本身,它有风之外的含义。大家可以猜下含义。命运之冷风?打击之风?挫折之风?厄运之风?死亡之风?都可以!总之,肯定不会是舒畅之风、快乐之风、幸福之风。大家都能背诵诗人雪莱《西风颂》中的一句诗:如果冬天来了,春天还会远吗?乍看写的是季节的衔接,如果冬天只是冬天,春天只是春天,这句诗就是无趣的大白话。问题是,人类文化已经令春天对应着希望、复苏、胜利、幸福等,令冬天对应着黑暗、困境、挫折等。这样一来,无趣的季节衔接,就有了哲理意味:挫折来了,成功还会远吗?黑暗来了,光明还会远吗?困境来了,顺境还会远吗?雪

---

[1] 埃特加·爱伦·坡:《安娜贝·李》,吴兴禄译,选自孙梁编选《英美名诗一百首》,商务印书馆香港分馆1987年版。

莱心中的"冬天"和"春天",其象征含义可能更深邃,他持有社会革命的理想,冬天与春天,就分别成了一潭死水与革命的象征,或革命停顿与成功的象征,或暗无天日与太平盛世的象征。正因为诗人不直说,始终只是暗示,"冬天"与"春天"象征的多义,就令这句诗深邃起来。

　　了解了象征的真实面目,接下来该如何用它来构造整首诗呢?说起来倒蛮简单的。你看雪莱在《西风颂》里,是怎么写出"西风"的象征的?很简单,诗人只是诗意地渲染、描绘西风,强调西风的力量、气势,强调西风与诗人、现实的关系,他不解释西风代表什么。做法犹似某个被绑架者,当着绑架者的面与家人通话,他如何把真实信息传递给家人呢?他不能直说,只能通过强调某物或某事,让家人意识到被强调的事物背后,有不能直说的重要含义。读者读完《西风颂》,就会猜测西风的含义是什么,暗示什么。对读者,这含义因人而异,因为读者可以把自己的经验投射到诗中,按需索取他最有感触的含义。对学者,他可能青睐社会解释,把西风视为涤荡社会的革命之风。不同的解释,并非是对"西风"象征含义的"歪曲"或"篡改",恰恰丰富了"西风"的象征内涵。闻一多写《死水》时,采用的方法一模一样,他只是描绘死水塘,甚至把臭气熏天的污水垃圾,描绘得极富诗意,至于死水塘代表什么,他不置一词。

　　这是一沟绝望的死水,
　　清风吹不起半点涟漪。

不如多扔些破铜烂铁,

爽性泼你的剩菜残羹。

也许铜的要绿成翡翠,

铁罐上锈出几瓣桃花;

再让油腻织一层罗绮,

霉菌给他蒸出些云霞。

(节选自闻一多《死水》)

读者读完,必然会感到诗人写的死水塘,有言外之意,如同被绑架者的家人,会千方百计寻找被绑架者强调之物的真正含义。"死水"当然是象征当时的社会,在闻一多眼中充满不堪、黑暗。讲到这里,已经可以看出,象征是如何用来构造整首诗的。比如,你如果想表达爱情,就不要在诗中直接写爱情,先为爱情找一个对应物,如玫瑰或春天,假如想表达悲伤的爱情,还可以用冬天作为对应物。在诗中描绘对应物时,要心无旁骛,对应物究竟代表什么,要不置一词,让读者自己去猜。如同我们读完《死水》,要猜"死水"代表什么。你有没有发现,《死水》第一节全是客观意象,第二节全是主观意象?诗人凭本能就知道,第一节诗意浓度不够,转入第二节,他要用诗意更浓的诗句来弥补,这就是前面讲过的,主观意象与客观意象的平衡问题。好了,我现在给出用象征构造整体的具体方法:

1. 找到想表达的观念事物（情感或思想等）的对应物；
2. 通篇只描绘对应物。

你要是想表达失恋的悲伤，可以从落叶、秋天、冬天、黑夜、寒风、暴风雨等中，选出一物做对应物，再围绕此物进行描绘，如果描绘比较成功，读者大致会猜到你要表达什么情感。过去选对应物时有一个教条，就是追求观念事物与对应物的严格相似，主要是属性上的相似。比如"失恋"这个观念事物，与对应物"落叶"，都有被抛弃的属性。20世纪以来，开始有了一些与此教条相左的经典，松绑了观念事物与对应物的传统关系，比如"春天"不再总是用来表达正面情感，艾略特在《荒原》中，就把阳春四月描绘成：四月是最残忍的一个月。中国诗人根子把"三月"视为末日，他说"春天用大地的肋骨搭成的篝火"（《三月与末日》）。里尔克写过一首象征主义诗作《豹——在巴黎动物园》：

它的目光被那走不完的铁栏
缠得这般疲倦，什么也不能收留。
它好像只有千条的铁栏杆，
千条的铁栏后便没有宇宙。

强韧的脚步迈着柔软的步容，
步容在这极小的圈中旋转，
仿佛力之舞围绕着一个中心，

在中心一个伟大的意志昏眩。

只有时眼帘无声地撩起——
于是有一幅图像浸入，
通过四肢紧张的静寂——
在心中化为乌有。①

里尔克选择巴黎动物园笼子里的一只豹，作为观念事物的对应物，进行了惊心动魄的描绘，至于诗人想表达的观念事物究竟是什么？里尔克没有吐露一字，我们只能去猜测。诗中对豹的描绘，着力强调它与世界的关系。比如"千条的铁栏后便没有宇宙"，是说笼中的狭小天地，就是它全部的宇宙。它在笼中不停绕圈行走，造成它的宇宙不停旋转，令它（一个伟大的意志）昏眩。当某幅画面映入它的眼帘，它还有先紧张又自我化解的无奈，"通过四肢紧张的静寂——/ 在心中化为乌有"……很多人都猜出，"豹"代表诗人的自我，当然，可以进一步引申为人的自我。人与世界的关系，就是豹子与囚笼的关系，不管人在世上有多自由或强大，世界都是囚禁他的一只铁笼。你一旦猜到豹的象征含义，就会觉得诗人写得很深刻，我们习惯了站在囚笼之外看世界，忘了钻进笼子从里面看世界，忘了自己何尝不在囚笼中。比如，人何尝不是囚禁在记忆的笼中？人何尝不是囚禁在他人误

---

① 里尔克:《豹——在巴黎动物园》，冯至译，选自黄燕明编《诗韵悠长》，中山大学出版社 2014 年版。

解的笼中？里尔克把自我投射到豹身上的做法，要是放到中国文化里，并不会让人感到意外，因为中国人都这么干，都会把自己投射到一个动物身上，比如，我属兔，就会把兔子的一切属性，都视为我的属性。

习题：

为自己生活中的某种特殊感受找一个对应物，然后写一段描绘它的文字。再让同学猜，你描绘的对应物大概象征什么？

学生练习：

这朵花从睡梦里醒来，惊喜地看着新生的朝阳路，突然狂风暴雨如注，这朵花却无所畏惧，因为他知道自己的使命就是绽放。

点评：

大家猜一下花朵象征什么？看来大家都猜出来了，是说梦想、理想。花朵就代表梦想或理想，这就是象征的手法！你找到对应物，使劲描绘它，读者慢慢就会明白，你大概想让它代表什么。

在局部如何使用象征呢？我简单给大家举几个例子。比如，当你读到"太阳的光终于照进了我的心窝"，你一般都能猜出"光"代表什么，无非代表光明、希望、幸福之类。读到"黑夜给了我黑色的眼睛",你也能猜出,"黑夜"大致代表不正常的环境。"月下,一道铁色的筋/使心灰的大地更懒了"[①],是郑愁予《小河》的诗句,你一旦知道他写的诗,与战争、隔绝有关,"铁色的筋"象征什么,也一目了然,铁色的筋指铁丝网,象征战争。我的诗《台风》里,有一句诗"伤口般的海峡,悄悄弯起微笑的嘴角"。"伤口般的海峡"象征过去两岸的对立,"微笑的嘴角"象征一段时间的和解。

四、如何用隐喻产生整体感?

隐喻的本质是对比,但对比在修辞学里的分类特别多,什么明喻、借喻、换喻、转喻等等。我们这些写作的人,完全没有必要那么学究,那么细微地了解这些概念的不同,因为不管怎么称呼,它们对比的本质都是一样的。我把它们统统称为隐喻,这样利于大家掌握其方法。隐喻与象征的区别在哪里呢?象征是用一个具体事物,表达一个抽象事物,隐喻则依赖两个事物的对比。这里,我先给出隐喻的大致含义,隐喻:通过两个事物的对比来表达情感或思想等。你在诗中使用象征手法时,通篇只需要描绘用来象征的某个具体事物,对借用这个具体事物去表达的抽象事

[①] 郑愁予:《小河》,选自《郑愁予的诗:不惑年代选集》,江苏凤凰文艺出版社2016年版。

物，根本不着一笔。但使用隐喻手法时，一定要在诗中同时提及两个事物，使之产生对比。有没有发现，前面给大家讲过的主观意象，都是隐喻？我一共讲过四种构造主观意象的方法：A 的 B；A 是 B；用 B 解释 A；让 A 做 A 做不到的事。做不到的事相当于另一种事，等同让 A 做 B，同样是一种 A 与 B 的关系。你们看，四种 A 与 B 的关系，是不是都是对比关系？所以，主观意象完全可以看作是局部的隐喻，或说用单句完成的隐喻。比如，我在《中年》首句用的主观意象，"青春是被仇恨啃过的，布满牙印的骨头"，就是用单句完成的隐喻。将"青春"与"骨头"对比，通过对骨头布满牙印的描绘，令读者领悟青春的别样属性。我有个学员赵阳，写过一个主观意象，"我的情人／是没有翅膀的轮胎"，她把"情人"与"轮胎"对比，通过轮胎的黑和无论怎么奔驰都飞不起来，令人感知诗中的情人是怎样的人，比如，可能皮肤比较黑、不太浪漫等等。下面我将只举整体隐喻的例子。

自由诗不是从庞德开始的，但是他启动了西方的诗体解放，诗意改造，他是现代主义诗歌的鼻祖。他通过美国东方学者费诺洛萨的遗孀，拿到费诺洛萨的遗稿，遗稿向他展现了汉字的图像魅力，他由此受到东方旧诗意象的激发，创立了西方意象派。他的代表作《地铁车站》就是典型的意象派诗歌：

出现在人群里这一张张面孔；

湿的黑树枝上的一片片花瓣。①

　　触发他写这首诗的,是一个什么样的情境呢?冬天,他来到巴黎协和地铁站,看到一幅令人难忘的画面:所有人都穿着黑色冬衣,却有一些鲜亮的女性面孔,从黑压压的人群中浮现出来。为了准确写出印象,这首诗整整改了一年,由原来的三十行删至两行。实际上,这两行就是两个客观意象的对比。"出现在人群里这一张张面孔",是一个描绘脸的客观意象,"湿的黑树枝上的一片片花瓣",是一个描绘花的客观意象。脸与花的对比,对中国人来说并不陌生,比如中国人皆知的"人面桃花",就是把"人面"与"桃花"并列。庞德通过两个意象的对比,想表达对那些鲜亮面孔的印象,他不直说。当你看到第二个意象,"湿的黑树枝上"出现鲜亮的花瓣,意识到黑树枝与花瓣的反差,是多么强烈和迷人,你就能感知庞德当时对女性面孔的印象了。用一个事物与另一个事物的对比,表达某种感受或认识,这是隐喻的常规做法。要是套用学术词汇,庞德诗中的"面孔"就是本体,"花瓣"是喻体。本体是指,你原初要表达的事物,喻体是指,为了更好地表达本体,你借用的另一个事物。知道了学术词汇,大家可能反倒茫然,不知道该怎么操作。现在,我就来把死板的学术词汇,变成活的方法。比方说,你想要表达恋人分手又藕断丝连的感受,你就去找能传递类似感受的对应物,台湾诗人钟玲为这

---

① 庞德:《地铁站里》,选自《20世纪美国诗歌史(第1卷)》,张子清著,南开大学出版社2018年版。

种感受找到了恰当的对应物：活结。乍看绳子打上了结，犹如两人分了手，但此结是活的，轻轻一拉，结又会松开，如同两人的藕断丝连。你看，不管你要想表达什么，找到恰当的对应物是关键，至于把两者放到一起对比，则是再简单不过的事。

西方 17 世纪有个玄学派诗歌大师多恩，是艾略特诗歌的源头。多恩在《别离辞：节哀》中，就用隐喻来表达他和妻子的伉俪之爱。这首诗很长，我只摘录隐喻用得最好的一段：

就还算两个吧，两个却这样
和一副两脚圆规情况相同；
你的灵魂是定脚，并不想
移动另一脚一移，它也动。

虽然它一直是坐在中心，
可是另一个去天涯海角，
它就侧了身，倾听八垠；
那一个一回家，它马上挺腰。

你对我就会这样子，我一生
像另外那一脚，得侧身打转；
你坚定，我的圆圈才会准，

我才会终结在开始的地点。①

　　多恩感知力超群,竟然想出用圆规和伉俪之爱对比,那他必须要在诗中同时提及这两个事物。多恩的方式直截了当,他直接挑明是用圆规来说明伉俪之爱,他说"两个却这样／和一副两脚圆规情况相同","两个"指夫妻俩,夫妻俩的关系与两脚圆规的情况相同。这首诗如果是用象征,那么诗人只会在诗中描绘圆规,不会在诗中提及伉俪之爱,至于圆规象征什么,得靠读者自己去猜。多恩一旦使用隐喻,就必须既要提及圆规,又要提及伉俪之爱,这样才能产生毫不含混的对比。他说,我们夫妻俩的关系和圆规是一样的,你的灵魂是定脚,原来并不想移动,但我一动,你就会跟着动。你一直在家里这个中心,我是圆规的另一脚得去天涯海角,你就侧身四处打听我的消息,我一旦回家,你就像圆规的定脚立刻挺腰,腰杆子也硬了。我像圆规的另一脚,一生在外面打拼,你若在家里坚守对我的爱情,我画出的人生轨迹就会圆满,就会回到出发的地方。说的也是啊,妻子在家里给丈夫戴绿帽子,丈夫还回得了家吗?你看,多恩用圆规来写伉俪之爱,真是奇思妙想,他找到了圆规画圆时的种种情景,与恩爱夫妻打拼人生诸多情景相似,令伉俪之爱有了智识上的升华,传递出伉俪之爱的有趣哲理。

　　台湾诗人夏宇也用隐喻,写过一首爱情诗《爱情》:

---

① 约翰·多恩:《别离辞:节哀》,选自《英国诗选》,卞之琳编译,商务印书馆1996年版。

> 为蛀牙写的
> 一首诗，很
> 短
> 念给你听：
> "拔掉了还
> 疼　一种
> 空
> 　　洞的疼。"
> 就是
> 只是
> 这样，很
> 短
>
> 仿佛
> 爱情[①]

你看，她用蛀牙和拔蛀牙，来隐喻爱情的不堪。两人关系出现问题，就像嘴里生了蛀牙。那怎么办呢？就得拔掉蛀牙，表示两人不得不分手。蛀牙"拔掉了还疼"，是说分手之后的心痛，"空洞的疼"是说，分手之痛是空落落的痛，失去依托的痛。一

---

① 夏宇：《爱情》，选自《台湾现代诗选》，李少君编，现代出版社2017年版。

直陪伴你的人突然走了，你心里当然会空出一大块，就像蛀牙拔掉后留下的洞，空洞得可怕，但持续的时间"很短"，你的情绪用不了太久又恢复如常。夏宇写的是现代爱情，古代女性的分手之痛不会这么短，爱情不会像现在这么频繁。夏宇找到了蛀牙与现代爱情的种种一致，通过对比，既传递出分手之痛的深情，又揭示了现代人的感受，即转瞬即逝的德行。

无论多恩还是夏宇，一旦运用隐喻来表达情感，他们就得找出用来和情感对比的对应物，多恩搬出了圆规，夏宇搬出了拔牙，两人的隐喻之所以用得卓越，不只为了增强诗意，找到乍看与情感背离、无关的对应物，还通过出人意料的描述，让读者不得不承认情感（伉俪之爱，分手之痛）与他们找到的对应物（圆规，拔牙），有诸多的相似甚至一致。你看，上述诗歌整体的建立，不算难，具体方法如下：

1. 先列出你想表达的事物 A，比如爱情、孤独、痛苦等等；
2. 寻找 A 的对应物 B，所谓对应物 B，就是你希望通过描绘 B，能让读者更好地领悟 A，比如北岛为"卑鄙"找到的对应物是"通行证"；
3. 通篇描绘 B 并提及 A，或通篇描绘 A 并提及 B，或通篇既描绘 A 也描绘 B。

描绘时兼顾 A 与 B，是隐喻与象征的根本区别。不能像象征那样，靠一个事物单独表达，隐喻一定要让读者察知，作品里有两个事物正在对比，由此感知作者究竟想表达什么。为了让对比不含混，作者要么在作品中同时提供两个事物，要么只提供一个事物，但用标题来提示另一个事物。用标题提示的好处显而易见，可以在诗中省略对另一个事物的描绘，就像象征那样，通篇只需描绘一个事物，这种简化对初学者是福音。台湾诗人钟玲的《活结》，就是用标题提示另一个事物的范例。诗中只暴露了分手后恋人纠缠不清的情感，乍看以为此诗是对情感的直述，当你回头再读标题"活结"，才惊诧这是隐喻，是用来和情感对比的活结，不只奇特、富于想象，还准确、妙不可言。

活结

"只有你的鞋底，是重瞳……"

碰然
死命把门关上
锁你在门外。
放过我。
你属于
去年的暴雨。
而你却穿破
层层脑墙
履声哒哒

踏着梦归来。①

　　李少君有一首诗《碧玉》，我认为是隐喻爱情的佳构之一。像钟玲一样，诗人把找到的爱情对应物碧玉，作为标题。

　　　国家一大，就有回旋余地
　　　你一小，就可以握在手中慢慢地玩味
　　　什么是温软如玉啊
　　　他在国家和你之间游刃有余

　　　一会儿是家国事大
　　　一会儿是儿女情长
　　　焦头烂额时，你是一帖他贴在胸口的清凉剂
　　　安宁无事时，你是他缠绵心头的一段柔肠②

　　你会发现，与钟玲的诗对标题"活结"不置一词，诗中的"你"明指恋人不同，李少君的诗通篇只谈标题"碧玉"（诗中的"你"），不谈具体的恋人，只用"你"（碧玉）与"他"的关系暗指恋情，写法倒有些与多恩相似。多恩用圆规隐喻伉俪之爱，李少君用碧玉隐喻"他"的恋情。这样引得读者对比碧玉与恋情

---

① 钟玲：《活结》，选自古继堂编《台湾女诗人三十家》，湖南文艺出版社1987年版。
② 李少君：《碧玉》，选自李少君著《草根集》，上海人民出版社2010年版。

时，会把碧玉的诸多性质、温润、清凉、值得玩味、令人放不下等，都一股脑儿赋予恋情，甚至恋人，增加了读者感受爱情的诸多层次。诗人全篇描述"他"与碧玉的种种关系，每种关系都指向碧玉，是对主题恋情的情景暗示。诗人以大致对仗的形式，一对对列出这些关系，就可以垒出整体感。

隐喻是文学中的核心手法，也广泛用于小说、散文等。我给大家讲个真实的隐喻故事。有个上幼儿园中班的小女孩，一天不小心把屎拉到了裤子里，她妈妈去幼儿园接她时，非常生气，罚她回家洗裤子。小女孩的脾气一向不好，动辄发火，没想到那天竟非常乖巧，回到家，她一声不吭地洗裤子，洗完对她妈妈说，我想给你讲个故事。她妈妈说，好啊。她问，你听过白雪公主的故事吗？她妈妈似是而非地点点头。她说，白雪公主有个后妈，对她很不好，成天让她洗衣服，做家务，你知道她的后妈后来怎么样了吗？她妈妈摇摇头。她说，后妈后来被火烧死了。她妈妈听完，目瞪口呆，心想这女儿真厉害啊，这故事可比发火厉害多了。原来小女孩是用故事来表达愤怒，她是怎么表达的呢？她使用了隐喻，通过把母亲罚她洗裤子，与后妈强迫白雪公主做家务进行对比，来表达她满腔的愤怒，暗示她妈妈，你这样惩罚我，你的结果会和白雪公主的后妈一样。她放弃了过去表达愤怒的套路：直接发火。一旦改用故事来隐喻，威吓的力量就十分惊人，她妈妈再也不敢轻易惩罚她了。多年后，她妈妈早忘了她成千上万次的发火，唯独这一次"发火"，她终生难忘。这大概就是通过隐喻来暗示，比直说的高明之处吧。

习题：

写一段文字，用隐喻来描述你对某事物的感受。

学生练习 1：

你说：妈妈，我饿了，我想吃的东西不甜也不咸，味道刚刚好。我说：那是什么？妈妈买给你。你说：不用买，是妈妈的肉。

点评：

你把食物和妈妈的肉进行了对比，构成了一个隐喻，造成这里面的含义就比较多。孩子向你索要爱，跟索要你的肉一样，因为你已经把你的全部给了孩子，操劳中的精力消耗，首先消耗的就是肉体。

学生练习 2：

雪一身的冬天远远走来，一名艺伎，沉沉水柏粉装饰下的，是娇艳花朵般少女的颜，仿佛春天已经远去，又好像春日即将到来。

点评：

写得很美！把冬天与艺伎对比构成一个隐喻，很新颖，也很准确，艺伎脸上涂着苍白的脂粉，也对应着冬天的雪。

五、如何使用通感手法？

通感一般局部用得比较多，通篇用得比较少，但兰波当年"发明"它时，确实用它来构建整首诗。我前面说过，诗作的局部比整体难，等于是说，诗作整体的建立，可用不切实际，甚至出人意表的方式来实现。通感的不切实际，恰恰令它一出现，就脱离了平庸。

兰波当年之所以把自己的写作功绩归于上天，提出"通灵说"，把自己看作是替天码字的一支笔，是因为他没有像普通人那样，面对自己脑中的幻觉——有时听到声音，眼里会出现色彩，或看见色彩，脑中会出现声音——竭力有意忽视它，或用正常人的观念阐释它，认为这是精神不正常的表现，应该"改邪归正"，通过压制这种幻觉，让自己重新成为正常人。现代学者考察过这类幻觉，认为这类幻觉是真实的生物学现象，甚至认为，每二十三人就有一人会有这类幻觉。面对这类"背信弃义"的非正常感觉，兰波没有惊慌，倒出人意表地诠释它，认为这是自己通灵的证据，幻觉来自他与上帝的通灵，那些幻觉是上帝发布的"杰出诏书"，他作为通灵者，只需用笔"抄录"下来，他不过是代天运笔而已。我以略微严谨的文字，来说明兰波遭遇的幻觉，就是我要讲的通感，它是指不同的感官感觉发生了联通、转移。

通感手法：以一种感官感觉，描绘另一种感官感觉。

文学通感的本质，是要将你的感官感觉，用文字描述打通。比方说，你用耳朵听到的声音，能不能用视觉文字去描绘它？或触觉产生的感觉，能不能用视觉文字去描绘它？或味觉产生的感觉，能不能用听觉文字去描绘它？兰波写过一首诗《元音》，诗中他把法语的每个元音，都用一种视觉颜色来描绘。比如，他用黑色意象描绘元音 A，用白色意象描绘元音 E，用红色意象描绘元音 I，等等。

A 黑，E 白，I 红，U 绿，O 蓝：元音们，
有一天我要泄露你们隐秘的起源：
A，苍蝇身上的毛茸茸的黑背心，
围着恶臭嗡嗡旋转，阴暗的海湾；

E，雾气和帐幕的纯真，冰川的傲峰，
白的帝王，繁星似的小白花在微颤；
I，殷红的吐出的血，美丽的朱唇边，
在怒火中或忏悔的醉态中的笑容；

U，碧海的周期和神秘的振幅，
布满牲畜的牧场的和平，那炼金术
刻在勤奋的额上皱纹中的和平；

O，至上的号角，充满奇异刺耳的音波，

天体和天使们穿越其间的静默：
噢，奥美加，她明亮的紫色的眼睛！ [1]

你看，他整首诗就是用通感来构造的。他滔滔不绝，为每个元音描绘了一堆意象，每个元音对应的那堆意象、颜色相同。比如，对应 A 的黑色意象有苍蝇的黑背心、阴暗的海湾。对应 E 的白色意象有雾气、冰川、白帝王、小白花……通感的开创者兰波，为了让通感手法显眼，没有克制行事，而是无拘无束，把对五个元音的通感描述，直接并置构成一首诗。希腊诗人埃利蒂斯是后来者，通感手法到了他手里，就变得精准，可以深入日常经验。

高高悬挂的绿色葡萄串，洋洋得意地发着光，
狂欢着，充满下坠的危险，告诉我，
是那疯狂的石榴树在世界的中央用光亮粉碎了
魔鬼的险恶的气候，它用白昼的桔黄色的衣领到处伸展，
那衣领绣满了黎明的歌声，告诉我，
是那疯狂的石榴树迅速地把白昼的绸衫揭开了？

在四月初春的裙子和八月中旬的蝉声中，
告诉我，那个欢跳的她，狂怒的她，诱人的她，
那驱逐一切恶意的黑色的、邪恶的阴影的人儿，

---

[1] 兰波：《元音》，飞白译，选自《世界抒情诗选（续编）》，诗刊社主编，春风文艺出版社 1987 年版。

把晕头转向的鸟倾泻于太阳胸脯上的人儿，
告诉我，在万物怀里，在我们最深沉的梦乡里，
展开翅膀的她，就是那疯狂的石榴树吗？①

  他写的石榴树是一种象征，可能象征西方的酒神和太阳神，分别代表西方文化的两种不同倾向，他可能想写出两种倾向的交织和融合。我关心的是，他如何有机地使用通感手法，不再像兰波那样，使用起来"简单""粗暴"。他说，石榴树的"衣领绣满了黎明的歌声"，"衣领"是视觉的、触觉的，但诗人用听觉"歌声"来描绘它，即"绣"需要的视觉和触觉材料，比如彩线等，被替换成了听觉的"歌声"。"白昼的桔黄色的衣领""白昼的绸衫""阴影的人儿"同样是通感描述，"白昼"和"阴影"是光的世界，可见却不可触摸，但通过与"衣领""绸衫""人儿"的连缀，原本视觉的白昼或阴影，就像衣领、绸衫、人儿一样变得可以触摸了。再比如"初春的裙子"也是通感描述。春天是无形的，只有通过气温和视觉中的万物，才能被人感知，现在说它穿着裙子，等于打通了无形与有形。埃利蒂斯整首诗中谈论的石榴树，那个疯狂的激情形象，一直是通过季节大风搅动万物来塑造的，石榴树在诗中的形象几乎就等同于风，那隐身又无处不在的风，可以看作是对石榴树的通感描述，把风的无形、不可见，变成树的有形、可见，即广义的通感描述，由此搭建出整首诗。

---

① 埃利蒂斯：《疯狂的石榴树》，选自《外国现代派作品选（第二册）》，袁可嘉等编译，上海文艺出版社 1981 年版。

把不同感官打通的写法，在文学中比比皆是。朱自清的散文《荷塘月色》里，就有这样的通感描述，"微风过处送来缕缕清香，仿佛远处高楼上渺茫的歌声似的"，"清香"本是嗅觉，朱自清却说它仿佛是"歌声"，用听觉之美来描述嗅觉之美。克罗洛是这样写户外的："空气的玫瑰／盛开，／在街上／戏耍的孩子们／抬眼来看。／鸽子品尝着／光的香甜。"[①]"空气的玫瑰"就是一个通感描述，空气不可见，玫瑰可见，诗人用可见来描述不可见。"光的香甜"同样打通了视觉与味觉的通道。郑愁予写"月遗落遍地的影子，／云以纤手拾了去"，"影子"如何用"手拾了去"呢？只有理解诗人用文字打通了"拾"与"影子"，即打通了触觉与视觉的通道，诗意才会照拂你。罗马尼亚诗人布拉加有两行诗："露是通宵歌唱的夜莺／因疲劳流下的汗。"[②]夜莺令人铭记的是它的声音，"通宵歌唱的夜莺"着重渲染声音的美妙，由此把听觉歌声的感觉，赋予视觉和触觉的露水。陆健的诗《陪伴母亲》中，有一句"夜被扼住了脖子"，夜是可见，无形却不可触摸的，脖子可见，有形且可以触摸，说夜被扼住了脖子，等于把夜的视感、无形与脖子的触感、有形，打通了，把视感与触感，无形与有形关联了起来。我再举学员张荣的作业为例，她写的时候，还不知道有通感一说。她写的诗《方言》里，说方言是"江南的梅雨润了

[①] 卡尔·卡罗洛：《开窗的瞬间》，选自《现代诗歌的结构：19世纪中期至20世纪中期的抒情诗》，胡戈·弗里德里希著，李双志译，译林出版社2010年版。
[②] 卢齐安·布拉加：《四行诗》，选自《忧伤的恋歌》，高兴编译，漓江出版社2016年版。

咽喉/是海边的咸风腌着嘴唇/是北国的冰雪冻僵牙齿/是奶奶的小米粥烫到舌头",每一行都是把听觉"方言",转换成视觉、触觉或味觉。美国诗人本·韦弗写过这样几行诗:

> 我要每天清晨遛狗
> 让狗带着我
> 把路熟透
> 熟得像西瓜那样开裂[1]

"把路熟透"中的"熟",是认知层面的熟悉,是说对路了解得很清楚,与知识有关。"熟得像西瓜那样开裂"中的"熟",是西瓜收获时的状态,此状态可以通过西瓜开裂来目睹,大约与视觉、触觉、嗅觉有关。本·韦弗用最后两行,故意把认知上的熟与西瓜的熟混淆起来,打通了认知(知识)与视觉、触觉、嗅觉的界限,可谓通感的新写法,或说通感手法的泛化。

习题:
写一段话,用一种感官感受描述另一种感官感受,或相反。

---

[1] 本·韦弗:《褴褛汉子的欢乐》,王屏、黄梵译,选自《流浪汉的欢乐》,美国黑核桃出版社 2018 年版。

学生练习1：

我想把春天的花香佩戴在胸口，让它点缀我四季的梦。

点评：

"花香"是嗅觉描述，"佩戴在胸口"既含有触觉，也含有视觉，"把花香佩戴在胸口"等于把嗅觉感受，转化成了触觉和视觉感受，把它们打通了。

学生练习2：

你在操场上奔跑时，投球的声响，已化作一地芬芳。

六、诗的部落化与三段式结构

我自己把短诗结构问题看清楚，是在写诗多年以后。初写时有抓住瞬间的能力，但如果这样的瞬间太多，又不情愿分别去经营每个瞬间的感觉和抓取到的意象，把它们分别写成不同的短诗，这时从诗歌史中看到的诸多野心之作就会给初写者带来一种蛮力，即恨不得把不同瞬间产生的所有感觉、意象，集于一首短诗。就算把每个瞬间写明白了，就算每个意象都有可取之处，但打算让它们相处时，初写者对整体把握的失控，会让所有出色的局部相互抵消，无法对整体有益。我把诗歌局部的各自为政、竞相争锋称为诗的部落化。部落化的意思是说，诗句对隶属的单元部落是忠诚的，能为该部落的整体增益，可是一旦离开该部落，诗句对其他单元部落就不友好，部落与部落之间，不只各自意义的指向不一，甚至还相互减损、抵消。为了让大家对诗的部落化有具体的体悟，我只好拿自己早期一首诗《怀念》（1992年）开刀，若不为了举例，这辈子本不打算公开这首诗，毕竟揭丑之事不便拿别人的诗开刀。

刺目的水域，被消息紧迫的声音缠住
被一阵阵迷想成性的风，吹成新颖的果园
铺张的悬念随锚重重砸痛哲人
天才的去路只指向砍杀天才的方向

或者对峙使禁忌减弱成一条河的乳名
光荣四溢，在歌词的裂缝间露出振奋的拳头
无辜的渴意向着交谈不尽的诗篇进军
崇拜了美食，带来轻盈的阴影

或者从今后身怀亡灵的绝技
成就一群群在玻璃上行走的慎微之人
庞大的废墟，一旦你朝向极地的光芒
帝王的歌唱便像海誓一样荒诞

你大约能看出，从第一行开始，每两行大致组成一个独立的单元部落。比如，第一、二行构成的第一部落，说的是水域的景象，水域被声音纠缠，被风吹成果园的模样。第三、四行的第二部落，是讲一只锚，引发了哲人沉思：成就天才的路也毁灭天才。第五、六行的第三部落，说河的原名来自对峙，歌词的不谐处藏着振奋的拳头。第七、八行的第四部落，已退出水域，讲人类渴望的诗意，在美食崇拜中，留下了阴影……你可以琢磨一下，以上四个部落是靠什么黏合在一起的？第二部落中只有表象的锚，与第一部落的水域相关，但第二部落的沉思与第一部落的水域描述，无甚关联。第三部落谈河名的来源，谈歌词的锐利，仿佛都来自世界的对峙，问题是，世界的对峙与第二部落的沉思有关吗？作者没有提供联系。第四部落以及第五、六部落，已完全抛弃了水域的意象，若无其事谈起无关水域的东西。第四部落与第三部落的联系十分微弱，"诗篇"与"歌词"是唯一可能的联系，但两个部落谈的事，无甚交集。依次观察，你可发现，第四部落与第五部落，第五部落与第六部落的联系，几乎没有。为了让这些彼此走神的部落，貌似能合成一个整体，不致看上去毫无道理，作者当年还算聪明，苦思冥想出一个含混的标题"怀念"。"怀念"是抽象的概念词，概念词的神秘就在它有强大的概括力，能包罗一大堆事物，用"怀念"来黏合上述六个离散的部落，确实能让读者觉得，六个部落仿佛合成了一个整体（得感谢格式塔心理学），但这样的整体对读者是个灾难，不只带来理解上的晦涩，也偏离人性拥有的真实体悟。人性会要求一首诗，有体悟的前后一贯、认识的先后相衔，不能因为诗人有整体上刻意黏合的特权，就放任各部落各行其是，毕竟单纯用修辞制造的体悟，终将难以说服有阅历的人。

避免诗的部落化，不只是为了让诗的整体有说服力，也考验诗人对来自人性的体悟是否忠诚，如古人说的"修辞立诚"。为了加深理解，我来举一个对比的例子，以下是明迪的诗《海叶集》：

> 从水的方向看，海是一棵树
> 鱼，是海里的风吹动叶
>
> 你说你和他风水不合，一个属天
> 一个属地，一个信教，一个对教水土不服
>
> 教为何物我不知，出于孝，你走之后我每夜观天
> 看星象，二十五年了，很多鱼
>
> 飞上天，有些掉下来，有些留驻，双翅合十
> 最坚定的那一批，合成了北斗星
>
> 母亲，如果你低头看我的眼睛，你会看见更多的星
> 栖息于我的视网膜——它们是一些有痛感的树[①]

[①] 明迪：《海叶集》，选自《几乎所有的天使都有翅膀以及一些奇怪的癖好》，北岳文艺出版社2016年版。

明迪同样是从水域开始，第一、二行是第一单元，描述了海是树，鱼是树叶这样的生动意象，此意象符合人对海的观看经验。第三行到第八行为第二单元，讲述了母亲与父亲的分歧，因为母亲信教属天，她走后，"我"便每夜观天看星象，来怀念她，这些星象都是"飞上天"的鱼，最坚定留在天上的鱼，合成了北斗星。第一、二单元，表象上的联系是鱼，第一单元海里的鱼，成为第二单元天上的星象，海里波光粼粼的鱼群与天上璀璨的星河，有人的视觉经验认可的相似。第二单元对鱼评价甚高，认为是它们升天成了天上的星象，这里巧妙把鱼写成了贯穿两个单元的隐喻，第一单元的鱼，是曾陪伴母亲的阳界之鱼，母亲走后（诗人特别强调她属天），部分鱼们升天为星象，作为天界的鱼，继续陪伴母亲。第九、十行为第三单元，母亲在天界低头看"我"，会看见"我"眼里有更多的星，一些有痛感的树，表示"我"眼里的世界已被"我"的心改变，为大海添加了痛感，为母亲所在的星空添加了光辉。第三单元升华了第一单元的海（树），第二单元升华了第一单元的鱼；第一、三单元还是同一场景的不同视角："我"看海（树）与鱼，母亲从"我"的眼睛看海（树）与鱼（星）。用视角转换，把第一单元的客观海景，引向第三单元含有主观感受的海景。你可以看出，三个单元不只彼此关联紧密，合在一起也严丝合缝，没有冗余。明迪这首诗的结构，正是我下面要讲的一种短诗结构。

　　解决结构问题，是写作者从局部走向整体的正道。依我所见，短诗的结构千千万万，但总有几种结构是不朽的，经得住古今中外诗歌的严苛考验。为了保留探索结构的更多可能，我只打算讲一种"规范"或"教条"的短诗结构，即三段式的结构，它易掌握又严谨，用记号来表示是：ABA'。整首诗分为A、B、A'三部分，第三部分A'与第一部分A相似，复现A的部分主题，通过添加内容或部分改变A，使A'不只是对A的简单复现，而是对A的提升。B要么是与A的对比，要么是深化或拓展A中的要素或部分主题，把A与A'连成整体。比如，明迪《海叶集》中第一单元A与第三单元A'，都是写被人看到的景，A'把A中我看到的景，改为母亲从我眼里看到的景，A'与A面对的还是同一片景，但A'已把景提升为精神的一部分。B是写过去的二十五年，与A写的现在对比，同时把A中鱼的意象，深化为一个隐喻，即星象是飞上天陪伴母亲的鱼，B通过讲述母亲之死，把A中我看景，和A'中母亲在天上低头看我眼中的景，连成整体。

三段式结构，是扩散在所有文艺领域的经典结构，特别适合不长的作品，如吉星高照，成就了很多大师。比如，音乐中就有含再现的单三部曲式（ABA'），它由三个乐段组成，第三乐段会再现第一乐段，但不是完全再现，有的会添加对位旋律，第二乐段是第一乐段的变奏，深化第一乐段的部分主题。甚至很多交响乐、奏鸣曲、协奏曲等较长的作品，也常用三段式结构来写第一乐章。伍尔夫的小说《到灯塔去》，就采用了三段式结构，达成很好的诗化效果。我认为，三段式结构含着押韵的灵魂，当第三段部分复现第一段，或寻求与第一段相似时，人就仿佛进入了回忆的通道，觉察到与第一段的相似，会给人带来类似押韵的快感，相当于第三段与第一段的整段押韵，整体诗化由此产生。第二段与第一段可以形成对比，也可以深化第一段中某一要素，从第一段到第二段，它们等同一次翻转，形式上非常类似小说中的情节。从第二段到第三段，它们同样等同一次翻转，同样类似情节。说到这里，你就明白，为何三段式结构会成为人们普遍喜爱的结构，毕竟它本质上等同押韵和翻转，皆挠准了人性之痒，面对押韵的回忆美化，或翻转的陌生化引诱，人是无法抗拒的。为了方便大家掌握，我把三段式结构写成一句总结之言：A 和 A′ 押韵，A 到 B 翻转。你不用记 B 到 A′ 也是翻转，既然 A 到 B 是翻转，A 和 A′ 是押韵，B 到 A′ 就必然是翻转。

我来举直观的绘画例子。比如，元代绘画大家倪瓒，就用三段式结构，创造了不少文人画的巅峰之作。他永远在太湖寻找绘画的视效，发展出极简的三段式结构，影响了众多后人，比如吴门画派等。倪瓒把画面分成三段：前景，中景，远景。前景是离观者最近的水岸，中景是水和树梢（用留白表示水），远景是水的另一岸，是些不高的丘陵。若把各景的要素提取出来，他画中的三段就是：近岸（前景），水和树梢（中景），远岸（远景）。你可以看出，近岸与远岸是相似的，都是水岸，只是观看距离不同，但远岸添加了更多的丘陵，所以，近岸与远岸的关系，就是上述 A 与 A′ 的关系，等同押韵关系。第二段的水和树梢，与第一段的岸，既形成水与岸的对比，等同一次翻转，第二段的水到第三段的远岸，再次等同一次翻转。水还起到连接近岸与远岸的作用，同时近岸的树梢越过部分水域，把观者的视线引向远岸。第二段 B（中景），一则与 A 形成对比（水与岸的对比），也发展了 A 的部分要素（A 中的树，把它的树梢伸向中景），二则连接了 A 与 A′（水把两岸合为整体），所以，倪瓒的画是十分经典的 ABA′ 结构。当然他的三段式结构，不是他的原创，是来自黄公望绘画的启发。我对追溯三段式结构的中国画源头，并无兴趣，只感兴趣如何让它在现代诗中再生。

娜夜的《起风了》，是三段式结构 ABA′ 的一个典范。

起风了 我爱你 芦苇
野茫茫的一片
顺着风

在这遥远的地方 不需要
思想
只需要芦苇
顺着风

野茫茫的一片
像我们的爱，没有内容[①]

[①] 娜夜：《起风了》，选自《娜夜诗选》，甘肃文化出版社 2001 年版。

三节分别对应三段式中的三段。第一节谈我对芦苇的情感和芦苇在风中的样貌。第三节先重现了芦苇在第一节的样貌：野茫茫的一片。接着用人的情感现实，来诠释芦苇的样貌，使之成为现实的隐喻。"我们的爱"要么泛指现代人的爱，要么具体指"我"和芦苇的爱，不管怎么理解，第一节中的两个要素，即情感和芦苇的样貌，均在第三节得到重现和响应。不难看出，两者是标准的 A 与 A′ 的关系，等同押韵关系。第二节的兴趣，集中在第一节的部分主题"芦苇""顺着风"上，诗人用主观看法与顺着风的芦苇对比，令读者认同，旷野之处，思想业已多余，顺着风的芦苇，更是人之需要，这样就深化了第一节的部分主题"芦苇""顺着风"。第二节通过与第一节的对比（主观看法与客观景象的对比），和深化第一节的部分主题（深化"芦苇顺着风"的内涵），令第一节与第二节，成为标准的 A 与 B 的关系，等同一次翻转。第二节到第三节，是从沉溺视觉"顺着风"，摒弃思考，到再次谈论爱，等同又一次翻转。所以，说娜夜的《起风了》，是三段式结构 ABA′ 的一个典范，并不为过。

我 2004 年写《中年》时，还不懂什么三段式结构，但喜欢把诗写成三节的本能中，已含着三段式结构的隐秘机制。

青春是被仇恨啃过的，布满牙印的骨头
是向荒唐退去的，一团热烈的蒸汽
现在，我的面容多么和善
走过的城市，也可以在心里统统夷平了

从遥远的海港,到近处的钟山

日子都是一样陈旧

我拥抱的幸福,也陈旧得像一位烈妇

我一直被她揪着走……

更多青春的种子也变得多余了

即便有一条大河在我的身体里

它也一声不响。年轻时喜欢说月亮是一把镰刀

但现在,它是好脾气的宝石

面对任何人的询问,它只闪闪发光……①

  第一节分别写青春与中年的不同,形成仇恨与和善的鲜明对照。第三节重现了第一节的主题,仍是写青春与中年的不同,但写法有了变化,由第一节分别用不同意象写青春与中年的不同,变为第三节用同一意象月亮,来写青春与中年的不同。第一节与第三节是不是典型的 A 与 A′ 的关系?等同押韵?第二节则着力发展和深化第一节的部分主题:中年。与第一、三节强调中年的平和不同,第二节揭示了中年参透人生的尴尬,追求幸福的尴尬,把第一节的中年主题,向前推进了一大步,与第一节中年的和善、平静,形成对比。是不是典型的 A 与 B 的关系?等同翻

---

① 黄梵:《中年》,选自《月亮已失眠》,江苏凤凰文艺出版社 2018 年版。

转？判断三段式结构时，我们得细心行事，不是所有写成三节的诗，都可以称为三段式结构，也不是所有节数超过三节的诗，都不是三段式结构。明迪的《海叶集》就超过三节，但仍是三段式结构。这种结构简明扼要，没有什么谜团，易于掌握，用好了效果惊人，通过持久实践，可以成为你的写诗本能。

七、写诗策略

策略与我前面讲的技巧，是有区别的。技巧是诗人赖以写好的基础，不管他知不知道那些技巧，只要把诗写好了，诗中就会隐藏着一些技巧，这些技巧与他写的时候是自发的还是自觉的无关。策略则不同，我搬出的这些策略，你可以采纳，也可以不采纳，不是说不采纳就肯定写不好，是说你由此可以避开一些陷阱，无须穷尽写作中的所有困难。策略可以帮你走捷径，事半功倍。

诗歌与小说不一样，你要虔诚地对待自己的情感，在诗歌里不要去虚构它。所有体裁中，诗歌最接近你自己，也最能泄露你的内心。由于作家在小说里会扮演角色，读者很难看到作家脱掉面具的本相。如果想了解一个人，碰巧此人又写东西，那我建议去看他写的诗歌，通过诗歌了解他的内心，一般不会有错。

诗歌也是等待的艺术。如果你写诗的时候没有感觉，就不要硬写，硬写会逼迫你的情感造假，要么让你的诗只是重复写滥的情感，要么让诗中的情感变得造作、僵硬。有了真实照拂的感觉时再去写诗，才能真正触动别人。小说不一样，没有所谓的灵感时，你照样可以写小说。坦率地说，我鼓励大家每天写小说，但不鼓励大家每天写诗。只有少数诗人例外，他们可以每天写诗。多数人每天写诗，会把诗歌写成"僵尸"，写成无关题材、感情痛痒的，统一调子，统一思维。会把其他思维的通道统统堵死，甚至写不出时，会令写作者流放真实的自我，以自我的虚假做派现身。所以，等待真实的情感或情绪降临，才是上策，写诗的最佳时机有赖等待，这样的严于律己，假以时日，定会帮你打开更多的写诗通道。

短诗没有写成熟前，最好不要去碰长诗。长诗问题到目前为止并未真正解决，是所谓的职业诗人们都想解决，但始终没有解决的问题。很多诗人满怀信心写出长诗，一旦发表，大家都陷入集体性的沉默，很多人私下会说是失败之作，可是碍于情面，不肯当面告知作者，当面会敷衍说写得不错，心里却暗暗嘀咕：又一首失败之作！很多诗人写的短诗，大家却发出由衷的赞叹，绝非恭维之词。新诗诞生以来，围绕着短诗的海量实践，为写出成熟的短诗，提供了大量经验，有诸多"规律"可供写诗之用。置身学徒期的写诗者，应该设法吃透这些成功经验，摸熟写短诗的基本"规律"。短诗不只是你试错的练兵场，还是你走向组诗、叙事诗、戏剧诗、长诗的最佳跳板。

人们一般把修改诗作视为纠错，没意识到它潜藏着试错的智慧。这智慧恐怕已被杜甫、白居易说尽。杜甫说：为人性僻耽佳句,语不惊人死不休。白居易说:旧句时时改,无妨悦性情。一句话,修改是写诗的灵魂。诗歌既然语言效率最高,尤其涉及短诗,就必须做到,不多一字也不少一字。如何修改,就成了重中之重。不少诗人写完,会搁置一段时间再修改,一般搁置多久比较合适呢?我的经验是,搁置到你拿出来阅读时,感觉是别人的作品,作品一旦在你眼里"陌生"起来,你的判断力就不再夹杂个人情感,会趋向客观,修改时就下得了狠手。陌生化不只是写诗的靠山,也是让你判断力苏醒的利器。据说,毕晓普会将一首诗的诗稿钉在窗台上,修改长达十年之久。

写诗的激动人心之处,还是在永不停歇地实践。课上讲的一些方法,如果你永远停留于认知,不去实践,就算你在脑中畅想千万遍,也不如你动笔实践更有效。所有不去练习的方法,皆一无用处。懒惰是人的天性,但写作正是克服这种天性的古老技艺之一。与写作实践并行推进的,还应该有大量阅读。足量的阅读,会减少你趣味的偏狭,就算你不喜欢的趣味或风格,你也有能力或胸襟,看出或承认它们的长处。课上讲的写作技巧,应该成为你阅读时的新眼睛,令你看见过去看不见的事物。比方说,你不了解新诗的陌生化手法,就不容易看出新诗的形式。写作者的阅读,理应比普通人的阅读至少多出一维,除了用心灵去感受内容,还应看出作者使用的写作技术。对写作技术的阅读,是促成自己写作进化的重要一环。你读得越多,了解的表达常识就越多,就越能保证你知道哪些是陈腔滥调,哪些是用滥的表达陷阱,不会对脑中浮现的任何意象或说法都自鸣得意。这样你才能在表达常识之外，找回表达的新鲜感。课上讲过，规避常识等同于陌生化，会令作者把自己的表达，从过分正常的常态矫正过来，趋向有个性的表达。很多人的生活也是这样，他们写诗，就是把自己从熟稔的世俗生活，流放到诗歌的未知世界，有时会激发出写作者面对未知的惶恐，这时如果心里有一根定海神针，就容易度过方寸大乱的学徒期。与同好建立诗社，就是一根定海神针。心理学的例子证明，经常与同好进行诗文唱和、切磋，会令你对写诗的兴趣和信念倍增。置身一个写诗的共同体，就容易消除孤立感，容易坚守住暂时边缘的写作趣味，不致被主流的写作趣味同化。一旦你的写作修成正果，这些原本例外的写作趣味，就会成为多元文学景观中的一元。修成正果当然需要时间，写诗者靠什么才能生存那么久，等到福光照临的那一天呢？答案再简单不过，找一份工作！写诗永远是工作之余的爱好，全世界的诗人都知道，找一份有业余时间的工作，是诗人唯一的生存之道。

习题：

用学习的整体性方法，选择其一（音乐性、象征、隐喻、通感、三段式结构等），再运用已学的局部性手法（主观意象等），把感受最深的某一体悟写成一首不超过三十行的短诗。

新诗50条

> 我只写下答案，而问题由你们寻找。
>
> ——题记

1. 民主正成为新诗的一种形式，成为新诗之轻的一种标志。
2. 意义不是诗歌要达到的领地，只是加强感觉的一种方法。
3. 无视佳作的存在，不过是在应和心中的无神论。
4. 感觉就像观念一样不可信，我们常常面临这样的问题：观念确实能改变感觉。
5. 不要夸大新诗的抒情作用，自从我们失去美德，已更容易变得封建和伤感。
6. 现代主义只有从思想降格为方法，新诗才会变得更加出色。
7. 用一首诗维护一个意象，比用一首诗维护许多意象要好。
8. 作品其实是集体的产物，正是诗歌的历史，让个人变成集体。
9. 只有伟大的诗人才能驾驭俗气，才敢从事研究民族生活的冒险。
10. 诗歌的纯粹，恰恰得益于不纯粹。
11. 梦不是创造，只是一种现实，为了防止损害想象，诗人需要适度抑制它。

12. 不用担心诗歌的死活，它的历史从来是由暂时的遗忘写就。

13. 不要相信比喻暗示的意义，而要相信比喻触动的感觉。

14. 诗歌研究常迫使人们去注意意图，但诗歌的立身之道不在理解，而在激发。

15. 新的方法产生新的诗歌，不过好诗与坏诗的比例，从古至今没有改变。

16. 一个不体验失败的诗人，难以固守什么精神。

17. 修辞和技巧，无法弥补一个诗人在道德上的缺陷。当然，要诠释道德，必须既勇敢又智慧。

18. 我欣赏自我怀疑的诗人，他往往会高估自己的不足，这样他会用一生尊重诗歌的自发性。

19. 越担心作品没有价值，越能丰富自己。

20. 一个诗人的无能为力，恰恰势不可挡。

21. 什么是史诗？史诗作为一种境界，早已融入我们的生活。

22. 叙事与抒情并非泾渭分明，事实上，它们是同一事物的两面。

23. 风格隶属于主题，而不是相反。

24. 二流诗人自鸣语言之美、意象之奇，一流诗人忧心语言不足、形象不准。

25. 与朋友谈论自己的诗作，是一种慷慨的义举。

26. 复杂的威胁在于消灭交流；简单的危害在于毁灭探索。

27. 年轻是新诗的一种病，一旦患过，就会终生免疫。

28. 成功不是诗人的祖国,诗人只对失败负有义务。

29. 完美的诗歌具有适应性,能适应不同的时代。唯美的诗歌,只会找到欣赏它精湛的个别时代。

30. 个人经验并不隶属个人,它既是共同经验的个人解读,也是往昔经验的重新唤醒。

31. 误解传统比模仿传统要好,追求正确只会限制新诗。

32. 诗意不来自世界,而来自诗人的注视。

33. 永恒是诗歌造就的客观事物,没有诗歌,这些事物就不会出现。

34. 好诗中的自由,要少于坏诗中的自由;好诗中的逻辑,要多于坏诗中的逻辑。

35. 诗歌是不唱的歌曲,不是歌词求助歌曲,是歌词恢复歌曲。

36. 语言也有属于自己的杂念,稍不留神,语言也会对垃圾推波助澜。

37. 词中有肉体,不一定有灵魂;有头脑,不一定有情感;有形象,不一定有触动。

38. 诗歌的本质,就是文明的本质;在保有尊严的同时,使人对预言、可能不再大惊小怪。

39. 我不信任晦涩的诗,但信任难懂的诗;不信任诗人神话,但信任诗歌神话。

40. 偏见是一种意志。一种编造谎言的意志。

41. 新诗与批评尚无法相互理解,而理解调动的常常是宣言。

42. 新诗的历史，就是企图建立现代国家的精神挣扎史。白话小说尚无法真正领略其中的力道。

43. 诗人不需要对观点的忠诚，但需要对自己的忠诚；不过忠于自己，并非等于屈从自己的无知或缺陷。

44. 道德不是体制的围墙，相反，它为我们保存着解放的力量。

45. 唤起读者共鸣，不该令诗人感到羞愧，要感谢读者重新陈述了诗歌。

46. 糟糕的诗，问题不出在灵感，出在糟糕的判断。

47. 好的诗歌研究，是一种脱离法则、但令人臣服的谦逊。

48. 今天，技巧已不再是对一个诗人真诚的考验，技巧已可能拥有造假的激情。

49. 写诗的不一定与诗有关，不写诗的不一定与诗无关。

50. 我们对新诗依旧一无所知，已有的所谓认识，仍不过是说服他人的冲动或愿望。